六臉魔方

金亮 著

題獻給

一棵幫孩子遮風擋雨的大樹

序

這是系列作的第二本作品，寫的時候才發現，比想像中困難。

困難在於角色發展，如果只是寫獨立故事，一本完結的作品，我在構思角色時，可以比較毫無顧忌去任意妄為，反正沒有下一部的拘束，我把角色寫死又得，我把角色寫得極端善良或極端醜惡又得，甚至乎我把角色性格來個一百八十度大反轉也無妨，因為，讀者看完這本書後，不會對角色以後的發展抱有期望。

可是，當你決定要寫系列作時，角色發展就很重要，尤其是幾位男女主角，亦即是主角群，他們的性格，背景及際遇，由你落筆開始，將決定系列作未來的故事發展方向。

換言之，你寫的時候，除了要構思這位主角在這部小說中的戲份擔當外，更要考慮這位主角在以後幾本小說中，要扮演一個什麼樣的角色，是從頭到尾都是正氣凜然的大英雄？是從一開始就無惡不作的大壞蛋？亦或是一位隨著劇情演變先忠後奸的悲劇人物？又或者，從一開始毫不起眼但笑到最後的人生贏家？

以上種種，都需要作者預先設定，審慎布局，你需要有一個很宏大的視野，幾乎是要預知這個角色未來的成長方向，然後，透過之後的後續作品，一步一步去把角色的成長歷程及劇情發展，呈現在讀者眼前。

於是乎，除非你另有安排，否則不能一集就寫死主角，因為人死不能復生，你要是以後隨便用個爛理由強行把他復生，你的故事就真的爛了！

你的角色性格不能寫得過於極端，因為太過極端是很難收尾，你明明寫主角是個正人君子，卻突然加插某段劇情寫他偷窺女孩子洗澡，如沒有合理解釋，你的人設就崩了！

你的角色性格不能太過反轉，因為人的本性其實很難變，當然，遭逢大劫是有機會變，但問題是，如果你寫系列小說，角色「變性」的位置就相當關鍵。

假設你的系列打算寫十部，但你在第二部書，突然將主角由忠變奸，歹角由奸變忠，那之後八部書，如何收科？除非以後你打算用主角就是歹角，歹角變作主角的設定，否則這種過早將角色性格反轉扭曲的手法，對系列創作相當不利，單部作品反而沒有這個問題，因為只有一本，看完就完了，對角色性格演進的合理性，相對沒有那麼重要。

因此，系列作跟單部作最大的分別，在於角色的可持續發展性，系列作相對來說，比單部作更重視人設及人物角色關係，寫人，從來比寫故事難。

我構思這本書時，第一樣考慮的元素，不是故事，而是到底有多少角色，我會將他們歸入主角群裡面，換句話說，有多少角色可以持續出現在我的後續作品中，一旦想好了，角色的背景及性格設定，就要寫得很小心，正如我剛才所言，不能過於極端，不能起伏太大，人物動作及語氣要連貫，不能今集是淑女，下集變大媽，總之，就是要想得很周到，避免出現人物性格矛盾，言行不一的情況。

其實寫系列，有一個比較簡單及流行的方法，就是只集中寫一個或兩個主角，之後在每部書中，只放進這一個或兩個主角，配搭每部書不同的場景及出場人物，這樣就既能做到系列效果，又可以減輕作者處理角色時的負擔，因為，作者只需要塑造一兩個性格連貫的角色就行了，其他出場角色一集玩完，容易處理。

不過，對我來說，我想寫一些市場上較少見到，較為罕見的設定：

我想寫的，不是單純一兩位主角，而是主角群。

我想寫的，不單單是一兩位人物的背景及性格描述，而是一群人的命運及相互的羈絆。

我想寫的，不是主角每次跳進不同的案件展開的獨立調查，而是由主線串連起不同的非主線案件，一步一步揭開主線的驚人真相。

以上就是這個系列的創作定位，關於主角群的設定，雖然只寫了兩本，很多構思中的角色仍未加入，但基本上已漸見雛形，或者大家可以猜猜，到目前為止的兩部作品中，到底有哪幾位角色，已經進入作者的主角群中？當中有沒有你喜歡的角色？

容許我再次感謝秀威資訊，感謝洪仕翰責任編輯，感謝首次看我作品的讀者，也感謝所有看過我第一本小說後，願意購買第二本的讀者，謝謝您們對我投下信心一票，我會繼續努力寫，希望您們多多支持，謝謝！

金亮

二〇一八年八月八日

祝家關係圖

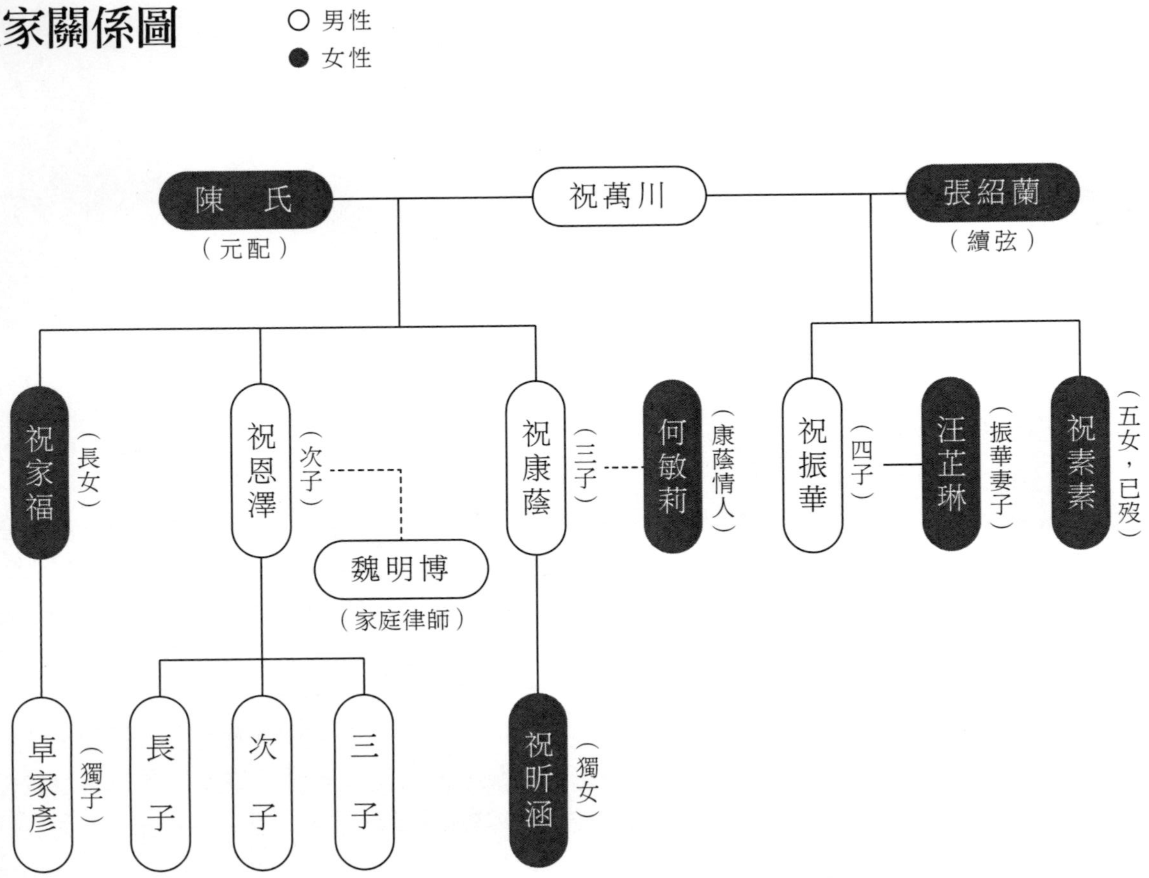
○ 男性
● 女性
陳　氏
（元配）
祝萬川
張紹蘭
（續弦）
祝家福
（長女）
祝恩澤
（次子）
魏明博
（家庭律師）
祝康蔭
（三子）
何敏莉
（康蔭情人）
祝振華
（四子）
汪芷琳
（振華妻子）
祝素素
（五女，已歿）
卓家彥
（獨子）
長子
次子
三子
祝昕涵
（獨女）

一

晨曦的陽光今早份外柔和，連續下了多天雨後，天公終於放晴，陣陣微風吹起來有點涼爽，一掃之前幾日細雨綿綿的鬱悶感覺。沿深水灣道駕車來到附近一處隱蔽小角，放目四周，大清早除了幾名路過的晨運客外，甚少途人會駐足留意這個毫不起眼的僻靜一隅。

祝昕涵就是喜歡這裡的寧靜。

靜靜地一個人站在小山坡上，涼風將腳下的灰燼吹得四散，就像下雪一樣，小山坡上降下只屬於昕涵自己的飄雪，她張開雙手，抬高頭，閉上雙眼，即使美麗的長髮沾上了灰白色的粉末，但昕涵仍然陶醉在這片天地中。

雲在飄，風在吹，雪花飛舞咫尺間，昕涵享受站在這裡的每一刻時光，因為，只有站在這裡，她才能夠忘記所有煩惱，才能夠拋開家族的枷鎖，才會發覺，活著，是為了自己。

但現實是，她不能，從出世開始，她已注定不能為了自己而活，因為，她是祝家的人。

雨後的早晨還有點冷，寒意似乎未有因春天的來臨而消散，昕涵拉一拉外套衣領，眺望遠處一幢大宅，以前，這幢大宅可熱鬧了，但現在近乎荒廢，雖然如此，對祝家來說，沒有一個人敢忘記這幢大宅的存在。

「爺爺……」

地產界巨人祝萬川，兩年前就在這幢大宅內病發，送院後離世，結束八十六年傳奇一生。

對普通市民而言，祝萬川是一個傳說，由富家公子落難至街頭行乞，再由絕望深淵爬升至今時今日商界霸主地位，他的一生，抵得上普通人的三世經歷，驚險、神祕、又帶點浪漫。

對他的生意對手而言，祝萬川是一個可怕的人，手段毒辣，為求目的不擇手段，看準對手弱點就死咬不放，所有擋在他面前的障礙物，他會用盡一切方法，在明在暗，澈澈底底將之消滅，他的王國，就是踩在無數不知名的屍體上建立起來。

但對祝昕涵而言，祝萬川是一位溫柔的爺爺。

她還記得，小時候住在這幢大宅裡，那時候爺爺已半退休，集團的主要事務都交付給二伯父處理，空閒時間多了，剛好可以陪伴年幼的昕涵天天玩耍，印象中的爺爺笑容慈祥，滿布皺紋的臉上總是和顏悅色，從沒見他生氣過，就算昕涵做錯事，爺爺總是哈哈大笑就輕輕帶過，父母要罵昕涵，爺爺總會出面阻止，昕涵對他來說，是如珠如寶的乖孫女。

有一次昕涵不小心把心愛的髮夾弄掉在櫃底深處，爺爺連忙彎腰幫她找回來，害得他之後數日腰痛發作，躺在床上站不起來，爺爺腰本來就不好，加上年紀大了，這一搞嚴重起來真的會要他的命，昕涵很內疚，在床邊跟爺爺說對不起，爺爺只是微笑著，溫柔地撫摸著昕涵的頭。

「爺爺……」

這個小山坡是她跟爺爺一起發現的，那時候爺爺雙腳還跑得動，他們會在早上做晨操，晚上吃飽了會散散步，昕涵說，這是她跟爺爺的祕密基地，爺爺打趣說，昕涵長大了要是帶男朋友來這裡，到時候千萬不要忘記爺爺喔，昕涵不想聽，拉著爺爺的手回去了。

幾年後，爺爺雙腳走不動了，整天臥在床上，不能再像以前一樣，陪昕涵跑上小山坡，本來情況是應該要送進醫院的，但爺爺堅持要留在大宅，父親他們沒辦法，結果請了私家醫生及看護過來，除非病情急遽惡化，否則就一直待在大宅裡。

從那時候起，昕涵只能獨個兒前來這個小山坡，獨自遠眺大宅，心裡祈求爺爺可以早日恢復健康，可是，昕涵一日一日長大，爺爺一日一日轉差，直至兩年前，就在昕涵十八歲生日前兩星期，爺爺過世了。

那幢大宅，目前除了留下一位老傭人看屋外，已沒有家族成員居住，不過昕涵仍然經常隻身前來，有時會進大宅懷緬一番，但更多時候會跑到小山坡上待著，靜靜地聽著風聲。

「爺爺，我長大了，懂事了，你聽見嗎？」

昕涵心裡問，回答的只有風聲，但她卻彷彿感覺到，爺爺在撫摸她的頭。

我的乖孫女，妳是我們家族最優秀、最懂事的一個。

自爺爺過世後，祝家大權漸漸由二伯父掌控，其實這是爺爺屬意的，在安排接班人的過程中，爺爺已指明由二伯父繼承集團主席一職，公司大小事務都交給他去處理，而事實上，昕涵也認為這個安排相當合理，爺爺五個孩子中，二伯父的確最具商業頭腦，最有領導能力，或者說，最似爺爺。

昕涵對爭權奪利沒有興趣，她只希望家族成員能夠團結，爺爺一直以強人姿態領導公司及家庭，不論是員工抑或家人，從來沒有一個人敢叛逆他的意思，商界的朋友及對手，每一個人都怕他，可以說，公司及家族目前的光環，全是爺爺強勢領導下的成果。

但當這個強人倒下，光環還可以繼續閃閃發光嗎？至少傳媒已開始用「大樹一倒猢猻散」來形容祝家現況。

昕涵很不喜歡這些報導，但最令她痛心的，就是家族成員們，或多或少出現分家的想法。

「二伯父應該會制止吧！」昕涵心想，最不想分家的一定是二伯父，現時他大權在握，分家等於分了他的財產，他哪會肯？而且二伯父跟爺爺一樣，很重視家族名聲，他絕對不會讓分家的事發生。

說到名聲，昕涵嘆了一口氣，家裡的人大部分都很愛面子，除了那個愛闖禍不要臉的老爹，還有他帶來的那個女人。

不！搞混了！此刻迫在眉睫的危機，不是分家問題，也不是老爹問題，而是小叔叔！分家畢竟未成事實，仍有轉機，老爹已經沒得救了，由得他吧，但小叔叔那件事，明日就到限期了！

小叔叔表面上雖然若無其事，但人明顯消瘦不少，一定是為那件事心煩！所有人都很緊張，連那個吊兒郎當的老爹最近也認真起來，因為大家明白，這件事一旦被傳媒揭發，對祝家絕對是一記沉重的打擊，所有成員都沒有好處。

但相比起小叔叔，昕涵更擔心芷琳姐……她身體一向不好，這件事卻直衝她丈夫而來，想必她一定擔心得要死。

小叔叔兩夫婦彼此那麼恩愛，為什麼偏偏遇到這種事？上天為什麼如此不公平！

「爺爺……我該如何做？」

風停了，溫暖的陽光也開始變得熾熱，昕涵看看手錶，原來已經中午了。

不知不覺在這裡待了幾個小時，是時候回大學上課，昕涵坐回車上，取出手機看看留言訊息，三十多條未讀，大部分是家裡的人發出，只有幾條是大學同學，其中一條是學姐程詩韻所發：

下午妳有課吧？約妳五時來大學飯堂一聚，順便介紹位美女給妳認識。

詩韻的父親是老爹的顧問醫生，自己小時候看病也麻煩過他幾次，其實詩韻只是比自己大半年左右，同是大學一年級生，昕涵因為小時候叫慣她做姐姐，升上大學後，很自然也叫她做學姐。

至於她口中那位美女，上次她好像提過，叫李……李……什麼來著呢？

二

站在骨灰龕前，李秀妍脫下手套，把左手放在大理石碑上，閉上眼，一動不動的呆著。

徐文軒對這情景已經相當熟悉了，兩個月以來，秀妍差不多每星期都會來這裡，站在同樣的位置，做著相同的動作，今日又趁上午沒課跑了過來，算一算這已是她今個星期第三次前來了。

文軒很明白秀妍來這裡的目的，事實上自己也很願意陪她一同前來，因為放在骨灰龕裡面的秀晶骨灰，不論對自己或是秀妍，都是同樣重要。

但是，文軒擔心來得太頻密，會影響到秀妍的學業進度，雖說上了大學後，功課壓力應該比高中時減少，時間也自由得多，不過現在秀妍幾乎將骨灰龕當成她的家，這樣做就有些不妥了。

秀晶泉下有知，一定不想妹妹因為她而疏懶學業吧？

正當他想拍拍秀妍肩膀示意要走了，秀妍卻緩緩地放下手，轉過身來，對文軒笑了笑。

「走吧！」秀妍淘氣地說，「能載我回大學去嗎？」

秀妍的笑容真的很甜，文軒心想，正常人一定猜不到，她甜美的笑容下埋藏著多少悲傷。

秀妍的能力，那股足以致命的能力，到底是上天的詛咒？還是祝福？文軒到現在仍搞不清楚。

「妳看見秀晶了嗎？」文軒小聲地問。

剛才的笑容消失了，秀妍搖搖頭。

「愈來愈微弱了，」秀妍低下頭說，「再過一段時間，應該完全看不見了。」

文軒總算明白過來，秀妍這段時間急著要來，是因為感覺到姐姐留在世上的執念慢慢消失，她害怕以後再也見不到姐姐，所以要趁還有時間，多來幾次。

是我誤會了，文軒暗地裡責備自己。

但是，為什麼剛才秀妍轉過身來時，卻滿臉笑容呢？文軒還以為她看見姐姐了！

「我在骨灰龕前只見到零星影像，」秀妍回望文軒，嫣然一笑，「但我在你腦海中，卻看見很完整的畫面，你剛才在我身後，一直想念著姐姐，對嗎？」

文軒感到兩邊臉頰一陣發熱。

「你以前跟姐姐一起的時候，姐姐的樣子真的很開心。」

兩人慢慢地往墳場門口方向走，走到一半，秀妍忽然對文軒說。

「其實，我以後自己一個人來就可以了，不必麻煩大叔每次親自駕車接送，有時候你甚至要請假陪我來，我真的不好意思。」秀妍半瞇著眼說。

「不，不，小事而已，妳不必對我這麼客氣。」文軒很認真地回應，「以後秀妍的事就是我的事，我答應過秀晶，一定會把她妹妹照顧好的。」

「你答應過姐姐？何時的事？」妹妹狐疑地問。

「不……不……我……我意思是，我曾對著秀晶相片，答應過她。」文軒嚥下口水。

「那麼，即使我每星期來三次、四次、五六七八次，你也會陪我來，對嗎？」秀妍再次半瞇著眼說，露出調皮又狡猾的笑容。

「當……當然。」文軒覺得，對秀妍來說，見到姐姐的時間愈來愈少了，還是順她意吧。

咦，等等，不對勁喔！

「一個星期最多來七次吧。」文軒反問，「沒有第八日喔！」

「如果我晚上想來呢？」秀妍笑容愈來愈像一隻貓，「晚上駕車來方便嘛！」

「那豈不是一個星期來十四次！還要晚上來……這種地方！」文軒知道上當了。

「大叔你已經答應了，不准反口！」秀妍舉起V字手勢。

這個鬼靈精，文軒笑了，從心底裡笑出來。

「秀妍，其實有一件事……不，兩件事，我想跟妳商量。」

秀妍瞪大雙眼，好奇地望住文軒。

「雖然妳現時住在大學宿舍，但一旦畢業後，還是要在外面找地方住，現時樓價租金這麼貴，妳剛畢業根本無法負擔。」文軒結結巴巴地說，「我現時是妳的監護人，有責任照顧妳的起居飲食，反正我家裡有房間空著，妳都知道，我兒子由前妻照顧，屋裡只有我一人，如果妳不嫌棄，可以搬進我家暫住。」

「好吧！」

秀妍爽快的答應了，文軒有點意外。

「秀妍妳不用考慮一下？」

文軒本以為秀妍會介意跟他同住，畢竟兩個人認識只有三個月左右，而且年齡差距很大，他是一名開始步入中年的男人，但秀妍卻是剛進大學，青春無限的少女，跟一位大叔同住，年輕女孩子通常都會有所顧慮。

秀妍似乎看穿文軒心事，她用那雙會說話的眼睛望住他。

「不用，就這樣決定吧。」秀妍說，「我信任你，知道你不是那種佔便宜的人，而且……」

她低下頭，輕聲地說。

「有你在我身邊，我就能繼續見到姐姐。」

文軒默然。

「所以呢，」秀妍突然提高聲線，手指尖指著文軒鼻尖，「假如有一天，我再也見不到姐姐時，我就知道你變心了！」

這麼大的指控？文軒感覺到額頭開始冒汗。

秀妍看見他這個反應，忍不住嗤一聲笑了出來。

「那麼，第二件事呢？」

文軒這才想起還有更重要的事。

「秀妍啊，其實……」文軒有點難為情地說，「其實可否不要叫我做大叔？」

秀妍呆了呆，好像意想不到大叔會突然提出這樣的要求。

「我意思是……妳都知道……我現時是妳的監護人，而且以我跟秀晶的關係，妳稱呼我做大叔似乎……不夠親切。」文軒很艱難地吐出這幾個字。

秀妍再次展露她充滿魅力又狡猾的笑容。

「那麼……你想我怎樣稱呼你？」秀妍說時故意把聲線壓低，「莫非叫你做……」

不行！文軒這時候才猛然醒起，以他跟秀晶的親密關係，秀妍其實可以稱呼他做……但自己完全沒有心理準備啊！

「……姐夫？」

聽到這個稱呼，文軒傻傻地望住秀妍，但的確鬆一口氣。

「雖然說，你跟姐姐沒有結婚，但我知道姐姐心裡面只有你，而你……」秀妍望住文軒的腦袋，笑笑地說。「也跟姐姐一樣。」

文軒不知道該如何回答，每次提起秀晶，他的心都隱隱作痛。

「無論發生什麼事，她永遠都是我姐姐。」秀妍抬頭對文軒說，「叫你姐夫應該夠親切吧！滿意了嗎？」

文軒哈哈地笑了，這個妹子，聰明又善解人意。

兩人上車後，扣好安全帶，秀妍從手袋拿出手機查看，好像剛有人發訊息給她，她看了一眼。

「有人找妳？」文軒問。

「詩韻學姐，之前跟你提起過她，還記得嗎？」

文軒當然記得，詩韻跟秀妍是好朋友，由小學升初中再升高中，兩人都是讀同一間學校，但更妙的是，兩人最後竟然一起獲中文大學取錄，雖說報讀科目不同，但能夠十幾年來一直做同學，文軒總覺得，是冥冥中有一條無形的繩，將詩韻跟秀妍兩人聯繫在一起。

「她有跟妳說什麼事嗎？」

「她說最近因為功課太忙，很久沒有找我聊了，想約我五時在學校飯堂見面。」秀妍嘟起小嘴，「她還說，順便介紹一位美女給我認識。」

小時候的事，我已記得不太清楚。

在我那個年代，生活其實是很平淡的，沒有現在這麼多娛樂，晚上七時吃飽就睡，每朝早五時正起床，日日如是，至少，我記得，我童年時是這樣渡過。

我出身在一個算是富裕的家庭，父親是做洋酒生意，在廣東省一帶均有生意往來，有時更要遠赴上海，一出門就好幾個月，負責照顧我們幾兄弟姊妹的重任，就落在母親身上。

我在家中排行最小，在我之上有五位兄姊，依次序排列，應該是大哥、二哥、三姊、四哥、五姊，我跟五姊關係最好，她只比我大一歲，性格懦弱，很多事都會倚賴我，加上又比我矮一截，每次跟她在一起，我總覺得自己才是哥哥，她其實是我的小妹妹，這份感覺很不錯。

其他四位兄姊，年紀大我很多，大哥比我年長足足十年，二哥也有八年，小時候的我很怕他們兩人，因為跟他們玩摔角總是贏不了，爬樹也不夠他們爬得高，賽跑也不夠他們快，在他們面前，我永遠都是失敗者。

不過，兩位兄長對我都很好，他們有好東西，一定先分給我及五姊，他們說，身為兄長，應該要照顧年幼弱小的弟妹，我在他們身上學到的，就是這份照顧手足的情誼。

三姊是最令我摸不透的人，至少，當時的我是不太懂少女的心，她比我大六年，最喜歡的東西是胭脂水粉，還有最時尚的進口洋服，她打扮得如斯美艷，也只是給我們幾兄弟看，其他人誰會注意？當然，後來我知道，我錯了。

至於四哥，很靜，很靜，很靜的一個人，靜得一起吃飯時，你會完全忽略了他的存在，有時我會想，他一天到晚，究竟有沒有開口說過十句話？他最大的嗜好是看書，看很多很多的書，整天關自己在房內，對本已臉青唇白的他來說，絕對不是件好事。

光陰似箭，我們六兄弟姊妹，一日一日長大，雖然一家人偶然也有爭執，但亦有很多溫暖關懷的時刻，總的來說，童年歲月，是在和諧開心的氣氛下渡過，我當時在想，有前面五位哥哥姐姐在，家族生意一定有人繼承，我不貪心，只希望能夠繼續感受這個家的溫暖，繼續當這個家的老么，於願足矣。

可是，一場戰爭摧毀了一切……

×××的日記　一九三〇年代

三

年過半百，頭髮已經花白，祝恩澤樣子看上去比實際年齡老至少十年，不過他並不介意，反而覺得，銀白色頭髮令自己看上去更有威嚴，他希望所有人都對他心生敬畏。

就好像老爸一樣。

公司例會一完結，恩澤馬上離開會議室，急召司機載他往附近一間酒店，他的家庭律師正等待著。

一件非常麻煩的事，必須馬上跟律師商量對策。

有一個麻煩人，膽敢挑戰祝家權威，而矛頭直指么弟祝振華。

來到酒店，恩澤急不及待進入已預訂好的套房，所做的第一件事，就是叫在房內等了他近兩個小時的魏明博律師，報告最新狀況。

魏明博及他父親兩代，已經當了祝家家庭律師數十年，由服侍大祝生到現在小祝生，魏明博對他們全家人的脾性相當熟悉。

「已經跟對方私下會晤了。」明博向恩澤報告，「他拒絕接受我們的現金安排，堅持要明日來祝家，跟四少爺當面對質。」

「他一個人來？」恩澤再次確認。

「是的。」明博回答，「他剛才也是一個人來，沒有律師在場。他說，因為尊重大祝生，看在老爺面上，不想將事情搞大，但他一定要跟四少爺當面對質，並且要求祝家全員在場。」

「如果不按照他說話做呢？」恩澤問。

「他會把所有證據，包括ＤＮＡ鑑定結果，向傳媒發放。」明博皺一下眉頭，「到時候所有人便會知道，他才是祝家真正的四少爺！」

恩澤不出聲，心裡在想，自己一直以為，將來會連累祝家的，一定是那個不長進，終日花天酒地的三弟，誰不知一直循規蹈矩，謹言慎行的四弟，反成為今次旋渦的中心，雖說不是同一個母親生的，但為了祝家的聲譽，斷不能被一個外人，大搖大擺走進祝家的大門。

「有調查過他的背景嗎？」

「當然。」明博在手提電腦上按了幾下，「他名字叫姜天佑，一九八零年香港出世，八歲時跟母親移民美國，母親在當地再婚嫁給一個美國人，留意姜天佑是跟母姓的，親生父親是誰一直不知道，當然，現在他說生父就是大祝生。」

恩澤點頭示意繼續。

「不過，他的繼父對他還算好，他們一家經營超級市場生意，在西岸有幾間小型超市，生活最初還算不錯，但自繼父及母親離世，他接手生意後卻經營不善，最近幾年更出現嚴重負債，看來，他很缺錢。」

「那為什麼不接受我們的現金交易？」恩澤問，「收了錢閉上嘴不就行了麼？」

「我看，除了錢之外，他想要更多東西。」明博回答，「只是，冒充四少爺勒索我們這個大膽方法，我還是頭一次遇到。」

冒充？真的是冒充嗎？

姜天佑，一九八零年出世，跟四弟振華一樣，年齡相符，而且在他先前發給祝家的親筆信中，多處提到老爸生前的飲食口味及生活習慣，這點外人是不會知道的，他到底從何得知？

「明博，你有什麼看法？」

明博坐直身子，把手提電腦放在一旁，嚴肅地說。

「我跟他見過兩次，他對祝家的過去非常熟悉，有些更是祝生你們幾姐弟童年時的事，這些描述很難作假。」

恩澤眉頭深鎖。

「而且，他今日跟我說，他有DNA鑑定報告，只要跟四少爺的比對一下，就知道誰才是祝萬川老爺的親生兒子。」

這就是問題所在！恩澤明白，能說出老爸生前起居習慣不難，能說出他們幾姐弟童年往事不難，因為總有辦法查得到，但是，DNA是不會做假的，只要一驗DNA，是真是假無所遁形。

「祝生，只要叫四少爺也驗DNA，真相自然大白。」明博建議，但他看出老闆面有難色。

「這個我當然知道。」恩澤緩緩地說，「若這麼簡單就不用找你商量了。」

明博不明所以，恩澤繼續說。

「振華拒絕檢驗DNA，他沒有解釋原因，但從我們角度來看，事件就很詭異了。」

恩澤雙眼盯住他的律師。

「如果振華真的是老爸親生，他沒有理由不驗DNA，這是還他清白的唯一方法，但現在姓姜的手持DNA報告，堅稱自己才是祝家兒子，祝家兒子卻反而放棄還擊束手就擒，明博，你能想到答案嗎？」

「照情況來看，難道那個姜天佑真的是……」明博張大了嘴巴。

「你搞錯了，明博。」恩澤臉上露出陰險的微笑，「答案不是由那個姓姜的作主，而是由我們祝家作主。我不理那份DNA報告能證實到什麼，我不理振華是不是我弟弟，這些都不重要，最重要是，祝家的聲譽不能毀於一個陌生人手裡，所有膽敢挑戰祝家權威的人，最後下場只有一個。所以，我現在要跟你商量的，就是一些準備工作……」

四

中大善衡書院飯堂傍晚時間不算擠迫，秀妍一來到，已見到坐在不遠處的程詩韻向她揮手。

詩韻今日穿了件白色毛衣，黑色長直頭髮散落在肩膀上，顯得格外醒目，招牌幼銀框圓形眼鏡架在高挺鼻樑上，眼神仍舊保持一貫敏銳，外貌雖然美麗端莊但略嫌正經嚴肅，有點御姐風格，驟眼一看很像老師。

秀妍常常打趣說，若果詩韻不是繼承父志，選讀醫科，大可轉行當教師，想必能夠馴服一眾不聽話的男學生，把他們教得貼貼服服。

「咦！美女呢？」秀妍走近詩韻，嘟著嘴問。「不是說介紹給我認識嗎？」

「耐心一點，她人還沒到。」詩韻回答，「我們很久沒見了，先聊聊吧。」說完用手拍拍旁邊的座椅。

「怎麼樣？我的詩韻姐姐！」秀妍一坐下就把頭挨在詩韻肩上，撒起嬌來。「妳有什麼心事想跟妹妹說呢？」

「彈開啦！」詩韻一手把她的頭推開，「都這麼大了還愛撒嬌，妳說妳今年幾歲了？」

「撒嬌是妹妹的福利喔。」秀妍一雙大眼睛又再閃閃發光。

「拜託妳不要再用這樣的眼神望人家了。」詩韻一本正經的說，「我是女人還好，男人少一點定力，魂魄都被妳吸走了。」

「我不要男人。」秀妍一邊說笑，一邊黏在詩韻身上，「我要吸走妳的元神，吸、吸、吸！！！」

秀妍作勢用手指頭戳她的腰，一向怕癢的詩韻馬上捉住她的手。

「妳啊，從小到大老是戴著手套，不覺得煩的嗎？」詩韻摸著秀妍的手套問。

「不會啊，我覺得很好看啊。」秀妍微笑回應。

雖然跟詩韻從小認識，但她一直不知道自己身上那股能力，這件事暫時除了大叔……啊……不……除了姐夫之外，還沒有其他人知道。

「妳啊，別為姐姐的事難過了，雖然她已經離開，但一定會保佑妳的，所以妳也要堅強地生活下去。」

「我沒事了。」秀妍低著頭說，「最痛苦的時期已經挨過，全靠妳和姐夫，我總算撐過去了。」

詩韻這時候望住入口方向，秀妍留意到她好像發現某個人，正向那個人揮手。

「妳的勁敵來了！」

秀妍轉身，一位仙氣少女正飄過來。

一頭深棕色大波浪捲曲頭髮長及腰際，深黑而濃密的眼睫毛加上少許棕色眼影，襯托一雙深邃眼眸，顯得格外楚楚動人，鼻樑不算高但筆挺，小小的嘴巴塗上一抹淡紅色唇彩，臉蛋圓圓前額飽滿，長相貴氣甚有大小姐氣質，秀妍心想，這個人根本就是活在童話世界裡的公主。

「對不起，學姐，我來晚了。」雖然對著詩韻說，但少女眼神卻停留在秀妍身上。

「沒關係，讓我來介紹。」詩韻揚揚手，示意少女坐下。「在我身邊這位是李秀妍，藝術系氣質少女，上次跟妳提過了。」

「至於這位美女，」詩韻向秀妍介紹剛剛來到的少女，「就是我辯論隊的學妹，管理學系高材生，祝昕涵。」

兩位美女頭一次碰面，連忙點頭互相問好，昕涵伸手想跟秀妍握手，秀妍猶疑了一下，用戴著手套的手跟她握了。

沒有看見什麼，秀妍鬆一口氣，她也不想每次跟人握手，都看見一堆不明所以的影像。

「我哪裡稱得上是美女？」昕涵謙虛地說，「真正的美女就坐在妳旁邊喔，學姐。」

「不是呢，」這次輪到秀妍否認，「我覺得妳很漂亮喔，就好像童話故事中的公主一樣。」

這是秀妍真心說話，想不到昕涵聽到後哈哈大笑起來，她的笑聲很天真，聽起來令人很舒服。

「很多人都這樣說過。」昕涵半掩著嘴邊笑邊說，「就是說，妳是哪個國家落難走失了的公主呀？讓我護送妳回國領賞吧！」

「其實說是公主也不為過。」詩韻對秀妍說，「妳知道嗎？她可是姓祝的，妳想起什麼跟姓祝有關嗎？」

秀妍記得好像有個富豪姓祝的……她瞪大雙眼望向昕涵，昕涵報以禮貌一笑。

「我家是我家，我是我。」她微笑著，笑得很可愛，「有錢跟沒錢其實一樣，都要認真讀書才能畢業。」

三人哈哈大笑起來。

秀妍覺得，這位名副其實的公主小姐人品不錯，沒有架子之餘，舉止談吐非常有教養，而且笑聲很好聽，秀妍很樂意跟她做朋友。

「聽聞昕涵妳懂彈琴，對嗎？」詩韻問，「我有個唱歌的朋友想找人鋼琴伴奏，妳可以幫忙嗎？」

「公主小姐會彈琴？」秀妍托著腮子，突然插嘴。

「叫我昕涵好了。」昕涵笑了笑，「我也跟學姐一樣叫妳秀妍，好嗎？」

秀妍點點頭。

「傳聞中，她的琴技出神入化，只可惜我從沒聽過。」詩韻對秀妍說。

「我很久沒彈了。」昕涵淡淡地說，「技巧生疏，還是不要獻醜。」

秀妍心想，果然是有錢人的千金，多才多藝還天生一副公主相。

「昕涵妳不必過謙了，答應我吧，好嗎？」詩韻催促地問。

昕涵低著頭沒有回應，好像在想什麼事情。

就在這一剎那，影像突然出現，令秀妍有點措手不及。

視角是由下往上望，秀妍見到有兩個人，一男一女，正在商量什麼似的，之後女的發現視角位置的人，走近俯身抱起視角，這個位置秀妍可以更清楚看見那兩個人的容貌，男的身形瘦削個子不高，長得眉清目秀，架著一副無框眼鏡，相當有書卷味；女的身高跟男的差不多，烏黑色長直頭髮及肩，容貌秀美但略嫌蒼白，看上去有些疲倦，是剛大病一場嗎？

兩人都很年輕，看似十多二十歲，同樣笑臉對著視角，秀妍相信視角那個人一定是小孩子，是誰的童年回憶？

秀妍的能力最大麻煩之處，就是每當在公眾場合看見別人的回憶時，有時候會不知道是誰的回憶，不過肯定是附近的人，距離自己愈近機會愈大，當然，想要得到最清晰的影像，秀妍可以用雙手接觸那個人，但這樣做太唐突了。

目前距離秀妍最近的，就是詩韻和昕涵。

「請讓我再考慮一下。」昕涵站起身，拿起外套準備離開，「抱歉，今晚約了人要先走了，我再聯絡妳吧，學姐。」

昕涵向詩韻及秀妍揮手道別，然後轉身離開，影像也漸漸模糊起來，秀妍這下肯定是公主小姐的童年回憶了。

根據以往經驗，只有當事人對某些事情執念太深時，秀妍才能看見影像，昕涵剛才應該在想某些事情，潛意識勾起這段回憶，而這段回憶對她來說，具有很深刻的意義！

這對男女是她的父母？但從年齡來看也太年輕了，若然不是父母，又能帶給昕涵這麼深刻的回憶，會是誰呢？

令秀妍更好奇的是，在那對男女後面，那位一臉嚴肅的老爺爺，他又是誰？

戰爭的殘酷，現在這一輩人是不會明白。

一九四一年春天，父親告訴我們，他打算結束這裡的生意，變賣資產套現，舉家搬去舊金山暫避，因為他相信，日軍很快就會進攻盟軍，但大哥卻反對這樣做，他認為日軍不會打過來，就算真的打過來，也應該跟他們拼了，而不是像懦夫一樣逃之夭夭，就這件事兩父子吵得很厲害，我從未見過父親如此動怒。

更令人意外的是，三姊也不想離開，原來她早已結識了一位男朋友，打算跟他結婚，難怪這幾年她那麼注重打扮！當年她十七歲，在我們那個年代，已經可以嫁人生小孩了。

大哥及三姊堅持不走，父親一時間也沒有辦法，最後決定用生意人的慣常做法，兩邊下注：母親帶二哥、四哥、五姊和我先去舊金山，而父親則跟大哥及三姊留下，倘若局勢不穩，馬上離開，就這樣，我們一家人便分處兩地。

臨走前，父親看了我們六兄弟姊妹最後一眼，當眼神停留在我身上時，那份充滿期待的微笑，我到現在仍然忘不了。

同年十二月，日軍發動太平洋戰爭，香港淪陷，當年我十一歲，在舊金山，整天聽著收音機留意戰報，跟二哥出入郵局打聽父親他們的消息，只知道，所有生意資產被日本人沒收，至於父親他們三人，下落不明。

在舊金山的日子，我也不記得是怎麼過的，四年後，抗日戰爭結束，這時我打聽到大哥仍然在生的消息，他正在一間醫院療養，在母親堅持下，我們用早年變賣資產剩下來的錢，買船票回香港去。

大哥的樣子，我第一眼見到他時，幾乎認不出來，他瘦得……近乎骷髏一樣，母親抱著他不停地哭，他舉起顫抖的右手，輕輕拍拍母親的項背，這時我才留意到，他的左手沒了。

大哥告訴我們，父親在日軍入侵當晚打算逃走，被發現後當場射殺，死時剛好四十歲。至於三姊，在佔領期間不幸感染霍亂，不到三個月就過世了，死時只有十八歲。

至於大哥，他加入地下志願軍抗日，去年失手被擒飽受折磨，可幸的是，日軍翌年就投降了，他輾轉被送到這間醫院繼續療養，身體狀況雖然很差，但他說，要咬著最後一口氣，等到我們回來為止。

一場戰爭，奪去父親及三姊的性命，我昔日最引以為傲的幸福感，隨著兩位家族成員離世，已經不再完整。

當時我下定決心，以後的日子，無論如何艱辛，我也要保護一家人不再分開！

但命運最喜歡跟人作對……

×××的日記　一九四〇年代

五

汪芷琳在客廳來回踱步，心緒不寧，抬頭望望鐘，晚上十時半，平時這個時候振華早就回來了，但今晚不知道發生什麼事，丈夫到現在仍未回家。

明天下午那個人就要來了，振華是否正苦惱著該如何應付呢？

這兩星期，振華雖然一直裝出一副若無其事的樣子，但臉色明顯比以前憔悴多了，不作聲時也顯得心事重重，幾次跟他談話，他都好像在想其他事情，心神恍惚，芷琳跟他結婚三年以來，還是頭一次看見自己丈夫這個模樣。

芷琳很擔心，很想替丈夫分憂，但每次問起這件事時，振華只會對她報以溫柔的眼神，然後細聲說。

「放心，不算什麼大事，我有辦法應付。」

芷琳心裡面一直認為，能夠嫁給振華，是她一生人最大的福氣，她愛丈夫，她愛振華，就算振華真的不是姓祝，她一樣會全心全意去愛他，很多人以為她嫁入祝家全因為錢，包括振華的三位兄姊，但她問心無愧，其他人怎麼想沒有所謂，她的心意，只有她自己最清楚。

所以，即使振華真的不是祝老爺親生，她一樣會愛他一生一世。

芷琳一直很想對振華這樣說，但又怕說出來會觸怒他，畢竟到目前為止，仍然沒有證據證明振華不是祝家兒子。

但是，為何振華拒絕檢驗ＤＮＡ？

無論那個人提出什麼樣的客觀證據，都不足以直接判定他就是祝老爺的親兒子，只有ＤＮＡ鑑定結果才是最科學、最有信服力的決定性證據。按理說，如果振華是親生的，應該會毫不猶疑答應檢驗ＤＮＡ，甚至乎，在那個人提出之前，自己主動用ＤＮＡ鑑定方法解決事件。

然而，振華卻一直拒絕。

首先是聽到鑰匙聲，然後大門徐徐打開，芷琳馬上回頭，只見振華手持一袋東西走進客廳。一句話也沒有說，芷琳一個急步撲上去，緊緊抱著振華不放。

「傻豬，發生什麼事了？」振華溫柔地問。

芷琳把頭埋在振華胸口中，眼角的淚水，開始沾濕那件她送給丈夫的白色襯衣。

振華放下手上那袋東西，用力摟著芷琳，輕輕撫摸愛妻的頭髮，然後突然低下頭，在芷琳唇上吻了一下。

「放心，不會有事的。」振華說話的聲音總是那麼溫柔。

「振華，我愛你！」芷琳雙手抱著振華面頰，深情地回吻著他。「無論你是否祝家的兒子，我永遠都是你的妻子！」

振華笑了笑。

「待這件事結束後，我跟妳到外國生活一段日子，好嗎？」

芷琳用手拭拭眼淚，然後點點頭。

「但是，事情會這樣順利嗎？」

「不用怕。」振華拖著芷琳的手，把她拉到沙發坐下。「那個人是騙子，我已有辦法對付。」

芷琳瞪大雙眼，有點不敢置信，振華之前一直悶悶不樂，但今晚突然一副胸有成竹的樣子。

「你已找到證據，證明那個人是冒牌貨？」

振華再次吻了芷琳嘴唇一下，緩緩地說。

「我有一位朋友，他認識這個騙子。」振華說，「我已邀請他明日前來，幫忙揭穿那個人的真面目。」

芷琳突然有種放下心頭大石的感覺，看見丈夫說得那麼自信，之前所擔心的一切似乎是多餘的。

「這個袋子裡面，是什麼東西？」

芷琳好奇問丈夫，只見他站起身，把剛才帶回家的袋子拿過來。

袋子裡放有一個相架，相架中是一張年輕女子的相片，女子大約只有十六歲左右，面向鏡頭露出甜蜜的笑容，芷琳看了一眼，馬上認出相中人是誰。

「你為什麼把妹妹的相片也帶來了？」

「素素，也是家族的一份子。」振華傷感地說，「我從公司裡把她帶回來，她明日應該出席。」

芷琳憐惜地摸摸振華的頭，一提起這個妹妹，振華總是顯得有點激動。

老爺再婚後生的子女，振華是第一個，素素是第二個，他們兩兄妹小時候一直很要好，作為自己的親妹妹，振華對她的感情，自然比起三位非親生的姐姐哥哥，來得強烈得多。

而就是這份強烈的感情，即使素素已經死去十多年，振華還是對她念念不忘。

芷琳沒有吃醋，她太了解振華了，這個妹妹是他童年時的精神支柱，生長在這種大富之家，尤其是續弦所出，所受壓力絕對不輕。聽聞當年老爺再娶時，反對聲音很大，特別是首任妻子所生的三位子女，亦即是現在手握祝家大權的三巨頭，試問振華在這種環境下長大，沒有一位同父同母所生的妹妹相伴，如何撐到今時今日？

可是，振華最疼愛的妹妹，十八年前在家意外死亡，當時她只得十七歲，死時振華二十歲，正在英國留學，振華常說，他一生人最大的憾事，就是妹妹死時，不在她身邊。

自從素素過世後，她生前的物品一件又一件被祝家丟棄，振華不捨得，把部分物品搬到自己的辦公室裡，這張相片就是其中之一。

「你打算明日把她帶去……那棟大宅？就是明日跟那個人會面的地方？」

振華點點頭。

「那裡可是我跟素素一起長大的地方……也是素素去世的地方，對她而言，她的一生幾乎跟大宅分不開……素素死在那裡……她不應該死的，他們知道發生什麼事，大姊、二哥、三哥，還有父親，但全部守口如瓶，如果我當時在現場……」

振華愈說愈激動，芷琳捉著他雙手。

「振華，不要這樣，那件事……還是忘記它吧。」

「素素她，不應該這麼年輕就死的。」振華望望相架，「所以我……妳也知道，這十八年來，我一直暗中調查，最近發現，當晚在大宅裡，曾經出現一個陌生人，而那個人……」

「就是明日來的那個……姓姜的？」

「可能是他，」振華皺一下眉頭，「也有可能是另一個人，但跟姓姜的一定有關連，我已經差不多查出來了……只要明日跟他當面對質，我一定可以問出答案來。」

振華把芷琳拉入懷中，把她摟緊。

「明日，芷琳妳還是不要去了，我們家族……過去好像有些不可告人的祕密，妳知道得愈少愈好，加上妳身子……今日還有沒有頭痛？」

芷琳搖搖頭。

「在家等我回來，我一個人可以應付。」振華低下頭對芷琳說，「明日的會議，重點不是誰才是祝家的親兒子，而是要揭穿當年命案的真相！」

「但是，我總覺得很奇怪。」芷琳抬高頭，下巴貼著振華的胸膛，「那個姓姜的，為什麼要選擇在那棟大宅裡見面？還要祝家所有人前去，他這樣做有什麼目的？」

「他這樣做，反而是好事。」振華笑說，「或者，素素明日就會現身，指證誰是殺害她的真凶！」

六

晚上十一點，深水灣附近已經很少路人經過。

忠叔應該睡了吧？他習慣每晚十點半就寢，這時偷偷入屋，應該不會被他發現。

昕涵悄悄地從自己開來的車子裡鑽出來，快步跑向大宅正門，她今晚穿上一套全黑色運動上衣連長褲，長髮紮成馬尾並戴上一頂鴨舌帽。

一定要，找到那個東西。

跟站在小山坡上眺望大宅不同，站在大門正前方，近距離面對大宅，昕涵覺得，更能夠感受到這幢古老大宅的氣派，更能夠勾起她的童年回憶，小時候，就在這裡，昕涵跟爺爺、老爹、媽咪、小叔叔他們一起生活……還有那個討厭的表哥。

不對，少了一個人……雖然印象模糊，但小叔叔經常對她說，昕涵啊，妳還有一個小姑姐，在妳小時候，她曾經抱過妳啊！

素素姑姐，她以前，也住在這棟大宅裡。

昕涵拉低帽子走近大門，在門前密碼鍵快速按了幾下，門一打開，她敏捷地跳入屋內。

大宅雖然只有兩層，但樓底特高，下層高達十六呎，上層也有十二呎，全屋分成三個主廳，當中最大的主廳就是正門進入那個，也是昕涵目前站立的位置。

沿著左邊的樓梯可以直上二樓，二樓分為東西翼，兩翼分別有屬於自己的主廳，而中間則有一條走廊連接兩翼，除了爺爺的睡房在東翼外，其他人的睡房全部在西翼。

她要找的東西就在爺爺房間。

昕涵已經有半年沒來了，以前爺爺在生時，她可是經常前來，所以對爺爺房間的位置相當熟悉，由於東翼沒有樓梯上去，所以要先沿著左邊西翼的樓梯上二樓，然後左轉，行經一條很長的走廊，經過三間房後，右拐進入連接兩翼的走廊，一直往前走到盡頭後左拐，就是爺爺房間。

記憶雖然清晰，但為了不驚動忠叔，昕涵要摸黑去搜尋，她這時才發覺，在漆黑中行走是件很困難的事，雖然有手機電筒照明，但黑夜中的距離感，跟大白天完全是兩碼子的事。

昕涵放輕腳步，沿著樓梯上了二樓，忠叔睡房就在樓下，樓上腳步聲太大很容易吵醒他，她小心翼翼，沿著走廊躡手躡腳向前行。

一……二……三……已經過了三間房，這時候右拐就會進入連接兩翼的走廊……咦！怎麼會是一道牆？

是我記錯了嗎？昕涵嘗試回想，但記憶卻告訴她，這裡是正確位置。

她用手摸摸那道牆，是木板，很厚的木板，看來大宅在這半年間，曾經做過裝修工程，把進入東翼的路封了。

也即是說，把進入爺爺房間的路封了！

一股不安的感覺從昕涵心底裡冒上來，但她沒有時間多加思索，她感覺到背後有東西盯著她。

最初她以為是忠叔，他聽到腳步聲了嗎？但當她回頭一看，背後一個人影也沒有。

昕涵往回頭走，走回西翼長走廊，她用手機四周照了一遍，還是一個人影也沒有，是自己多疑了嗎？

等等！她聽見腳步聲，不是平常走路的腳步聲，而是像一邊走一邊跳的聲音，而傳出聲音的地方，就是走廊盡頭最後一間房。

這條西翼長走廊，一共有五間房，首三間面積較小的，就是昕涵剛才一直數著數著，右拐進入連接兩翼走廊前，所經過的房間，但倘若她繼續向前行，就會到達走廊盡頭兩間較大的套房，而這兩間房，就是以前小叔叔及小姑姐住的房間。

發出聲音的那間房，就是素素姑姐生前的房間。

最初昕涵以為聽錯了，這裡除了自己和忠叔，不會有第三個人，但跳躍的聲音很清脆，每一步落地聲都相當有節奏，像是跳舞一樣。

昕涵心想，房裡面的人，要不是忠叔本人，就是偷偷潛入來的賊子，而不論是忠叔抑或賊子，昕涵都不想被他們發現。

當昕涵打算從原路退回去時，她發現素素姑姐那間房的房門，突然打開了。

不單打開了，裡面還透出微弱的光線，不像是燈光，更像是夜空的月光或星光，朦朦朧朧的，透過窗戶照射入室內，昕涵記得今晚來的路上，天色不錯，明月高掛，想必是忠叔拉開房間窗簾後，忘記拉上了。

在月光照射下，昕涵隱約看見，房內有人影晃動。

說是晃動其實並不正確，正如剛才聽到的跳躍聲音一樣，晃動的影子相當有節奏，有既定的規律，就像舞蹈一樣。

有一個人在房內跳舞，這是昕涵最初認為，然而她感到奇怪的是，每一下腳步聲落地如此沉重，為什麼忠叔會聽不見？他聽見了應該會上來查看啊！

好奇心戰勝了恐懼感，昕涵關掉手機電筒，慢慢的，一步一步走近房間，她幾可肯定裡面的人，不是忠叔亦不是賊子，她好奇到底是什麼人，半夜三更在祝家大宅裡跳舞。

正當她走近門口，探頭向內張望時，本能反應令昕涵馬上用手掩著嘴巴。

一個看似人型的物體，背向著她，在偌大的房間中央跳來跳去，但跳的動作有點怪異，時而單腳，時而雙腳，有時連續跳幾下，有時則會停下來靜止不動，每次停下來時，這個物體都會彎腰，好像盯著地板上某樣東西。

昕涵朝著地板方向望過去，那件東西……不正是她今次前來大宅的目標嗎？它應該放在爺爺房間的，為什麼會在這裡？

這間房已經丟空多年，房內除了旁邊一張梳妝台外，沒有其他東西，所以地方很寬敞，那個人型物體站在房間中央，跟躲在門口的昕涵，仍保持一段距離，加上一直背對著昕涵，她看不到它的臉，但若單憑背影分析，家族內似乎也沒有符合條件的人。

氣氛很古怪，物體繼續向前跳，昕涵感到有點不寒而慄，她決定退後幾步打算離開，但就在這時，物體突然跳起，淩空轉身後落地，正面望住站在門外的昕涵。

所有事情幾乎在同一時間發生，昕涵跟那個物體四目交投不夠一秒時間，走廊的燈突然亮起來了，背後傳來一把既熟悉又陌生的聲音。

「這麼久不見，想不到妳居然做賊子了，小涵。」

昕涵馬上回頭，站在走廊盡頭的，是一個年約二十多歲，背著背包，頭髮蓬鬆的男子，下巴及上唇位置均蓄著不太整齊的鬍鬚，驟眼看上去，一副不修邊幅的樣子，然而一雙明亮深邃的眼睛，高挺的鼻樑，鵝蛋臉型配襯白皙的膚色，再加上那率真溫暖的帥氣笑容，這個年輕人自然地流露出貴公子的氣質，當然，這個模樣，這份氣質，昕涵再熟悉不過。

「表哥？你何時回來的？」

年輕人走近昕涵，摸摸她頭上那頂帽子，笑著說。

「剛下機，心血來潮回這裡一趟，誰不知就讓我逮到一個小賊子，在自家屋內爆竊。」

昕涵這時回過神來，不理會表哥卓家彥對她開的玩笑，自顧自探頭再望向房內，那個人型物體已經不在了，地上那個東西也不見了，房內空空如也。

「妳看什麼？」家彥也跟著昕涵探頭往內張望，「難道妳不是回來偷東西，而是……藏了一個男人在這裡幽會？」

昕涵沒好氣一手推開他。

「你說話總是這樣沒頭沒腦，自以為很幽默，但聽的人只覺得煩！」昕涵瞪著家彥。「你看看你臉上的鬍鬚，還有那頭亂糟糟的頭髮，大姑媽見到一定又要捉住你訓話了。」

「噓！」家彥突然輕聲地說，「我媽還不知道我回來了，妳千萬不要告訴她。」

「什麼？讓大姑媽知道你死定了！」昕涵一邊說，一邊想著大姑媽罵人時的情景，「你為什麼回來了？在美國過得不愉快嗎？」

「哪有這回事？那邊一切順利。」家彥抓抓頭髮，神色變得凝重起來，「只是，家裡發生了這樣一件重大事情，我想我還是應該回來，看看有什麼可以幫上忙。」

「你聽大姑媽說的？」

家彥點點頭。

「小涵，妳都知道，小叔叔很疼惜我們，從小到大，他跟我們一起玩，看著我們長大，就在這裡，就在這棟大宅裡，有時我會覺得，他似我兄長多於長輩，以前一直是小叔叔保護我，我想現在應該輪到我去保護他。」

「所以，你今晚就回來大宅這裡？」

「我在想，在明日會議前夕，回到這裡熟悉一下主場環境，或者，可以幫小叔叔對付那個人。」

昕涵不敢置信地望住家彥，想不到表哥也這麼念舊，只是……

「表哥，」昕涵正色地對家彥說，「你應該稱呼他做舅父！不要再跟我叫小叔叔了。」

這是表哥的壞習慣，小時候最愛捉弄表妹的家彥，經常模仿表妹的語調去稱呼所有親戚，表妹叫振華做小叔叔，他也跟著叫小叔叔，久而久之就習慣了，一時間也改不了。

「哈哈！小時候跟妳叫慣了，小叔叔這稱呼蠻好聽嘛，他又不介意，妳介意個什麼？」

「你現在多大了？」昕涵嘆了一口氣，「小時候不懂事就算了，這麼大一個人還那麼不正經，將來誰家女孩子要你？」

「小涵，妳的口吻愈來愈似我媽了。」家彥笑說，一隻手搭在昕涵肩膀上，「倘若沒有女孩子肯要我，那我就勉為其難要了妳吧！」

昕涵撥開家彥的手，瞪起一雙閃得發亮的大眼。

「還有，請不要叫我小涵。」昕涵很認真地說，「除了爺爺，沒有人可以叫我小涵。」

這又是表哥另一個壞習慣，小時候除了喜歡模仿表妹語調稱呼其他人外，亦會模仿其他人語氣稱呼表妹，外公叫表妹小涵小涵，他覺得好玩，於是一樣小涵小涵地稱呼表妹。

總之，卓家彥就是一個愛逗著表妹祝昕涵玩的人。

「啊，生氣了嗎？」家彥聳聳肩，仍舊保持那副率真的笑容，「小公主一生氣就不美了。」

這時候走廊傳來腳步聲，兩人回頭一望，只見忠叔手持一支短棒，吃驚地望住這對表兄妹。

「小少爺，你回來了！」忠叔表情有點難以置信，「這真是太好了！」

「忠叔！你看起來仍然那麼年輕，那麼英俊。」家彥再次展露陽光般的笑容，「這兩年辛苦你了。」

「不辛苦，這是我份內事，能夠繼續守住這個家，是我的責任。」忠叔有點難為情地說，「雖然你們全搬走了，但我總盼望有一日，你們能夠回來團聚。」

「哈哈，明日我們不是全都聚在這裡嗎？也算是一家團聚吧！」家彥語帶嘲諷地說，「對了，我回來的事，請暫時不要告訴母親，反正明日她也會見到我，今晚還是不要打擾她。」

「好的，小少爺。對了！」忠叔轉向昕涵道。「小小姐，妳父親昨日來過，他吩咐我說，如果見到妳，叫妳不要再生氣，請儘快回家。」

又是老爹！這個人真的完全不知悔改。

「忠叔，如果你再見到爹哋，」昕涵怒氣沖沖地說，「請告訴他，不要為我操心了，我自己懂得照顧自己。」

「看來三舅父的女人，又得罪我們家的小公主了。」家彥扮作湊近忠叔耳邊輕聲說，但卻大聲得連昕涵也聽得一清二楚。

「小小姐，恕我多言，三老爺的感情生活的確複雜了點，婚姻關係也弄得一團糟，但他很疼惜妳是真的，所有人都看得出來，以我所見，妳在老爺心目中的地位，比那個女人高出很多，生氣可以，但兩父女終歸還是要見面的。」忠叔語重心長地說。

「放心吧，忠叔。」家彥笑瞇著眼，用肯定的語調說，「無論多麼不想見，他們明天就要碰面了。」

「差點忘記了，忠叔！」昕涵想起今晚前來大宅的主要目的，「那道牆，是什麼一回事？」

昕涵指向那條原本通往爺爺房間的走廊。

「啊！是二老爺的意思。」忠叔解釋，「大約兩個月前吧，二老爺下令把這條通道封了，所以在這邊加了道牆。」

「封了？」家彥好奇地問，「那外公的房間豈不是密封了？將來恐怕會變成老鼠窩呦！」

「不會的，小少爺。」忠叔繼續解釋，「這邊西翼雖然加了一道牆，另一邊東翼亦改建了，原本那邊沒有樓梯，但現時在我所住的房間旁邊，建了一條新樓梯，連接二樓東翼走廊，我每日都會上去幫大老爺房間打掃清潔，所以絕對不會有老鼠出現。」

「換句話說，以後要進入爺爺房間，就要先經過忠叔你的房間，對嗎？」昕涵問。

「對的，小小姐。」忠叔回答，「二老爺吩咐，以後若有人想進入大老爺房間，必須先通知我一聲，由我帶他進入。」

昕涵家彥互相對望一眼，兩人心裡都充滿問號。

「哎，還有一件事！」昕涵問忠叔，「剛才你是聽見我們的腳步聲，然後才上來查看嗎？」

「啊，不是，其實我是聽到有人說話的聲音，才上來看看。」忠叔回答。

「你……聽不見腳步聲？很沉重的腳步聲，聽不到？」昕涵試探地問。

「對不起，小小姐，是我失職。」忠叔突然露出一副可憐樣子，眼眶也紅起來了，「可能是我睡得太甜了，我是應該聽到的，我明白妳的意思，請不要告訴二老爺，否則他一定會解僱我的，我以後一定會多加留意。」

「不，不，忠叔你誤會了。」昕涵被嚇得有點不知所措，「我只是隨口問問，沒有怪責的意思，忠叔你不必擔心。」

「小涵就是這樣，說話不經大腦，忠叔你就不用理她啦。」家彥拉著昕涵，「時間不早，我們也該走了，忠叔記得不要告訴我母親，還有……她的父親知道，我們來過的事。」

家彥幾乎是拖著昕涵走，離開大宅後，兩人跳上昕涵的車。

「喲！我的小涵居然考到車牌了！」家彥興奮地說。

「你還好意思坐我的車子。」昕涵反問，「我問你，為什麼把我拉出來？」

「難道妳沒察覺嗎？」家彥雙手托著後腦，背靠座椅，「忠叔一直在說謊，剛才裝出一副可憐相，戲也太假了吧。」

「就算是做戲，」昕涵回應，「你也應該讓我問下去啊！」

「再問下去，我怕他會馬上向二舅父報告，到時候，你同我今晚的行蹤，就會被我們最不想見到的人知道了！」

昕涵心想，表哥所說也有道理，忠叔說謊可能因為二伯父的壓力，遲些還是有機會探他口風，但被老爹知道她今晚偷偷前來，反而可能影響日後計畫。

昕涵插上車匙，發動車子，今晚無功而返，明日會議就要開始，那個東西若要拿到手，可能還要再等兩三天時間。

但是，命運能夠讓祝家多等兩三天嗎？

命運，真的很無情。

本以為父親及三姊的死，會是我們家悲劇的結束，原來，只是剛剛開始。

大哥不到一年也去世了，死時二十六歲，他一直自責是自己害死父親及三姊，若果當初不是他堅持留下，他們也不會死，我們如何好言相勸也沒用，大哥身體每況愈下，加上內心鬱結，最終走上父親及三姊的路。

母親回來後身體也開始轉差，大哥的去世，對她更是沉重的打擊，一下子沒了三個家人，母親身心俱疲，一病不起，就這樣，勉強熬過了三年，也撒手塵寰，死時四十八歲。

我到現在還清楚記得，她臨終前對住我微笑，那份充滿盼望的表情，是否想說，以後你們四個，必須團結一起，好好生活下去？

沒有父母，生活還是要過，昔日富貴的日子不再，我們四人要面對的，是戰後現實的殘酷。

我跟二哥開始聯絡父親以前洋酒生意的供應商及顧客，四哥跟五姊則出外打工，不論誰賺到錢，都要全拿出來應付這個家的開支，那一年，我剛好二十歲。

那段日子，生活雖然困苦，但對我而言，卻是自父母去世以後，過得最開心快樂的時刻，我們四人很團結，因為大家都知道，這個家，就只剩下我們四人，我們的命運，早已聯繫在一起。

就在這時候，我遇見那個男人。

我記得，當年我二十三歲，正打算前去跟一位買家，商談洋酒訂單生意，在途中，那個男人在我身邊擦身而過，輕聲地說。

「真可憐，活不過四十歲。」

我停下腳步，是跟我說話嗎？

那個男人，這時候也停下來，轉身望向我，他的年紀大約三十歲上下，樣子有點像日本人，但操流利本地話，可能是個混血兒吧，他穿得很光鮮，一身洋服都是高價貨，皮鞋擦得閃閃發亮，但是，我並不認識這個人。

「真可憐，」他對著我說，「你們一家，都活不過四十歲。」

本來我對日本人已經沒有好感，被他這樣詛咒，怒火迅速冒上來，我上前一手抓住他的衣領。

「我不認識你，」我記得我是這樣問他，「你為什麼要詛咒我們？」

「不是我詛咒你們，」他邊笑邊回答，「而是詛咒已經在你們身上應驗。」

「胡說！」我記得我開始怒吼，「我母親就活到四十八，什麼活不過四十歲！」

其實那時候，我心裡已經暗中計算，除了母親，到目前為止，家裡的確沒有人可以活過四十歲。

「你父親的先輩們，冒犯了人，所以被詛咒了。」男人繼續笑說，「以後你父親生下來的子孫們，都要承受這個詛咒，能夠倖存下來的，只有你母親一人，因為，你母親出世時，沒有受到你父親先輩詛咒所影響。」

「胡說八道！」

我已經忍不住了，直接一拳打在他臉上，他順勢倒下，我本以為他要起身還擊，可是，他就坐在地上，一直在笑。

「詛咒已經開始應驗！」男人繼續說，「到最後，你們全家都會死！不想絕後，要趕快在四十歲前，生最多最多的孩子，並跟孩子說，在四十歲前，生最多最多的孫子，並吩咐孫子說，在四十歲前，生最多最多……」

「夠了！」

我一腳踢向他的肚子，他沒有擋，直接吃了我一腳後，在地上翻滾了兩下，又再次坐在地上，繼續笑。

「你們一家，通通活不過四十歲。」他重複說，「活不過……」

我沒有心情再聽下去，轉身就走，這個男人是瘋的，我沒必要為了一個瘋子動氣，等會兒還要跟人傾生意，要保持心平氣和，否則被對方見到我滿臉怒氣，生意一定泡湯。

「你會回來的。」男人在我身後說。

這件事，我當時很快就忘記了，也沒有跟家人說，只當作是笑話一則。

直至……三年後，二哥去世。

×××的日記　一九五〇年代

七

畫展早上八時才開幕，但秀妍七時已經開始準備工作。

雖然說，這只是中大藝術系的一個內部小畫展，但對秀妍來說，意義卻十分重大。

她曾經對姐姐承諾，入讀大學後，倘若有個人作品能夠參展，她一定邀請姐姐前來觀賞。

雖然，姐姐已經不在了，但承諾依然兌現，秀妍今日有三幅作品參展，是藝術系一年級生中，展出作品最多的一位。

在眾多課程中，秀妍最擅長繪畫，尤其是素描，雖然只是簡單地用粗細線條襯托明暗光影，但在她充滿魔力的筆下，卻往往能夠把人物畫到栩栩如生。

秀妍年紀輕輕就能畫出如此出色的畫作，旁人當然不會明白，因為，能夠看見別人回憶的能力，不是一件可以隨便向人透露的事，然而，正好是因為這項能力，令她的畫作非比尋常。

秀妍在窺見別人回憶的過程中，往往會看見各式各樣，五花八門的影像，這些影像有時候只是一閃而過，有時候卻會不停重播，對於前者，秀妍已經學會在影像出現的一瞬間，捕捉最重要、最關鍵的一刻，對於後者，不停重播更能令秀妍仔細觀察影像最細微、最容易令人忽略的部分。

十多年來的磨練，秀妍對這能力的駕馭，已經一日比一日成熟，能夠畫出如此生動又深具魅力的畫作，全因為這份閱讀回憶的能力，令她擁有與別不同、獨一無二的視覺藝術觸角。

今次秀妍的三幅參展作品，全都是姐姐秀晶的素描畫像，姐夫答應會來的，畫展有姐姐的畫，他一定會到，而且……

「那也太巧了，我明天剛好約了人在大學等，順便也帶他來參觀畫展吧，秀妍的大作一定要讓多些人認識！」

姐夫是這樣說的，但他會帶誰來？奇怪了，他好像不認識大學裡的人吧？不去想了，反正一會兒就知道。

就在這時候，一個男人剛好站在秀妍其中一幅畫作前，看得入神。

等等！這個男人，我好像在哪裡見過？

男人移步到第二幅畫，仍然看得很投入，秀妍萬萬想不到，竟然會有陌生人，看自己畫作看得這麼用心，她高興地走過去。

「先生您好！請讓我給您介紹一下這幅畫作……」

秀妍禮貌地向男人點點頭，戴著手套的左手舉起，向剛才第一幅畫的位置伸過去……

影像來得很急，但相當清晰，秀妍看見男人背後浮現的情景：一位少女，站在視角前面，好像正跟視角商量一些事情，之後少女俯身彎腰，把一個大約兩歲的小女孩抱起來，小女孩一直在哭，哭得很厲害，少女試圖安撫她，不停拍她項背，又不停扮鬼臉，但小女孩仍然在哭。

這位少女長得相當漂亮，一頭烏黑大長髮，眼大大鼻尖尖，很有古典美人相，但面容蒼白，抱起女孩時看得出有點吃力，果然，少女很快就將女孩交給視角，視角抱起女孩時輕鬆得多，而就在這時候，兩人同時轉頭望向後面，一位外貌嚴肅的老人，正厲色地瞪著他倆。

秀妍強忍著不要叫出來，這段影像，不就是昨晚昕涵的回憶嗎？那個小女孩就是她！昨晚看見的是從她的視角出發，今日則是從眼前這個男人的視角出發。

昕涵兒時見到的一男一女，其中那個男人，就站在秀妍面前。

「請問……先生如何稱呼？」

秀妍知道這樣問很唐突兼沒規矩，但她很好奇眼前這個男人，跟昕涵是什麼關係？為什麼短短兩日，兩個人會想起同一段回憶？他們對這段回憶為什麼會如此執著？

男人似乎並不介意，報以一個溫暖的笑容，露出一排整齊潔白的牙齒。

「我姓祝，叫振華，我們見過嗎？」

「噢，不。」秀妍心想，其實昨晚算是見過吧。

「妳這樣問，應該是覺得我很面熟吧？其實我經常來這裡，跟校長及系主任商量贊助獎學金事宜，妳見過我也不出奇。」

「那麼，你認識祝昕涵嗎？」秀妍的膽子愈來愈大，但姓祝的人本來就少，這樣問也算是合理懷疑吧？

「她是我的姪女。」振華笑說，「她也在這裡讀書，不過是讀工商管理，妳是她的朋友吧？想不到她不是讀藝術系，也認識到妳這麼漂亮的一位氣質藝術家，昕涵她，以後要拜託妳多加提點。」

「不……不……不用客氣，其實昕涵比我漂亮多了，而且總是她在提點我才對。」

秀妍有點慌了，這個男人也太客氣了吧，弄得她有點不知所措，也不好意思告訴他，其實跟昕涵也只是初相識。

「這些畫，全都是妳畫的？」振華問。

「這三幅是。」秀妍指指其中三幅。

「畫得很好。」振華一邊欣賞，一邊點頭，「很難想像是大學生畫的。」

「祝先生懂素描？」秀妍好奇地問。

「我太太會畫，看她畫多了，自己也略懂皮毛。」振華回答時一副甜絲絲的樣子，「說也湊巧，她也是這裡藝術系畢業的。」

「那你太太是我的師姐了！」秀妍臉上掛上明朗的笑容。

「如果我太太見到妳，一定很高興。」振華回到第一幅畫前面，「那麼，來介紹第一幅畫吧，這個女人，是誰？」

第一幅畫是姐姐秀晶的個人畫，年齡是十多歲的時候，這是秀妍綜合了很多親戚朋友對姐姐年少時的回憶所畫出來，年輕、開朗、活潑、所到之處，散發著迷人的少女魅力。

「她是我姐姐，」秀妍回答，微笑中難掩一絲哀愁，「年輕的時候，無憂無慮的時候。」

振華點點頭。

「青春，總是最美好的東西。」他邊說邊走到第二幅畫前面，「這幅又代表什麼？」

第二幅畫是秀晶跟姐夫的雙人畫，主要根據姐夫的回憶所畫出來，文軒在大雨中緊緊抱著倒在地上的秀晶，秀晶摟著他，依偎在他的懷中，秀妍在這裡用了強烈的光暗對比，只有秀晶跟文軒部分畫得比較光亮，周遭卻一片昏暗，彷彿二人正被黑暗吞噬一樣。

「姐姐遇到一生的摯愛。」秀妍繼續說，「兩情相悅，但未能走到盡頭，陰差陽錯，悔不當初。」

振華看後似乎相當有感觸，但這次他沒有下評語，直接走到第三幅畫前面。

第三幅畫一共畫了三個人，中間站著的是秀晶，樣子比前兩幅成熟，一副祥和滿足的神態，微笑地面向左手邊的年輕女子；年輕女子雙手戴上手套，挽著秀晶的左手臂，雀躍地望住秀晶，展露甜美的笑容；秀晶右手拖著另一個人，像是小女孩，頭髮長長，正仰望站在中間的秀晶，好像想要抱抱，可是，小女孩只畫上背面，看不到她的容貌。

「中間這位，是剛才兩幅畫的女主角吧？」振華問道。

「噢。」秀妍輕輕點頭。

「那麼這個戴上手套的少女，就是妳吧。」

「噢。」秀妍再次點頭，戴著手套的手輕輕撥一下頭髮。

「那……這個小女孩是誰？」

秀妍默然，她感覺到眼框有些濕潤，雙眼一定紅起來了，不，這時候絕不能哭！她強忍淚水。

「她是……」

就在秀妍想開口的一瞬間，她再次看見了。

這是第二個影像，剛才看見的那位烏黑長髮少女，手裡拿著什麼東西，很慌張地把它塞到視角，即是眼前這個男人手上，男人低下頭，把東西看了一眼，馬上四處張望，好像要確認附近沒有其他人似的，然後視角對長髮少女說了些什麼，畫面只見少女不停搖頭，樣子非常擔心。

突然間兩人同時回頭，好像是被突如其來的聲音嚇倒，男人不小心把東西掉在地上，東西滾了兩下，滾到剛打開門，站在門口的嚴肅老人腳旁，他彎身把那東西拾起，怒目望住他們，然後開口說了幾句話。

回憶就此中斷，秀妍聽不到男人對少女說什麼，也聽不到老人對他們說什麼，整段影像，只看見少女憂心忡忡地望住男人，與及老人拾起東西後怒視他們兩人的情景，看來這段不是什麼美好回憶，為什麼祝先生在看完畫後，會勾起這些不愉快的經歷？

「我明白了。」振華哽咽，「她一定是妳很珍惜的人，妳想為她做更多，可惜一切為時已晚。」

男人說時眼框也開始紅起來，似乎跟秀妍一樣，他也有著一段傷心的過去，也有著一位非常珍惜的人。

「妳叫什麼名字？」振華突然問。

「李秀妍。」

「李小姐，可否請妳幫我做一件事？」

振華神色突然變得凝重，露出一副很誠懇的樣子，令秀妍一時間也不知道該如何反應。

「咦！原來你在這裡，不好意思，要你久等了。」

一把熟悉的聲音傳到耳邊，秀妍回頭望望，姐夫文軒頂著那快突出來的肚腩，上氣不接下氣跑過來。

「對不起，遲了點，現在出發還來得及吧？」文軒對振華說，忽然發現站在旁邊的女子，正用一雙大眼睛盯住他，「秀妍！為什麼妳會在這裡？」

「你說約了朋友，要帶他來看我的畫，就是他？」秀妍反問。

「原來大家都是認識的，那就好說話了。」振華繼續剛才未完的話題，「文軒兄，我想請李小姐跟我們一起來，應該沒有問題吧？」

秀妍清楚看見文軒臉上露出詫異表情，很明顯，這個男人提出的建議，不是他們原本計畫之內。

「但是，秀妍根本不知道發生什麼事。」文軒打眼色示意秀妍不要說話。

「我不是帶她去參加會議。」振華回應，「只是想李小姐……今日一整天陪在我太太身邊。」

秀妍跟文軒互相對望一眼。

「李小姐，請問妳今日下午有空嗎？」

「秀妍她……下午好像有課，對嗎？」文軒繼續打眼色。

姐夫做得也太明顯了！自己下午根本沒課，姐夫是不想我跟著去吧！可是……

為什麼祝先生看見我的畫作時，會有如此大的感觸？祝先生一直也有想守護的人嗎？如果有，是否就是影像中那位烏黑長髮女子？她是祝先生的親人？那個惡老爺爺又是誰？

還有，掉在地上的那個東西……

「我下午沒課。」秀妍實在太想知道答案，調皮地向文軒眨了一下眼睛。

文軒皺皺眉頭，相反振華卻很高興。

「對不起，文軒兄，計畫臨時有變，我會先載李小姐到淺水灣我的住所，跟我太太會面，之後才跟你一起往大宅去，來！我們邊走邊說。」

「到底是什麼一回事？」秀妍拉拉文軒手臂，輕聲地在他耳邊問，「你們何時認識的？」

「看來，要從頭開始說起了。」文軒嘆一口氣，「三年前，我跟秀晶分手，心情非常鬱悶，於是終日流連酒吧。」

酒吧？秀妍眉頭跳了一下。

「等等，聽我說下去。」文軒深怕秀妍誤會，「在酒吧裡，我認識了當時同樣終日流連酒吧的振華，只是大家的原因不同，我是因為跟女友分手，而他，卻是因為即將跟女友結婚！」

秀妍望望振華，他苦笑一下。

「我當時很好奇，為什麼一個即將結婚的人，會這樣愁眉苦臉，結婚不應該是開心的事嗎？」文軒繼續說，「剛跟他認識時，我不敢問他，慢慢熟絡後，才知道他原來是祝家么兒子，我就明白原因了。」

「我太太沒家底，沒背景，半工讀完成大學課程後，只是一個很平凡的上班族。」振華這時候補充，「她為人比較內向，不善交際，也不懂說話討人歡心，以她性格，恐怕很難融入我們家族，尤其要面對我三位愛面子的姐姐哥哥。」

「我們家族，自父親過世後，一直由我三位姐姐哥哥所掌控。我大姊，嫁了個姓卓的國際知名建築師；二哥娶的是我們生意拍擋，本地另一富豪的小女兒；三哥娶的是著名電影女星，雖然……剛剛離婚，又混上另一名女明星……我當時擔心，我妻子會遭到家裡的人排斥，備受冷落，所以，就經常喝悶酒。」

秀妍心想，現在什麼年代了，還有人思想這麼封建嗎？

「咳咳，這就是三年前我跟振華認識的過程。」文軒終於搶回話語權，「當時我安慰他說，愛情是要兩個人一起面對，一起承擔，你擔心妻子不被家人接受，受到排斥受到冷落，但可能她根本不在乎這些，她重視的是跟你一起生活，她最大的心願是見到你開心快樂，你這樣獨個兒喝悶酒，妻子見到一定會覺得，是否自己做得不夠好？是否自己對丈夫不夠體貼？其實排斥你妻子的，不是你家裡的人，而是你自己。」

文軒一口氣說完，發現秀妍正對他投以一個「欽佩」的表情。

「文軒兄是對的，從那時候開始，我不再理會其他人的態度，總之，我跟她能在一起，就是最大的幸福。」振華點點頭，「三年過去，我跟太太感情愈來愈好，說起上來，要多得文軒兄的提點，所以這幾年來，我們經常約出來喝酒。」

「那麼，為什麼今日想我陪你太太？」秀妍問，「你太太發生什麼事嗎？」

「啊，不是，事情是這樣的。」振華嘗試解釋，「等一會，我跟文軒兄要參加一個重要會議，本來我太太也應該出席的，但她身體一向不好，我不想她在會議中受到刺激，所以叫她留在家中休息便可。」

秀妍望向文軒，報以一個「是真的嗎」的眼神，文軒點頭。

「本來我是打算叫昕涵去陪她，她們關係一向很好，但昕涵想參加會議，其他人我又信不過，沒法子，只好留她一個人在家，但又不太放心，正在煩惱之際，便遇見李小姐妳了。」

振華誠懇地說。

「李小姐，我覺得妳斯文有禮，很易相處，又跟芷琳一樣喜歡素描，又是大學師姐妹的關係，談起上來應該會有很多話題，所以，才有這個冒昧請求，希望李小姐不要介意。」
振華向秀妍作鞠躬狀，秀妍連忙點頭回敬。
「別客氣，我也很樂意跟師姐交流一下。」
秀妍說時再次望向文軒，報以一個「請放心」的微笑。
「李小姐，妳只要今日一整天陪著芷琳，談談天，畫畫素描就可以了，她不知道多渴望有人陪她畫。」振華笑說，「昕涵這個妹子，彈琴一流，但畫畫就不行了。」
「昕涵是誰？」文軒突然問，「你好像提過好幾次了。」
「昕涵是我的大學同學，也是祝先生的姪女。」秀妍爽朗地回答。「不過從外表來看，完全看不出是叔侄關係。」
「哈哈，你們不也是一樣，姐夫跟小姨子的關係，還不是一樣看不出來。」振華笑笑說，「不說還以為你們是兩父女。」
秀妍噗哧一聲笑了出來。
「不過，文軒兄，為什麼你跟她姐姐沒有結婚，她仍然叫你做姐夫？」
秀妍偷偷地瞧了姐夫一眼，看見他沒精打采的樣子，哈哈！秀妍發覺自己忍笑忍得好辛苦，她很想告訴祝先生，答案很簡單喔，就是姐夫不想被人叫做大叔！
「關於這件事，我遲些再跟你說吧！」文軒簡短回答。
三人終於來到振華的車子前面，振華坐在駕駛席，秀妍跟文軒同時鑽進後座。
「對了，你們所講的會議，到底是要討論什麼？」秀妍問文軒，「關於祝家的事嗎？」
「說起上來真的很好笑。」文軒回答，「有一個男人，膽敢自稱是祝振華，隻身前來要跟祝家所有人當面對質，但剛好這個人我是認識的，他只是美國一個生意失敗，終日流連拉斯維加斯賭場的小混混，我今次前去，就是要揭穿那個騙子的真面目！對吧？振華！」

這時坐在駕駛席的振華，突然鬆開安全帶，轉過身來。

「對不起，文軒兄，有一件事沒跟你說清楚。」振華說，「今次會議的真正目的，不是拆穿那個男人的真面目，而是要找出十八年前，殺害我妹妹的真凶！」

秀妍掩著嘴巴。

妹妹？難道就是……那位烏黑長髮女子？

二哥去世的消息，來得很突然。

早上還是好好的，說要去跟一位新買家洽談，結果，晚上收到警局來電，二哥被發現倒斃在一處偏僻的後巷，死時三十四歲。

二哥全身傷痕，死前似曾遭到毒打，致命傷是頭部遭硬物撞擊，很明顯，是被謀殺的！那個新買家，是故意引誘二哥上釣！我跟警方說，我們做洋酒生意，之前曾經有惡棍上門，勒索我家店鋪保護費，但被我二哥打退了，一定是他們尋仇，偽裝成買家，引誘二哥至偏僻地方，然後群體毆打他。

二哥跟大哥一樣，體格健碩身手靈活，一兩個惡棍不會是他對手，他們是故意設局謀害我哥！我告訴警方，我認得其中幾個上次來搗亂的人，如有需要，我可以做證人。

可是，當時的警隊，不像現時那麼有效率，收黑錢包庇惡勢力司空見慣，無論我如何努力，警方只對我說，案件還在調查中，你回家等消息吧。

我恨那班警察，我恨那幫惡棍，我更恨我自己，沒能力好好守護這個家。

二哥死後，公司經濟狀況開始出現問題，生意本來就不好了，現在只得我一人，更加無力應付，我決定結束洋酒生意，把所有倉底貨拿出來出售。現在坊間有很多傳聞，說我當時是在街邊行乞，其實不然，我只是在街邊擺地攤，將賣不出去的洋酒賤價出售。

不過，最令我憂心的不是生意，而是四哥健康，現在家裡經濟開支主要依靠他，他自己也很清楚，晚上還多找一份兼職，結果身子弄得愈來愈差，臉色愈來愈蒼白，我勸他辭去晚上那份工，他只說，再熬多幾年吧，至少，等五姊嫁出去再說。

五姊情況我稍微放心，除了早上一份兼職外，她晚上也找了另一份工作，還說工資不錯，但最重要是，我留意到她開始注重打扮，平時上班也會穿得漂亮一點，而且，每晚放工後也會晚一點才回家，我心想，她跟三姊當年一樣，應該開始交男朋友，五姊也二十七歲了，為了這個家，她犧牲了自己的青春，如果遇到合心意的人，能嫁出去也是好事。

本來已經忘卻，但二哥死後，我又再次想起三年前那個怪人，他說的那個活不過四十歲家族詛咒，是真的嗎？

現在只餘下四哥跟五姊，我們三人，下一個輪到誰？

不知什麼原因，我開始相信那個怪人，並希望再次遇見他，於是，我在上次見到他的地方，等了一個禮拜，但他沒有出現。

我不甘心，我相信上次偶遇，是他存心安排的，如果一切都在他的計畫之內，他一定會再次出現。

我決定再等一個禮拜，就在最後一日，即是我等他的第十四日，他終於出現。

「我說過，你會回來的。」

男人外貌跟三年前沒變，不，好像連衣著都跟三年前沒變，同一套洋服，同一雙皮鞋。

「我問你，」我開門見山地說，「這個活不過四十歲的詛咒，有沒有方法解除？」

我要盡最後努力，保護四哥及五姊……及我自己。

「沒有，」男人搖頭，「詛咒沒辦法解除。」

我很失望，等了十四日，還是沒有結果。

「但是，有方法避過。」

有方法？那太好了！

「那麼，我要做些什麼，才能夠避過這個詛咒？」

男人突然咧嘴而笑，表情詭異地望住我。

「你父親不是已經做了嗎？」

做了？做了什麼？

男人只是不停地笑，笑得愈來愈恐怖，有點毛骨悚然。

「如果，我能夠幫你，擺脫目前的困境，但要付出代價，你願意嗎？」

我到現在還清楚記得他的一字一句，與及他說話時那一抹詭異笑容。

「只要能夠救到這個家，我一切也願意。」

他從袋裡拿出一個小東西。

「把這小東西，放在你身邊，如果可以的話，出外也帶上它。」

那是我第一次見到這個小東西，現在我當然知道它的用途，但在當時，我完全不明白這個男人，為什麼給我這樣一個玩意兒。

「這個，是什麼東西？」

「你暫時不需要知道，因為這個小東西，還未決定是否跟隨你。」男人笑笑地說，「你只要記住，放在身邊不要動它，就可以了。」

「這個東西……可以解除那個詛咒？」

男人再次搖搖頭。

「我說過，詛咒沒辦法解除。」

「那要這東西有什麼用！」我大聲喝斥。

「它，能夠幫你解決很多問題。」男人依舊保持笑容，「有了它，你將來的命運就可以改寫。」

我接過那個小東西，它比我想像中重。

「我會再來的。」男人揮揮手，「有一天，當我再來的時候，就是你要付出代價的時候。」

×××的日記　一九五〇年代

八

何敏莉照照鏡子，張開口，輕輕地在嘴唇塗上一抹艷紅，敏莉一向對自己的豐厚上唇引以為傲，鮮艷的紅色更能突顯她性感的唇型。

她再仔細看看鏡中自己，紅色露肩連衣裙的肩膀位，好像有少少不對稱，一定是剛才駕車來時不停轉動方向盤，令肩膀位置的衣領移位了，敏莉小心翼翼整理好裙子，將迷人的鎖骨再次展露於人前，這是她第二個最引以為傲的身體部位。

離開洗手間，敏莉踩著四寸高跟鞋，直接走向總經理辦公室，高跟鞋在大理石地板上噔噔作響，所到之處，公司內其他職員都不禁抬高頭望向自己，她享受這樣的目光。

祝康蔭今日一早就回到辦公室，下午他要出席一個很重要的會議，這個會議，關乎祝家今後的命運。

敏莉當然知道這個會議的重要性，沒有人比她更清楚了，這一年來，從她結識康蔭開始，她一直等的，就是今日。

打開總經理辦公室大門，敏莉無視房內另一個人，自顧自向康蔭走過去。

康蔭今年已經四十九歲，但外型比真實年齡來得年輕，身型健碩外貌俊朗，眼神充滿誘惑力，面型輪廓很深，看上去有點像外國人，他今日穿上暗花恤衫配襯一條精緻圖案絲巾，典型上一代人的打扮，一身古龍水令整個辦公室香氣四溢，雖說打扮有點花俏，但不容否認，很有男人味。

坐在他對面，是一位年過五十的女士，身型肥胖，頭髮花白，眼角布滿魚尾紋，臉部肌膚明顯鬆弛，粗眉細眼，厚唇闊嘴，眼神銳利，外表嚴肅專業，一般人看見她模樣都會敬畏三分，但在敏莉眼中，她只是一個愛子如狂的中年寡婦。

「下午的會議，我可以來嗎？」

敏莉一坐就坐在康蔭大腿上，康蔭尷尬地望住前面的中年女人。

「對不起，大姊，」康蔭轉頭跟敏莉說，「敏莉，不要這樣沒規矩，快下來，還有，跟大姊打聲招呼。」

敏莉是故意的，她刻意做給祝家大姊祝家福看，這個老古板，雖然外嫁了，但卻經常回來指指點點，還想把兒子塞入董事局，她想得美！

「大姊您好。」她誇張地彎腰鞠躬，「對不起，剛才進來時，只看見康蔭甜心，看不見您，請大姊原諒。」

祝家福冷笑一下。

「不要跟我來這套。」家福說，「妳沒禮貌也不是第一天的事，妳看不見我，我也看不見妳，大家不相往來有多好，只是……」

家福瞄了三弟一眼。

「下午的會議是祝家的事，妳沒資格出席。」

敏莉笑了一下，我沒資格？

「甜心，」敏莉像隻發情的母貓，開始向康蔭撒嬌，「我很好奇那個姓姜的男人，是否有三頭六臂，夠膽挑戰祝家權威，我想看看他有什麼能耐，就讓我看一次吧。」

康蔭手指尖放在唇上，噓了一聲，但已來不及制止敏莉說話。

「康蔭，你連那個人是姓姜的，都告訴給這個女人知道？」家福怒目瞪著康蔭，「天啊！你這個色鬼，還有什麼事已經告訴她了？」

「沒有沒有，」康蔭連忙搖頭，「我上次只是一時口快，對她說了那個男人是姓姜而已，其他的事，我沒有告訴她。」

「是真是假，你心裡清楚。」家福站起身，「我先下去，在停車場等你，五分鐘後你不下來，我自己過去。」

她走了兩步，然後回頭對敏莉說。

「芷琳比妳好多了。」家福冷冷地說，「雖然我也看她不順眼，但至少，她對我畢恭畢敬，妳真是要跟她多多學習，如何做人弟媳。」

家福說完關上門，剛好避開了敏莉向她扔過去的原子筆。

「敏莉，妳又何必這麼動怒，大姊的脾性妳又不是不知道。」康蔭平靜地說。「我等會兒就要出發，妳下午還是去商場隨便走走，買妳喜歡的東西吧，全部由我結帳。」

「我下午不去商場了，約了人。」

康蔭好奇地瞪起雙眼。

「放心，不是男人，我約了芷琳吃下午茶。」敏莉笑說。

「咦，那妳剛才又說想見見那個姓姜的？」

「說說笑而已，那麼悶的會議，請我也不會去。」

「這樣也好，這個家就只有我跟芷琳會跟妳談上兩句。」康蔭穿上外套，打開門，「妳今日就跟著她，向她討教如何做人弟媳吧！」

另一支原子筆朝康蔭飛過去。

九

昨晚見到的那個人型物體，到底是什麼？

昕涵坐在大廳一張舒適的單人沙發上，翹著腳，托著腮子，沉思中。

她今日穿上一件白色絲質上衣配淡紫色貼身短裙，襯上一雙粉藍色尖頭高跟鞋，完美突出腰部及腿部線條，把她均稱的身材表露無遺，深棕色波浪長髮今日份外顯得亮麗光澤，兩側紮了幾條小辮子，配搭粉紅色眼妝，高貴得來不浮誇，美麗得來不隨俗，更為她加添幾分活潑可愛。

不過，今日對於祝家公主來說，外表雖然漂亮搶眼，但心情卻無比沉重。

昕涵是第一個到達大宅的祝家成員，她一個人坐在空蕩蕩的大廳裡，想起兒時的情景，她望向大廳其中一個角落，這裡，就是這裡，她記得曾經跟小叔叔　起玩，他們搬開沙發、椅子及茶几，讓出空間在角落附近玩……玩什麼呢？翻筋斗？還是摔跤？

她別過頭，望向大門方向，還未有人來，反正仍有時間，昕涵嘗試回想昨晚見到的情景，希望能夠在開會前，整理出一些頭緒來。

月色下的深夜，在姑姐以前的房間，有一個看似是人，但又好像不是人的物體，一直不停地跳跳跳，而就在它的腳邊，就在地上，昕涵看見她想要的東西。

那個跳跳物體到底是什麼？它看上去好像是人，至少，在昨晚暗淡的月色照射下，依稀見到是人沒錯。

但昕涵自己也不知道是什麼原因，總覺得有些地方不對勁！到底哪裡出錯了？是它的衣著？是它的姿勢？還是……它的怪異舉動？
它一直在跳，很像在跳舞，但昕涵說不出它在跳什麼舞，拉丁舞？芭蕾舞？現代舞？什麼舞蹈有時會用單腳跳，有時則用雙腳跳？
抑或，它根本不是在跳舞？
昕涵記得，每次當它停下來時，就會盯著地板上的東西……
那個小東西，明明放在爺爺房裡，為什麼會出現在姑姐房間的地板上？
本來昕涵是有機會看清楚那個人型物體的真面目，當它轉過身來時，碰巧表哥來了，還把走廊開得燈火通明，嚇跑了它，該死的表哥！
但昨晚除了人型物體，其實還有兩個可疑之處。
首先，忠叔明顯在說謊，他一定聽到那物體跳舞時所發出的沉重腳步聲，但是，他選擇置之不理，原因可能是二伯父方面的壓力，畢竟二伯父現在是當家，那麼是否意味著，忠叔及二伯父都知道那個人型物體的存在？既然知道，為什麼要隱瞞？
第二，那道牆，表面上堵住了連接東西兩翼的走廊，實際上是要封印爺爺的房間，為什麼二伯父要這樣做？
人型物體在跳舞，忠叔在說謊，封印房間的牆，這三個謎團，互相是否有關連？應該從哪裡入手調查？
昕涵再細心分析，二伯父向來城府甚深，問他恐怕問不出個所以然，還是忠叔機會大一點，他平時也很疼自己，明日找個機會問問他，就算他不肯說，相信也能看出一點點端倪來。
「這才像我家的小公主啊！」一把討厭的聲音傳入耳裡，「昨晚那套賊子裝扮，真心不適合妳啊，小涵！」

家彥精神奕奕地走進大廳，他明顯把鬍鬚刮了，頭髮也梳得貼貼服服，一件銀白色西裝外套襯淺灰色上衣，深藍色丹寧褲配湖水綠跑鞋，本身已經白皙的皮膚加上陽光般的笑容，瀟灑俊朗，比起昨日那個頹廢模樣，家彥今日可謂脫胎換骨，只是……

「請不要再叫我小涵！」昕涵瞪起大眼睛。

「哦，一時忘記了。」家彥坐在昕涵旁邊，另一張單人沙發上，「喲，兩張單人座位都被我們霸佔了，看來不用擔心跟父母同坐。」

居然被表哥看穿了！他這個人的觀察力總是這麼敏銳。

昕涵今日提早來到，就是想坐在單人位上，避免跟老爹同坐，她知道，如果坐在那張四人大沙發，老爹一定會坐過來。

「那你呢？你還不是不想跟大姑媽同坐！」昕涵反問家彥。

「妳都知道，我媽有多煩耶。」家彥拿出手提電話，在螢幕上掃了幾下，「在美國那幾年，她個個月來探我，但我過去美國發展，明明就是想避開她的。」

「大姑媽很疼你，你知道的。」昕涵聲線變得溫柔，「自從姑丈過身後，她只剩下你一個。」

「我知她在想什麼。」家彥邊看手機邊說，「她老是叫我回公司，是想我從二舅父手裡，搶回公司的話事權。」

「你沒有興趣？」昕涵問。

「當然沒興趣，妳知我這份人，最討厭跟人爭東西。」

「那你打算幾時回美國？」

「明晚就走。」家彥視線離開手機，望住昕涵。「今日解決這件事後，明日跟小叔叔及芷琳姐吃過午飯，就直接去機場，妳都會來吧，小涵？」

昕涵嘆了口氣，她開始覺得，表哥這個壞習慣是永遠改不了，與其逼他改，不如跟他唱對台。

「是啊，小叔叔也約了我吃飯，明日我會準時到的，霍爾！」讀到最後兩個字時，昕涵故意扯高聲線。

家彥先是呆一呆，然後發出一個會心微笑。

「想不到妳還記得，小時候妳總是這樣叫我的，小涵！」

「當然，霍爾的移動城堡，祝家最偉大的魔法師！」

兩人一起笑了出來。

「噢，看來我們的剋星來了。」

昕涵望向大門，兩個中年人正步入大廳。

「乖女，妳瘦了很多！」

「啊，家彥，為什麼回來也不通知媽媽一聲？」

昕涵及家彥不約而同站起身，向兩人恭恭敬敬打招呼。

「大姑媽，爹吔！」

「三舅父，媽！」

然後迅速坐回自己的單人沙發上。

十

芷琳離開住所，前往附近酒店的咖啡廳，敏莉約了她一起吃下午茶。

她一進咖啡廳，馬上見到敏莉，多虧那件鮮紅色露肩連身裙非常搶眼所致。

敏莉的皮膚很白很細嫩，就像少女一樣，很難看出她其實已經三十五歲，芷琳常常自嘆，為什麼大家都是同齡，自己的膚質沒有她好。

「我知妳喜歡草莓蛋糕，」敏莉遞上一件草莓蛋糕，「幫妳先點了，這裡很快賣光的。」

敏莉性格雖然有點傲慢，有點潑辣，但對自己還算不錯，雖然跟她只是見過幾次面，但她卻記得自己喜好的口味，就跟初初認識振華時一樣。

不過，有時芷琳都會覺得奇怪，例如她喜歡草莓味的甜食，之前好像沒有跟敏莉提起過，但她卻不知從哪裡打聽出來，同樣情況，也發生在振華身上。

或者，芷琳曾經在敏莉及振華面前，點過草莓味甜食吧？自己也不記得了，不過若然真的是這樣，他們的觀察力也蠻強的。

「最近過得好嗎？我的好弟媳。」敏莉語帶諷刺地說。

「妳怎麼了，三哥激怒妳嗎？」芷琳吃了一口蛋糕，「還是大姊二哥？」

「那個家福大姊對我說，要我跟妳好好學習，如何做人弟媳。」敏莉忿忿不平，「看得出她是多麼的討厭我！」

「她說說笑而已，妳不必太認真。」芷琳面紅紅回應，「其實我也不算一個好弟媳，大姊她，根本沒有理睬我。」

「至少，她在我面前稱讚妳，我就沒有這個福氣了。」

敏莉呷一口紅茶，接著說。

「芷琳，妳有沒有擔心過？」

「擔心什麼？」

「妳的丈夫，不是祝家的兒子。」

關於這個問題，芷琳在過去數星期，已經不停反覆問自己，當然，她心裡面已有答案。

「無論他是不是祝家的人，我都會跟他一生一世。」

敏莉搖搖頭。

「傻瓜！這不是妳跟不跟他的問題，振華若不是祝家兒子，妳以為，祝家的人會放過他嗎？還有，倘若那個姓姜的，真是祝家親兒子，他要對過去奪走他一切的振華展開報復，也不是沒可能的事。」

芷琳也想過這個可能，不過比起姓姜的，她更害怕三巨頭，若果振華真的被證實不是親生的，能夠保護他們夫妻二人，就只有……

「我相信，大姊二哥及三哥他們，不會對振華報復。」芷琳輕聲地說，「而且，還有昕涵跟家彥兩人。」

「啊！原來如此。」敏莉不屑地笑了一聲，「也難怪妳這麼淡定，原來有他們兩人站在同一陣線。」

「家彥可算是祝家下一代的繼承者，恩澤二哥的三個兒子，沒一個比得上他，不！應該說，三個加起來也比不上他，難怪家福大姊視他如珠如寶，千方百計要把他拉進公司，有他幫妳撐腰，妳的確放心許多。」

「還有昕涵這個妹子，說起她就厲害了！」敏莉嘲諷地說，「單單她瞪著你的眼神，已經足夠殺死人！妳可知道她每次瞪著我時，那副殺母仇人的眼神是多麼恐怖！」

「但這還不算她最厲害的地方，她最厲害是竟然令到做父親的康蔭，倒過來怕了她，我從未見過做父親的，居然如此低聲下氣地對女兒說話，好像前世虧欠她似的，有這個妹子幫妳撐腰，妳在祝家真的可以橫行無忌！」

芷琳搖搖頭，不同意敏莉對昕涵的看法。

「妳說得有點太過了。」芷琳正經地說，「昕涵她年紀還輕，一時想不通而已，至於三哥，他一向疼惜女兒，對她低聲下氣，也只是為人父親，想哄哄愛女，說不上誰欠了誰，昕涵其實很孝順的。」

芷琳手機突然響起，她看了一眼螢幕，急不及待接聽。

「喂，振華，對啊，我出去了……不，在附近酒店咖啡廳而已，不是很遠……好啊，我也想見見師妹，大約……十五分鐘，你先帶她回去，在家裡等著吧，我很快就回來……你自己一會兒也要小心喔……好的，今晚見！」

聽畢電話，芷琳馬上露出一絲甜蜜微笑。

「甜死人了。」敏莉笑說，「快回去吧。」

芷琳連忙取出錢包，準備付鈔時，敏莉阻止。

「上次是妳結帳，今次由我來吧。」

「那先謝過啦，下次再約妳！」芷琳拿起手袋，站起身。

「對了，這間酒店的草莓蛋糕，好吃嗎？」敏莉問，「我想買一個給康蔭嚐嚐。」

「好吃極了！」芷琳開心地說，「妳看我，全吃光了，下次我也要買一個回家。」

芷琳快步離開酒店，留下敏莉獨自坐在咖啡廳，她望住那個蛋糕碟，那個還有少少蛋糕碎屑殘留的蛋糕碟。

「看來，她真的記不起來了。」

敏莉喝下最後一口紅茶。

「這還好，不然……別怪我……」

我把那個東西放在床頭，心想，它到底可以帶給我們家多少好運。

結果完全沒有效果。

四哥身子愈來愈差，我很擔心，強拉他去看醫生，最後證實是肺癌。

我整個人崩潰了，不知哭了多少天，雖然童年時跟四哥並非最親，但這十多年來，隨著家人一個一個去世，我跟他的關係，卻一天比一天親近。

他告訴我，小時候喜歡看書，是因為覺得，大哥二哥都是行動派，做事雖有魄力，但卻欠缺腦筋；至於我，為人滑頭，雖有小聰明，但卻不學無術。四哥認為，家裡成員這麼多，總要有個頭腦派的人才行，萬一行動派或滑頭派出事了，頭腦派就要扛起整個家。

我跪在四哥床榻前，低著頭，羞愧得無地自容，這位以前被我看不起，經常默不作聲的書蟲，原來才是我們家最有見識，最高瞻遠矚的成員，自二哥去世後，整個家幾乎就是靠他一個人支持住，我突然覺得自己很渺小，在他面前，我根本就是一個無用的廢物。

然而，他摸摸我的頭。

「不要難過，不要自卑，你人生最光輝的時刻，還沒來臨。」

什麼狗屁光輝時刻！根本就不會有光明來臨的一日，而事實上，很快就出現第二件令我崩潰的事。

五姊她最近老愛打扮，我最初以為她結識了男朋友，我跟四哥還催促她，快點帶男朋友上來給我們見見面，如合心意就快點結婚，但每次她都是借故避開話題。

結果有一晚，我發現她打扮得漂漂亮亮的，進入夜總會。

那次碰面真是巧合，若果不是跟一位以前生意的熟客外出，根本不會知道五姊晚上的兼職，原來是做出賣肉體的職業。

我很憤怒，四哥很失望，我還記得，當晚我們等到早上五時，五姊回來甫進入家門，我馬上拉住她，摔她在椅子上，我跟四哥輪流質問，惡言恐嚇，好言相勸，什麼也說過了，五姊只是哭，她性格本來就很懦弱，從不敢反駁，她一直等到我們再沒有力氣說下去時，小聲地說。

「如果我不做，這個家，還能支持下去嗎？」

我呆住了，然後是決堤一樣喪哭，我跑了出外，一邊哭一邊狂嚎，五姊說得沒錯，現在這個家，就是靠五姊，四哥接受治療休養中，而我自從在街邊賤賣洋酒後，久久未找到工作，家裡所有開支都是靠五姊。

我不知在街上流連了多久，當我回到家時，天已亮起來，四哥睡了，五姊她……已經上早班了，枱面上放著她為我準備好的早餐，早餐旁邊放了一張紙條，上面寫上三個字。

「對不起。」

已經乾涸的淚水再一次流出來，我記得當時我一隻手拿著紙條，另一隻手按著鼻子，慎防鼻涕弄濕紙條，但沒有用，我的眼淚鼻涕，已經一把一把地流在紙條上。

我失望地走到床頭，拿起那個東西，狠狠地摔在地上。

騙人的！完全是騙人的，這個東西，根本沒有解決問題，相反，帶來了更多問題，四哥的絕症，五姊的墮落，難道……是這個東西害成的嗎？

我從地上拾起那個東西，打算再摔一次，奇怪！剛才這麼大力摔下去，居然一點損傷也沒有。

這小東西很重，很硬，很堅實，表面很光滑，好像是金屬造的，但到底有什麼作用？這麼重的東西做出來，難道就是讓人放在一旁做裝飾品？

之後的日子，我們三人繼續如常生活，四哥身體雖然虛弱，但還未走到最後一刻，五姊她繼續上班，說得清楚一點，是早班及夜班都繼續上。

對！我們沒有再阻止她，現實點說，我們也沒有能力阻止她。她告訴我，其實她也不願意做，但不做就活不下去，她不想我及四哥出事，不想我們因為貧窮而鋌而走險，她說，寧願她一個人受苦，總好過我們三個人挨餓。

我再一次感到羞愧，這個家，只有我一個人健健康康，只有我一個人無福無禍，也只有我一個人百事無成，四哥曾經扛起整個家，現在輪到五姊，而我，只是一隻寄生蟲。

……只有我一個人健健康康……只有我一個人無福無禍……

我當時睡在床上，想到這裡，猛然跳起身，對了！為什麼只有我是這樣，在我這三十年的人生中，所有不幸，都是發生在我身邊的人身上，而我，一直無風無浪。

我望望床頭那個東西，終於明白一件事。

如果，這個東西，真是能夠幫我解決所有問題……

……首先要有想解決的問題……

但我一生人中，都沒有想要解決的問題，因為所有問題，都發生在我身邊的人身上。

那麼，假如由現在開始，我扛起整個家，將來遇到的所有問題，都是我的問題了，這小東西，又能否幫我全部解決？

我決定放膽一博，因為，我已經沒有東西可以再輸。

我做洋酒生意時，結識了一位在銀行上班的職員，他姓陳，因為年紀比我小，我叫他做小陳，小陳的銀行最近想向普通市民，推介一種分期還款方式的借貸服務，以吸引他們向銀行借錢。

以前做生意，銀行借錢主要是借給大公司，想不到現在居然打小市民的主意，於是我在想，假如銀行一次性借錢給市民，但市民卻不用一次過清還，只需以後分期向銀行還款就行了，那麼市民的購買力就會在短時間內大爆發，如果他們用借來的錢買我的產品，那我豈不是穩賺了！

但我生產什麼產品好呢？一定要金額大的產品，要不然市民也不需要借錢買。在我那個年代，大部分人都是租屋住，很少有自置住所，假如，我去建屋，市民借錢後買我的屋，行得通嗎？

這個構思，在當時是很新穎的想法，我知道做起上來，一定會遇到很多阻力，但是，我已下定決心，這個家，以後就由我來扛。

我再望望那個小東西……

以後這個家的事，就是我的事了……

你會幫我解決所有問題嗎？

×××的日記　一九六〇年代

十一

秀妍來到振華的寓所，第一個感覺是，地方很大，她特別喜歡客廳的落地玻璃窗，從這個角度望出窗外，蒼藍色的海，金黃色的沙，海灘美景盡入眼簾，這裡，絕對是素描的好地方。

「對不起，芷琳剛出去了。」振華不好意思地說，「我已致電給她，請妳稍等一會，她很快就會回來。」

「不用急，慢慢來。」

秀妍留意到在落地玻璃窗旁邊，放了一張枱，枱上有不少畫具及畫紙，畫紙上畫了很多人像或風景素描，有些已經完成，有些則只是草稿。

「芷琳她，很喜歡坐在玻璃窗旁邊素描，這個角落，是她的工作室。」

「她喜歡畫風景，還是人物？」

秀妍留意到，枱上的畫像，以人物佔大多數。

「我想是人物吧，」振華想了想，「她常常說，人物是最難畫的，因為人的表情及動作，有時候是很難捕捉。」

原來師姐也跟自己一樣，偏好畫人物，看來今次前來的決定是正確的，秀妍此刻倒有點期待師姐快回來。

「我自己呢，也被她畫了不知多少遍。」振華苦笑，「我們全家人幾乎都被她畫過，除了……」

振華欲言又止，秀妍好奇地望住他。

「抱歉，我是想說，除了素素。」振華繼續說，但表情有點古怪，「芷琳嫁進來時，素素已經死去多年。」

看來振華仍然很想念妹妹，只不過，他說這句話時，卻有點吞吞吐吐。

「時間不早了，文軒兄還在車上等。」振華看看手錶，「我應該來不及等芷琳回家，李小姐可以在這裡多坐一會兒，廚房有些吃的，妳自便好了，不用客氣。」

「留我一個人在這裡，沒問題嗎？」

「沒問題，反正芷琳快回來了。」振華拿起公事包，打開門，「或者妳可以一邊素描一邊等她，這樣沒那麼悶。」

正當振華一隻腳踏出門口，突然若有所悟似的，回頭對秀妍說。

「我太大意了，說了這麼久，還未介紹素素給妳認識，這張相片雖然有點褪色，但仍可以清楚見到她的樣貌。」

然後，他從公事包中，拿出一個相架。

秀妍心想，其實她早就看過了，能夠在振華的回憶中，佔據這麼重要位置，只有那位早逝的妹妹，那位烏黑長髮的年輕女子，才能勾起他無限思念，執念一深，就被自己看見了。

秀妍這時候也終於明白，為什麼在大學畫展，振華看見她的畫作時，感觸甚深，這是因為秀妍畫的是姊妹之情，是她對姐姐秀晶的愛及懷念，與及守護家人的信念，這份感情藏於畫中，引起振華共鳴，令振華想起以前跟素素的兄妹之情，與及未能守護家人的遺憾，由此在腦海中浮現出對素素的回憶，而這份回憶，就被秀妍看見了。

振華把相片遞過去，秀妍自信滿滿地看了一眼。

她……她是誰？

十二

來到大宅，文軒跟隨振華由後門進入，繞過大廳後走上樓梯，然後通過一條很長的走廊，沿途經過三間房後，來到走廊盡頭，眼前見到的，是兩間房門相對的房間，左邊那一間房門已關上，文軒跟隨振華進入右邊的房間。

「這裡是我以前住的房間。」振華向文軒介紹，「今日特別改裝成監控室，可以看見樓下大廳的情況，你暫時先待在這裡，監視那個人的一舉一動，等會兒看我指示，再衝入大廳。」

「振華，其實我一直想問你，你妹妹的事，都過了十八年，為什麼你仍然這麼堅持調查？」

振華望住文軒，露出無奈的眼神。

「因為，我懷疑，謀害素素的真凶，現時就在我們身邊！」

「你……你說什麼？你意思是，真凶就在這裡？」文軒對這個答案嚇了一跳。

「我已經暗中調查多年，應該不會弄錯。」振華堅定地說，「我妹妹，她不應該這麼年輕就死，她死得很慘，就在隔壁房間，她被人從窗戶推了出去，頭部落地，跌死在後花園裡。」

隔壁房間？就是剛才那間房門緊閉，左手邊的房間？那我豈不是正身處死人房間的隔壁！

「會不會是意外呢？」

「這是父親給警方結案的理由，」振華繼續說，「當時父親仍在世，你應該知道，他不論在公司還是在家裡，都是一個強人，他這樣說，沒人敢質疑他。」

「等等，你說真凶現時就在我們身邊，意思是……你懷疑真凶是家裡的人？但為何家人要……

謀殺另一個家人？殺人總得有個理由吧！」文軒不解地問。

「坦白說，關於殺害素素的動機，我到現在也搞不清楚。」振華搖搖頭，「所以，姜天佑今日前來，正好助我了解更多當年的真相。」

「你意思是，姜天佑跟十八年前你妹妹的死有關？」

振華深深吸了一口氣，遲疑片刻，好像正在掙扎應否說出來。

「根據我這幾個月調查所得，」振華最終還是決定坦白，「有兩個人，打算進行一項傷害祝家的陰謀，姜天佑是其中一人，但我不知道另外一人的身分，也不知道他們這樣做的動機！」

「有兩個人想傷害祝家，姜天佑是其中一人……啊！我明白了！」文軒拍了一下自己腦袋，「這就是你找我來的原因！」

振華點頭。

「文軒兄，你不是說過，你一年前在拉斯維加斯一間餐廳內，見到當時的姜天佑，跟你談不上兩句便急著離開，當你回頭望他時，發現他正跟另一個人離開餐廳！」

「對的！但當時距離太遠，我看不清楚另一個人是誰？我甚至不知道那個人是男是女？」

「沒關係，我今次叫你來幫手，就是要唬唬他！」振華嘴角微微上翹，「這招叫做虛張聲勢，只要你一會兒衝入大廳，當面指證他曾經跟那個人約會，密謀對付祝家，他一定露出馬腳，因為他不肯定你是否認得出那個人！」

「但假如當時那個人，只是他的普通朋友呢？」

「那個人是誰並不重要，重要的是，姜天佑過去是否曾經跟同黨聯繫過！」振華解釋，「假如曾經聯繫過，當你突然在他面前出現，並指證他的陰謀時，他一定心虛，一定會顯得慌張，到時候大家一眼就可以看出來。」

「放心吧，我一定盡力而為。」文軒頗喜歡這個戲劇性安排。

「謝謝你，文軒兄。」振華笑笑，「我現在要下樓了，我會坐在閉路電視拍攝到的位置，好讓你清楚看見我，記得當我舉起左手時，你就下樓衝入會議室，指著他大鬧一番。」

文軒送振華至門口，打開門，燦爛的陽光從窗外照射進來，奇怪了！房間窗戶明明全拉上窗簾，哪裡來的陽光？文軒再定睛一看，是從對面房間的窗戶照進來。

隔壁房間的房門，打開了。

文軒指著房門，正想告訴振華時，振華已一個箭步，跑下樓梯。

「難道我記錯了？」文軒自言自語，「房門一直是打開的嗎？」

他探頭往隔壁房間裡面張望。

房內空空如也，除了地上正中央位置，放了一個……小東西。

十三

到底，哪裡出了問題？

秀妍獨個兒坐在客廳，她開始覺得有點不對勁。

振華的回憶中，那位烏黑長髮年輕女子，並不是祝素素。

相片中那個女人，雖然跟振華回憶中的女人，同樣擁有烏黑長髮，同樣笑容甜美，同樣年輕可愛，但絕不是同一個人，當中最大分別，相片中女人看上去較健康，較有活力，但回憶中見到的女人，一臉倦容，臉色蒼白，好像剛剛大病初癒似的。

秀妍閱讀回憶的能力，經過十多年來的鍛鍊，已經慢慢培養出對視覺影像的超高敏感度，只要被她看見，她就能純熟地辨認出不同樣貌的細緻分別，所以秀妍肯定，是兩個人沒錯。

不過問題來了，振華親口確認相中人就是素素，他沒有理由說謊，這張相過去也一直放在大宅內，即是說，所有祝家成員都知道相中人就是素素，既然這麼多人都確定她就是素素，相中人身分毋庸置疑。

那麼，振華回憶中的女人，是誰？

那個女人，曾經抱起小昕涵、曾經跟振華親密交談、曾經很慌張地把一件小東西遞給振華、還曾經被一位嚴肅的老爺爺怒目訓斥……

如果那位嚴肅的老爺爺就是祝萬川，加上昕涵及振華，能夠跟這些祝家核心人物在一起的女人，按理說，應該也是祝家的一份子，至少，絕對不會只是普通朋友，而且，從女人的表情及神態看得出，她跟祝家的人相當熟絡，尤其是振華，她望住振華時那副擔憂的表情……已經不是單純熟絡這麼簡單。

但是，若然是家族的人，又會是誰？秀妍最初猜想，可能是祝家的遠房親戚，跟振華他們很熟，間中來大宅一兩次，但不是常見的人。

然而，振華今早看畫時的感觸，否定了上述的猜測。

秀妍永遠記得，當她看見振華的第二段回憶，即是那位烏黑長髮年輕女子，很焦急地把一樣小東西遞給振華時，正正是振華看到秀妍第三幅畫時浮現出來，當其時的振華，將秀妍畫作表達出來的姊妹之情，投射在自身，一時感觸，想起過去的事，並在之後哽咽說了一句：

我明白了，她一定是妳很珍惜的人，妳想為她做更多，可惜一切為時已晚。

這份感情絕對不是裝出來的，秀妍敢斷言，回憶中那個女人，一定是跟振華很親近的人，絕不是遠房親戚。

振華以前在家裡，最親的就是妹妹素素，也只有素素符合他這段有感而發的說話，他最疼惜的妹妹死了，哥哥想為她做更多，但一切為時已晚。

難道回憶中那位女子才是真素素？相片中那位是假的！秀妍搖搖頭，不可能出現這麼荒謬的事！一定是哪裡出了問題！

門外傳來鑰匙聲，是師姐回來了，秀妍站起身，整理一下頭髮，剛才想素素的事想得太入神了，忘記了今次前來的主要目的，是要陪師姐，現在最重要的，就是收拾心情，等會兒跟師姐一起切磋素描心得。

大門打開，一位樣貌清秀的小婦人走進來，笑容滿面，熱情地向秀姸打招呼。

「對不起，要妳等太久了，妳就是秀姸師妹，對嗎？振華跟我說過了，很高興見到妳喔，妳真的好漂亮啊！」

秀姸用手掩著嘴巴，瞪大雙眼，吃驚得完全不懂反應。

這個女人……這個女人……

她不就是振華回憶中，那個烏黑長髮的年輕女子！

女人：「祝振華好像發現了什麼。」

男人：「他發現妳了？」

女人：「不，不是我，是你，他正調查你的過去。」

男人：「哼！我真金不怕洪爐火，那個冒牌貨，看我明日當場揭穿他，到時不用我出手，祝家三位長老也不會放過他。」

女人：「所以說你頭腦簡單，他根本不在乎自己是否祝家兒子，他在乎的，是十八年前那件事的真相。」

男人：「妳意思是？」

女人：「祝振華透過調查你的過去，想查出他妹妹當年死亡的真相。」

男人：「有什麼好擔心，他妹妹不也是冒牌貨嗎？父親當年以假亂真，收養兩個假的，去代替我們兩個真貨，其實照我說，妳明日也應該出席會議，大聲向他們控訴，妳才是真正的祝素素，而我則是真正的祝振華！我們兩兄妹一條心，向祝家討回公道！」

女人：「不行，兩個一起去，等於向祝家自揭底牌，到時我們在明他們在暗，要把我們兩兄妹幹掉也易如反掌，所以必須有一個人做好潛伏工作，另一個則公開宣戰……唯有暫時委屈哥你了。」

男人：「妳說得也有道理，只是我在想，那個冒牌妹妹的死，為什麼算到我頭上來？我連她的樣子也沒看過，碰也沒碰過她，祝振華憑什麼以為，在我身上能夠找到線索？」

女人：「如果沒猜錯，他已經知道你當晚曾經出現在大宅裡，也知道你跟祝萬川的關係，若再繼續讓他順藤摸瓜查下去，他很快就會發現我的存在。」

男人：「我當晚雖然在大宅裡，但很快父親就趕我走了……等等……妳當晚不會也出現在大宅裡吧？那個冒牌妹妹的死，莫非是妳這個真貨幹的好事？」

女人：「若果我說是我幹的，你信嗎？」

男人：「算了吧，我對那個妹子的死沒有興趣，是誰幹的我沒有所謂，現在最重要是明日會議，只要我身分被確認，祝振華這個騙子就會身敗名裂，到時候，我就可以保護妳。」

女人：「保護我？倘若祝振華繼續查下去，即使他喪失了祝家四少爺的身分，仍然有機會揭穿我和你之間的事，到時候就算你成功進入祝家，我們仍會有大麻煩！」

男人：「那接下來，我們該如何做？」

女人：「祝振華這個人，知道得太多了，不能留下來！」

男人：「什麼？妳不是想……」

女人：「有什麼不可？若不把他幹掉，讓他一直查下去，你我最終只會同歸於盡。」

男人：「但我只想奪回我應得的東西，我不想……殺人！」

女人：「祝振華這個人，取代了你的位置這麼多年，你不恨他嗎？」

男人：「……」

女人：「若果不把祝振華除去，萬一被他查出我的身分，我就會有生命危險，你都不想我有事吧？我知道，你為了我，甘願付出一切，對嗎？」

男人：「……」

女人：「而且，你不要忘記，有那個東西在，我們就不會有事！跟前幾次一樣，只要那個東西繼續保佑我們，所有事都可以逢凶化吉。」

男人：「那個東西，真的如此厲害？」

女人：「真好笑，過去一年，你在賭場贏了那麼多錢，你以為是你賭術好？抑或運氣好？還有，祝萬川老頭子這幾十年的風光，你以為真的靠他個人實力？沒有那個東西，你們什麼都不是！」

男人：「所以，妳千方百計混入祝家，目的就是要把那個東西的實體拿到手？」

女人：「一定要想辦法取回，這樣我們的力量就會更強大，只是，我一直沒有機會接近大宅。」

男人：「好吧，我信妳，一切都聽妳的，這一年來，如果沒有妳的幫忙，我早已破產了，如果沒有妳告訴我真正的身分，我還一直以為自己只是個倒楣鬼。」

女人：「你知道我對你好了嗎？放心，有那個東西在，一切都會逢凶化吉，只要祝振華一死，我們就能過幸福的日子。」

男人：「好吧，告訴我，該如何做？」

女人：「很簡單，只要，你明日藏起一把刀子，然後進入大宅……」

AAA的回憶片段　夜半無人私語時

生意比想像中順利，市民普遍歡迎分期付款買樓這個嶄新方法，這應該算是我三十多年的人生中，作出最明智的決定，我幾乎傾家蕩產，押上所有值錢的東西去問銀行借錢，多虧小陳，如果不是他極力游說銀行借錢給我，我根本沒有足夠資金去建屋。

小陳，簡直是我的貴人，因為他不單助我開展事業，還促成了我第一段婚姻。

這幾年我跟小陳合作無間，經常出入他家，因此認識了他的妹妹，我跟他妹妹情投意合，拍拖一年，正式向她的父母提親，當時我已經三十四歲，在那個年代，這個年紀才結婚算是晚婚了，但她父母沒有嫌棄我年紀大，答應了這樁婚事，我馬上回家告訴四哥及五姊。

他們很高興，高興得流出眼淚來，我們三人，很久沒試過這麼開心了，我記得結婚當日，四哥堅持要坐著輪椅出席，他當時已經虛弱得站不太穩，五姊推著他，坐在我的旁邊，我當時拖著太太的手，走到他們跟前，跪著向他們奉茶，我真心希望，隨著我成家立室，一切噩運到此為止。

然而，噩運並沒有停止。

五姊她失蹤了！在我婚後兩個月，她跟一個客人出外後，人間蒸發！我早已對她說過，這幾年我賺到錢了，她不需要再做下去，但她說，她們這些舞小姐都簽了合約，若果突然不幹，賠錢事小，被夜總會背後勢力惡意攻擊事大，她不想我剛起步的事業受她連累，幸好合約年尾到期，而五姊年紀也大了，老闆應該不會跟她續約，到時就可以安心離開。

對於五姊無緣無故失蹤，我慌了，直接去夜總會問她的同事，甚至假扮客人，跟那些經常尋歡的嫖客混熟，然後打聽關於五姊的消息，但都沒有結果。

半年過去，五姊還是不知所終，太太開始不滿我經常出入夜總會，但我還是不想放棄，我很喜歡五姊，兄弟姊妹中，我跟她最親近，她的突然消失，我實在接受不來，我繼續打聽，繼續尋找，直至，我太太懷有身孕。

我做夢也想不到，我竟然做人父親了！我們六兄弟姊妹，只有我這個老么結了婚，還生了孩子，我們這一家，總算有後代延續下去。

翌年，太太誕下一名女兒，四哥很開心，他已病入膏肓，能熬到女兒出世已經是奇跡，五姊仍然沒有消息，恐怕凶多吉少，那時候，四哥成為我最後唯一的親人，也是唯一一個親眼見到自己姪女出世的親人。

我抱著女兒，跪坐在病榻邊，希望四哥替她取名，他讀書多，應該可以起到一個好名字。

四哥舉起骨瘦如柴的手，摸摸女兒的頭，然後說。

「我們一家，都沒有福氣，這個女孩，就取名家福吧。」

這是我聽到四哥最後說的話，當晚，他走了。

那一年是一九六五年，我三十五歲，失蹤的五姊三十六歲，四哥三十九歲。

我的女兒，從此就叫家福，祝家福。

而我，也在那一年改名，希望改名後運氣會好轉，因為，父親的孩子們，只剩下我一人。

我現在的名字，大部分人都很清楚，但以前的名字，沒有多少人知道。

我現在，叫祝萬川，這是我自己改的。

我以前的名字，父母兄姐經常喊我的名字……

祝振華。

十四

姜天佑看上去，並沒有想像中可怕。

昕涵再仔細一看，這個人的外型及長相，跟小叔叔有幾分相似。

「剛才簡單介紹了我的背景。」天佑說話時不慍不火，「其實這些資料，相信大家已經派人調查過了，或者我應該儘快入正題。」

姜天佑坐在靠近門口的位置，跟他面對面的就是振華，兩人中間放了一張長方形茶几，茶几上除了放上奉客的茶外，在振華旁邊，還放有一個袋子。

恩澤跟他三個兒子，坐在右手邊一張四人大沙發上，後面站著家庭律師魏明博；家福則和三弟康蔭，坐在左手邊另一張雙人沙發上，昕涵及家彥分別坐在振華身後，兩張單人沙發上。

「我今次來是要向大家證明，我才是祝家四兒子。」天佑繼續說，「父親……我指是祝萬川，在我還是嬰孩時，把我跟另一個男孩掉包了，而那個男孩的母親，就是和我一起移民美國，剛於去年過世的養母，我今次回來，一方面是遵從母親遺願，認回自己親生父親，另一方面，是想跟我的兄弟姊妹重聚。」

天佑拿出一個公文袋，放在茶几上。

「這是我的ＤＮＡ鑑定報告，我不介意大家拿去跟父親的ＤＮＡ對比一下，倘若大家還是不願意相信，我很樂意回答大家對我的疑問。」

一片沉默，率先開口的還是大家姐家福。

「先不理這份報告結果如何，我很好奇，分開了三十多年，為什麼這個時候才回來？」

「這是因為，」天佑微笑回應，「我去年才從母親口中得知真相，本來也內心掙扎是否應該回來，但最後覺得，上天既然安排我知道真相，或者，就是想我回來一家團聚吧。」

「是母親親口告訴你嗎？」家福繼續追問。

「是的……是她親口告訴我。」

昕涵察覺，他回答時嘴角突然微微上翹，眼神飄忽不定，欲言又止，吞吞吐吐，似乎有事隱瞞。

「你說你嬰孩時就被調包，按理說你應該沒有跟我們生活過吧！」輪到康蔭發問，「但為什麼你好像很清楚我們的童年生活？」

天佑重拾笑容，昕涵覺得，這個笑容是在嘲笑老爹，因為老爹的問題，正中下懷。

「雖然我嬰孩時就離開了，但小時候的我卻經常回來，是父親祝萬川親自帶我來的。」

「胡說！老爸怎麼可能帶你來？」家福大姊反駁。

「這不就更加證明，我才是他的親生兒子嗎？」天佑淡定地說，「雖然一出世就分開了，但父親他仍然很掛念我，在八歲移民美國前，我經常來這裡，來這間大宅，即使移民後，我長大了，但偶然也會回來，當然一切都是父親安排，只是，我每次來都是祕密進行，所以你們不知道而已。」

「父親跟我說了很多關於你們三姐弟的事，例如，大姐是一個天生正義感很強的人，紀律嚴明，賞罰分明，從小到大志向就是當律師，結果現在成為法律界令壞人聞風喪膽的祝家福大律師，好像連勝廿一場官司紀錄仍未被人打破吧？有妳這樣一位大姐，我真是引以自豪。」

奇怪，他提這些事幹什麼？

「可惜的是，正義感太強的性格，反而令到大姐無緣成為集團繼承人，父親說過，做生意不同上法庭，水清則無魚，有時需要靈活變通，踩在合法與違法的界線上，才能做得成生意。所以，父親提過很多次，將來能夠繼承他位置的人，只有長袖善舞的二哥。」

「你……」家福滿臉漲紅，正想站起身喝罵對方，被身旁康蔭拉住。

昕涵暗暗自忖，姜天佑目的是要離間他們三姊弟，他一個人前來，最大的對手就是祝家三位巨頭，倘若他們連成同一陣線，對他相當不利，但他看穿了三姊弟之間互有心病，先用言語挑撥，令他們不那麼容易團結起來，這樣姜天佑就不用以一敵三。

「啊，還有三哥。」天佑以乎對這個離間遊戲樂此不疲，「三姊弟中長得最帥的一位，出手闊綽花錢豪爽，難怪迷倒那麼多女明星，但最近好像跟那位明星妻子離婚，我有看她的戲，她真的很漂亮啊，兩夫婦基因這麼好，難怪生出一個如仙女般的女兒出來。」

天佑說時望向昕涵，她怒目盯住他。

「可惜，懂花錢卻不懂賺錢，之前開的三間公司，紅酒生意虧本，食肆生意被伙伴出賣，創新科技生意更慘，好像正被外國公司控告侵權吧？難怪父親生前不斷提醒我，叫我做人處世要學二哥心思縝密，不要學三哥成事不足……」

「夠了！」

一直沒有作聲的二哥恩澤，突然以極其嚴厲的語氣喝停天佑。

「你沒有資格批評我們祝家的人。」恩澤說道，「在還未證實你是祝家成員之前，請你說話莊重一點，也請你不要大姐三哥這樣胡亂稱呼。」

「其實想證實很簡單吧，驗一驗就知道了。」天佑指指茶几上的公文袋，「我只是心裡好奇，你們明知眼前這個祝振華拒絕檢驗ＤＮＡ，卻一直充耳不聞，當作沒事發生，但他這個舉動，已經間接證實他根本是一個冒牌貨，請問祝恩澤先生，你們想迴避到幾時？」

姓姜的已經佔上風，昕涵望望小叔叔，他好像沒有聽到對方攻擊他的一番說話，只顧低頭望住茶几上那個袋子，好像是從家裡帶來的，裡面到底裝了什麼？

「咳咳，對不起。」

家彥此時坐直身子，伸了一個懶腰，然後調整坐姿，面向天佑。

「其實有一個很基本的問題，我見大家一直沒問，不知是否只有我一個人不知道，所以想請教，可以嗎？」

表哥又再展示他的招牌燦爛笑容，他搞什麼鬼？

「啊，原來是家彥，父親經常提起你。」天佑又再故技重施，「他老人家常常說，家族第二代中以恩澤最精明，可惜他三個兒子都不中用，加起上來都不及一個卓家彥，若果家彥願意回公司幫手，第三代接班人必定是他！」

家彥沒有理會天佑的挑撥離間。

「你說你在嬰孩時就跟對方掉包，但動機呢？外公為什麼要這樣做？好好一個親生兒子，為什麼要送給他人照顧，而自己則養大一個別人的兒子？怎麼想都不合理吧！」

昕涵看見除了祝家三巨頭外，其他人都屏息以待姜天佑的回答。

「啊，原來你母親沒有告訴你……」天佑望望家福，然後再望向所有人，「看來你們很多人都不知道當年的事，這也難怪……」

姜天佑回答得很清脆。

「這是因為，父親要打破祝家孩子，活不過四十歲這個家族詛咒！」

十五

「妳意思是，祝家的詛咒？」

一聽到詛咒這兩個字，秀妍打了個冷顫，手上的畫筆也不慎跌在地上。

秀妍瞥了眼前這個女人一眼，振華的愛妻，自己的師姐芷琳姐，她不是三年前才嫁進來嗎？但在回憶中見到的明明是她，奇怪了！為什麼她會出現在振華過去的生活中？

回憶裡的她，明顯比現在年輕得多，那把烏黑頭髮也比現在長，但現時的她，臉色比以前紅潤飽滿，笑容也多了，再沒有回憶中經常見到的擔憂神情，芷琳姐自回來後一直對自己笑，這幾年，她一定過得很開心很幸福。

難道自己的能力出錯？不會，秀妍相信出錯的不是自己，振華跟芷琳的過去，一定發生了一些事，只不過，秀妍明白，這是別人家的私事，跟自己沒半點關係，自己雖然窺見了，知道了一些可能是人家的祕密，可是，既然不關自己事，還是不要再追究下去。

所以，秀妍本來打算扮作什麼也不知道，亦不會追問他們過去的事，但芷琳姐卻突然提起祝家的詛咒，令秀妍心裡好奇，這個詛咒，會否跟她出現在振華的回憶中有關？

「但是……妳告訴我，沒問題嗎？」

「其實，也不算什麼祕密，祝家詛咒這個傳聞，每隔一段時間就會傳開去，已經有很多人聽說過了。」芷琳俯身拾起秀妍掉在地上的畫筆，遞給她，「只因為妳年紀還輕，沒聽過而已。」

秀妍接過畫筆，她看見芷琳的手在抖。

「而且，振華不是告訴妳了，關於他妹妹的事嗎？」芷琳繼續說，「他真的很想替妹妹找出真凶，站在他立場，我是絕對支持他的，也很想幫他，所以，有必要把事情由頭說一遍。」

「祝家詛咒跟妹妹的死，兩者有關係嗎？」秀妍開始感覺到一股不尋常氣氛。

「其實我也不清楚，所有事情都是振華告訴我的。」芷琳撥一下頭髮，「我這個人有點笨，由頭開始說一遍，比較容易整理。」

芷琳開始講述祝家的故事。

「振華父親，即是老爺，他小時候家裡的親人，全部都活不過四十歲。有些是戰爭時死亡，有些則是得急病過世，總之，祝家到最後能存活下來的，只有老爺一人。」

「但原來不只振華父親一代如是，振華的爺爺及之前好幾代也是如此，家族成員最多活到四十歲就離開人世，幸好以前的人大多早婚，也喜歡趁年輕多生孩子，要不然真的有可能絕後了。」

秀妍對這類帶有神祕色彩的故事，一向缺乏免疫力，她放下手上畫筆，全神貫注地聽著。

「後來，不知由誰開始傳出來，說祝家的先輩被詛咒，沒一個活得過四十歲，當時祝家血脈只餘下振華父親一人，我在想，老爺當時一定很惶恐，到底自己會不會步其他家族成員後塵？」

「結果，老爺在三十五到四十歲期間，五年內生下三名子女，就是現在的祝家福、祝恩澤、祝康蔭三姊弟，振華說，老爺當時已作最壞打算，希望趕在四十歲死之前，生得愈多愈好！」

秀妍心裡難過，她明白祝老爺爺當時的心情，換著是她，也可能會這樣做。

「但結果卻令人意外，老爺不但沒有在四十歲死去，反而長命活到八十六歲，兩年前才剛舉殯，在這段期間更續弦，生下另外兩名子女。」說到這裡，芷琳突然停下來。

「所以，那些所謂詛咒的傳言都是騙人的。」秀妍爽朗回應，她希望安慰一下芷琳姐，「祝老爺那個年代，醫療制度落後，藥物缺乏，資訊又不流通，兼逢戰亂，自然會死得人多，根本不關什麼詛咒事。」

芷琳報以一個認同的微笑。

「所以，當老爺活過四十歲後，流言便慢慢消失，大家好像突然間對祝家失去興趣，漸漸地，祝家的人開始過回正常生活，直至……」

秀妍一雙大眼睛期待地望住芷琳。

「直至十八年前，流言又重新傳開來。」

「是關於妹妹的死？」秀妍問。

芷琳點頭。

「我記得那年是千禧年，振華經常跟我提起。」芷琳慢慢地說，「那一年，振華二十歲，正在英國留學，素素只有十七歲，仍然讀高中，平時放學後就會回家，就是現在他們開會的那棟大宅。」

秀妍覺得，振華這麼緊張妹妹的死，一定有其原因，他似乎將自己所知道的事情，全跟他太太說了，他們兩夫婦之間好像沒有什麼祕密，感情一定很好。

而且，秀妍看得出，芷琳姐非常愛她丈夫，因為，她很留意丈夫對她說過的話，幾乎每一句都記得清清楚楚，只有很愛一個男人，女人才會願意這樣做。

「那一天是星期五，三哥在家裡搞了一個派對，素素因為課外活動，很晚才回家……咳咳……但派對還未結束，當時家裡有很多人。」芷琳咳了兩聲，繼續說。

「素素說累了，不跟三哥他們玩，獨個兒走進自己房裡，但不久就傳來慘叫聲，三哥連忙跑過去素素房間，裡面一個人也沒有，只見窗戶打開，他探頭一望，素素倒在後花園的草坪上，頭部附近全是血！」

「後來醫生證實，素素從高處墮下，頭部著地引致腦出血致死，那棟大宅雖然只有兩層，但由於樓底高，計起上來高度可以算上三層，墮地時若姿勢不好，是有機會致命的。」

「那麼警方調查結果如何？」秀妍問。

「當時賓客雖多，但他們大多跟素素不熟，沒有證據指證他們是凶手。」芷琳繼續說，「大姊當時不在家；二哥好像仍在公司；三哥當然是在大廳裡，還有那個姓魏的律師，他好像也在現場，總之，咳……他們全部都沒有殺害素素的動機……咳咳。」

芷琳再咳了兩聲，秀妍趕忙倒了一杯水遞給她。

「最後，老爺說是意外事故，素素打開窗時，不小心跌了出去，警方也樂意以此結案。」

「這個說法會不會太敷衍了？」

「咳……振華也是……咳……這樣說。」芷琳繼續咳，看來她身子還是很虛弱，就跟回憶裡的她一樣。

「但沒有辦法，案發現場……咳……即是素素房裡，沒有打鬥痕跡，窗上只有素素自己一個人的指模，草坪上也只有素素自己的血跡……咳……房內沒有能躲人的地方，按照三哥給警方的口供，他衝上去時大概只有兩分鐘時間，凶手沒可能逃得那麼快，除非……」

「除非什麼？」秀妍心急地問。

「三哥從樓下趕上去時，看見老爺正好站在連接二樓東西兩翼的走廊上，看似正趕過去，若果說，有人在那時候逃跑，又不被三哥發現，唯一方法，就是逃到老爺那一條走廊，躲進東翼房間裡去。」

「妳意思是，祝老爺爺知道凶手是誰，並故意放凶手離開？」

「三哥也不清楚，他不敢肯定，也不敢問，除了沒有證據外，實在很難想像，擁有鋼鐵般意志的老爺，會放生一個殺人凶手，他可是誰人都不怕的！」

「所以，正因為這個疑點，祝先生他就覺得，妹妹的死很不尋常？」秀妍問。

「不止這個，其實還有很多疑點，只是，老爺不理，其他家族成員不理，只餘下振華一個相信妹妹是被殺的。」

秀妍開始有點同情振華。

「總之，隨著素素的死，祝家詛咒的傳聞又再一次散播開去。」芷琳緩緩地說。

「因為素素死時只有十七歲，而當時第二代成員年紀最大的祝家福大姊，也只不過三十五歲。」十八年前……秀妍開始心算，現在祝家成員的年紀，三十五加十八……

「妳猜對了。」芷琳好像看穿秀妍心事，「大姊今年五十三，二哥及三哥分別是五十一及四十九，已經遠遠離開四十這個危險數字。」

「那即是說，這個詛咒再一次不靈驗了，祝老爺爺安享天年，三個子女也平安渡過四十歲，這已經證明，詛咒一事根本不存在。」秀妍笑說。

但就在這時，芷琳突然露出一臉愁容，對了！正是這個樣子！秀妍在回憶裡見到的芷琳，就是經常對住振華，露出這副擔心的表情。

「芷琳姐，發生什麼事了？」

「振華他，今年……三十八歲……」

十六

「我還以為你想說什麼，原來是這個老掉牙的故事。」

康蔭為自己倒了一本威士忌，對姜天佑嗤笑一聲。

「這個傳聞，只是坊間用來攻擊我們祝家的小手段。」康蔭說，「祖上一輩我不清楚，但老爸就活到八十多歲，而我們三姊弟也過了四十，所謂詛咒簡直不攻自破，老爸是個很謹慎的人，不會因為這些傳聞，而將自己親生骨肉同人掉包，你這樣說，看來是別有用心。」

昕涵還是頭一次同意老爹的說法。

但天佑搖搖頭。

「三哥不知道箇中因由，不足為奇，因為父親此舉，嚴格來說，跟你沒有任何關係。」他轉而對其他家族成員說，「在座較為年輕的一輩，應該沒有多少人聽過這個傳聞，但對年長一輩來說，卻記憶猶新，因為每隔一段時間，傳聞就會重新出現，對上一次，應該是十八年前吧。」

昕涵看見小叔叔全身顫抖一下，十八年前的事，一直是小叔叔的心結。

「對於這個傳聞，大部分人都只知其一，不知其二。」天佑將身體向前傾，望住振華說，「例如三哥他們便不知道傳聞的真相，知道真相的，恐怕只有你一個人吧！」

在場所有人幾乎同一時間，將視線聚焦在小叔叔身上，可是他仍然一言不發，只顧瞪著天佑。

「我相信，父親臨終前，一定有對你說過家族詛咒的事，」天佑陰險地笑起來，「包括，詛咒背後的真相！」

振華嘴唇動了一下，好像想開口說話，但最後還是忍下去。

大廳突然靜了下來，沒有人願意出聲，大家都詫異這個姜天佑，竟然知道祝家這麼多祕密，最後還是由二伯父打破僵局。

「姜先生，看來你知道很多連我這個當家也不知道的事。」恩澤向天佑說，「那麻煩你向我解釋一下，為什麼老爸會因為這個傳聞，把你跟振華掉包？你所指詛咒背後的真相，又是什麼？」

天佑猶疑了一下。

「這個嘛，我暫時不能透露。」天佑搖搖頭，「因為這涉及祝家的聲譽，雖然父親把我遺棄了，但我沒有恨他，相反，我願意盡我的能力，去守護這個家，畢竟我也是家族一份子。」

沉默良久的振華終於開口了。

「你根本什麼都不知道！」振華聲線完全不像平時溫柔的他。「別扮作好像很了解我們。」

「我明白你的感受。」天佑淡定地說，「都過了這麼多年，才被揭發不是祝家的孩子，對你的打擊一定很大，但這不是你的錯，父親一定跟你說過，要你保守祕密，你也一直遵從父親的遺願，一直扮演好你的角色，說起上來，我應該感謝你才對。」

振華突然冷笑一下，笑聲很詭異，充滿嘲諷意味，昕涵從未聽過小叔叔這樣笑。

「你錯了！」振華像下定決心似的，吐出這句話，「你不是祝家的一份子，從頭到尾都不是！你被騙了！」

天佑先是露出一副錯愕表情，好像真的被振華的說話嚇倒了，但很快他就回復鎮定。

「啊，我搞錯了？」他瞄瞄茶几上那份報告，「那這個代表什麼？你願意跟我一起去驗ＤＮＡ嗎？」

振華沒有理他，只是從袋子裡拿出一樣東西，是一個相架，昕涵認得，這是素素姑姐生前的相片，這張相片，家裡所有人都認得出來。

「這個女人，是誰？」振華問天佑。

很顯白的問題，在座所有人都懂得回答，但奇怪的是，天佑竟然停頓了三秒，仍答不上來。

全場靜默，他竟然認不出素素姑姐！這怎麼可能！一分鐘前，他還信誓旦旦自認是祝家兒子！

「你果然不認得她！」振華自信滿滿地說，「那我的猜測沒錯，十八年前，除了你，還有另一個人，曾經在這裡出現過！」

「你這是什麼意思？」天佑漲紅臉反問。

嘰嘰～嘰嘰～嘰嘰～嘰嘰～

耳邊傳來東西扭動的聲響，昕涵發覺是從家彥的座位上傳來，她望過去，表哥正在把玩著一件東西。

「姜先生，你連素素阿姨的相片都認不出來，我想你也不會認得這件小玩意吧！」

家彥把小玩意放在天佑面前，只有跟素素姑姐一起經歷童年的人，只有跟素素姑姐一起成長的人，才會認得出，這個她小時候最愛玩的玩意兒。

這個東西……是八十年代最流行的……魔術方塊。

十七

文軒從閉路電視中，看見大廳那枚魔術方塊，然後回頭看看房裡桌上，自己剛從隔壁房間拾回來的小東西……也是一枚魔術方塊。

這家人原來這麼愛玩魔方？

不過，文軒還是留意到兩個魔方不同之處：從閉路電視中見到的魔方，看上去非常乾淨，正方體六面顏色貼紙色彩鮮明，沒有殘角，幾乎新的一樣，不對，應該說，根本就是新買回來的。

但他剛從隔壁房間拾回來的這枚魔方，卻跟正常魔方有點不同，正方體體積明顯比較細小，大約只有正常魔方的二分一，看上去也比較殘舊，八個角有少許磨蝕，而最重要的分別……手上這枚魔方，比正常的魔方重得多，文軒放在手上秤秤，真的很重，好像是金屬做的，難道是限量特別版？

不過最令文軒在意的，並不是它的重量，而是這枚魔方的六面，不是貼上正常的顏色貼紙，而是一張一張刻意貼上去的人臉照片，照片原本應該是完整的，但有人把它依正方型對等剪成九份，分別貼在魔方每一面的九個方格上，魔方共有六面，所以一共是六個人的照片。

由於魔方已經被隨意扭動，所以單看其中一面，照片容貌是夾雜著兩個、三個甚至更多人臉，胡亂拼砌出來的模樣，驟眼一看，頗為驚嚇恐怖。

想出這個主意的人，應該是把自己所認識的六個人容貌照片，分別貼在魔方的六面上，然後扭啊扭啊，看看有沒有人能夠單憑照片的眼耳口鼻，把魔方還原。

這個玩法其實頗有創意，說真的，比起正常的顏色判別，人臉判別難度更大，畢竟顏色易認，但切割後的容貌很難辨別，若果其中兩個人的容貌相似，就更難以分辨。

而為這個玩法增添難度的，就是這枚魔方上的六張照片，已經發黃泛白，褪色嚴重，部分照片甚至已經脫落，露出乾涸膠水痕跡，單憑辨認相中人的容貌，要將魔方六面還原，近乎不可能的任務。

這些照片，陳舊如此，想必至少有十多年歷史吧！

文軒本來不想把魔方帶回監控室，但剛才當他走進隔壁房間，在地上拾起它時，才發覺空蕩蕩的房間裡，只剩一張梳妝台，其他什麼東西都沒有，梳妝台距離門口很遠，他不想進入房間太深，但由得它孤零零放在地上正中央位置，又好像怪怪的，唯有暫時把它帶回監控室，反正，都是祝家的地方，魔方放那裡都一樣吧！

然後，文軒把隔壁房門關上。

剛才來時明明是關上的，為什麼之後又打開了？雖然不是什麼重要事情，但一想到隔壁房間曾經死人，文軒心裡總是有些不踏實。

幸好秀妍不在，如果她在這下可大件事了，萬一這個素素真是枉死，怨氣重，執念深，被秀妍看見了，具現化後可不是鬧著玩的。

好吧！暫時還是不要理會那枚魔方及素素，先繼續觀察樓下的情況再說。

根據原先計畫，振華會打暗號，到時候文軒便衝下樓直闖大廳，不過會議已經過了一個小時，仍未見振華舉起左手，相反，他跟天佑愈辯愈激，文軒心想，振華可能忘記了打暗號。

沒辦法，文軒只好坐在閉路電視前面，繼續耐心等候，也正好趁這個時間，靜靜地分析一下，振華及天佑，到底誰才是真正的祝家四公子。

文軒承認，自己之前曾經動搖過，雖然跟振華是朋友，但他刻意逃避檢驗ＤＮＡ，與姜天佑自信十足地拿出一份ＤＮＡ報告，做法真是天淵之別，任憑誰人看上去，振華都是理虧一方。

但聽過剛才他們兩人對話後，文軒卻有另一番新看法。

一名運動員在比賽贏了對手，通常都會神氣地主動伸手跟對方握手，失敗者往往稍微遲疑才伸手接受，因為他還未在失敗的情緒中回復過來。

兩個男人同時追求一個女人，最後女人選了其中一個，被選中那個男人，通常都願意大方承認自己的女人，曾被另一個男人追求，相反，落選那個男人，多數都不想再提起曾經追求過這個女人的事，因為，前者是勝利者，後者是失敗者。

所以，明知自己是勝利者，明知自己一定會勝出今次比賽，往往不需要跟對手計較什麼，也毋須跟對手爭一日之長短，因為，無論對手說什麼，做什麼，最後勝利者都是自己。

以此推論，振華才是祝家的兒子，他不肯驗ＤＮＡ，是想誘敵深入。正如他所說，有兩個人，打算進行一項傷害祝家的陰謀，姜天佑是其中一人，但另外一人的身分仍然未知，為了查明真相，振華決定將自己扮作是冒牌貨，引誘姜天佑前來當面對質，才會出現剛才一幕，姜天佑竟然不認得素素的經典場面。

振華目前想調查的兩件事：第一，誰人跟姜天佑一起，陰謀對付祝家；第二，十八年前素素命案真相，而這兩件事，似乎都跟姓姜的有關，他可能知道一些振華不知道的內幕，倘若自己一早檢驗ＤＮＡ，證實自己才是真貨，便會馬上嚇跑姜天佑，線索就會斷了。

想到這裡，文軒有點兒佩服振華的心思。

繼續觀察大廳情況，文軒從閉路電視中，是看不清楚素素那張相片，這令他感到有點可惜，沒法見到她在世時的芳容，心想，等會兒有機會，一定要問振華借相片來看看。

這時候，只見螢幕上的振華，突然舉起左手，在空中停頓了一會兒，這不就是事前約定好的暗號嗎？

嘿嘿！終於輪到我出場了，台詞已準備好，一會兒見到姜天佑，保證把他嚇得目瞪口呆！

文軒走近房門，轉開門把，正想步出走廊時，眼前的景象卻把他整個人僵住。

隔壁的房門，又打開了。

十八

芷琳心不在焉。

手雖然不停地畫，但腦子卻想著其他事情。

振華……

芷琳很擔心，雖然振華吩咐她不用前往大宅，而她一直都很聽從丈夫的說話，可是，今次，她想違背振華的意思，偷偷地前去一趟。

她自己也說不出是什麼原因，總之，很想一整天黏著他，很想一整天看見他，對芷琳而言，所有事都微不足道，最重要是陪伴自己丈夫。

這份感覺，就好像生怕有一天，振華會突然消失一樣。

振華……難道曾經在我身邊消失過嗎？芷琳搖搖頭，沒可能，這種想法，太恐怖了。

回想當初第一次遇見他時，芷琳已對他有一份莫名的好感，很熟悉，很親切，很窩心，就好像，跟他認識了很久似的。

那一天，兩人同被困在一部電梯內，她只是寫字樓的一名小職員，也以為他只是一名來開會的普通文員。

「妳是在這裡上班的嗎？」陌生人突然問。

「嗯，十二樓。」芷琳還記得那一刻心跳的感覺。

「這裡的電梯經常壞嗎？」陌生人繼續問。

「是的，舊式商業大廈，老是這樣子。」芷琳不自覺地嘆一口氣。

「原來如此，看來電梯也要全部翻新了。」

芷琳不明白他在說什麼。

「吃嗎？這個？」

陌生人從公事包裡拿出一件東西遞給她，是冰淇淋棒，芷琳最喜歡的牌子，還是草莓味。

「不……不吃了。」芷琳其實很想吃，只不過有點不好意思。

「那真可惜，我這裡有兩個冰淇淋棒，本來想帶回家去的，但現在這情況，待電梯修好，冰淇淋也溶掉了，我又吃不下兩個，算吧，浪費一個去了！」

說完他開始吃其中一個，也是草莓味，很少男人喜歡這種味道。

看見陌生人吃得那麼滋味，加上對他印象還不錯，芷琳覺得，在這個密室裡跟他一起吃冰淇淋，感覺還是挺浪漫的。

於是，兩人就開始一起吃，直至電梯門再次打開，兩人才邊說邊笑地走出來。

由那一日開始，芷琳便開始跟陌生人交往，她事後才知道，原來他當日是獨個兒前去視察這棟舊式寫字樓，因為他公司剛購入鄰近一幅地皮，打算收購這棟寫字樓合併發展。

芷琳這時候也知道陌生人的名字——祝振華。溫文、隨和、沒有架子，完全想像不到他是富家子弟。

冰淇淋……草莓味……啊！想起來了，振華前兩日回家時，不是剛好買了一大盒草莓味冰淇淋嗎？現在還放在廚房冰箱裡。

芷琳又回想起兩日前的情景，當晚，門口傳來鑰匙聲，芷琳跑到門口迎接丈夫，這是她每晚必做的動作。

「振華！」

芷琳滿以為可以來個擁抱，但振華手裡卻捧著一盒東西。

「芷琳，妳猜猜這是什麼東西？」振華笑說。

「一看就知，草莓味冰淇淋！」芷琳瞇起眼睛，扮作研究這盒東西。

「聰明！」振華說完轉身走進廚房，放好冰淇淋，「過兩天我們一起吃，好嗎？」

「為什麼要過兩天？」芷琳心急地問，「今晚吃不行嗎？」

「妳不是剛剛感冒初癒嗎？」振華笑說，「給妳吃一口，明天馬上又病了，還是多等兩天吧。」

「也好，多等兩天，等那個壞蛋走了，我們一起吃！」

芷琳記得，當時她是這樣回應的，結果，那盒冰淇淋就放在冰箱，動也沒動過。

振華……振華……

為什麼？為什麼今日滿腦子都是振華？為什麼滿腦子都是跟振華的點點滴滴？為什麼今日會這麼想念他？

是擔心祝家那個詛咒嗎？

「芷琳姐！」

芷琳從回憶中驚醒，她想得太入神了，完全忘記了剛才跟秀妍約定，雙方互畫對方的樣子，看誰畫得更好！

「我畫好了。」秀妍把完成的畫作轉過來，正面對住芷琳，「像妳嗎？」

芷琳看看秀妍的畫，暗自讚嘆，太厲害了！她畫得就跟拍照一樣，每個臉部的細緻表情都完美地描繪出來，以往一直都是芷琳替人素描，從沒試過自己成為被畫對象，今次，多得秀妍，自己終於成為模特兒，而且，還畫得自己這麼年輕，這麼美麗。

「畫裡面的我，好像年輕了一點吧。」芷琳微笑。

「不。」秀妍搖搖頭，自信地說，「在我心目中，芷琳姐又漂亮又青春。」

芷琳哈哈地笑出來，這個妹子，跟昕涵一樣討喜。

「可是，」秀妍走近芷琳，望住她未完成的畫作，「為什麼芷琳姐還未畫完？我的樣子這麼難畫嗎？」

「當然不是，」芷琳不好意思地說，「只是，剛才一直在想其他事情，所以耽誤了時間，對不起啊，秀妍。」

芷琳點點頭。

「芷琳姐在想祝先生的事？」秀妍坐在芷琳身旁，「妳擔心他？」

「其實，我也有點擔心姐夫。」秀妍鼓起腮子，撅著嘴說，「他這個人，頭腦雖然靈活，但身手笨拙，遇到突發事件，可能會礙手礙腳，怕會連累祝先生。」

「秀妍啊，我們現在過去看看，妳說好嗎？」芷琳下定決心。

「我也一起過去？可以嗎？」

「當然可以，而且，妳不也是很擔心徐先生嗎？」

秀妍好像在猶疑什麼似的，只見她低下頭，望住自己戴著手套的雙手互相緊握，她想了片刻，然後回望芷琳，微笑地點頭。

「那麼，我們現在就走。」

前往停車場取車的路上，芷琳心裡極度不安。

振華……

她有不祥預感。

十九

「這枚魔術方塊，是阿姨生前最愛玩的東西。」

家彥拿起魔方，扭了兩下，然後放回茶几上。

「聽小叔叔說，這玩意在他們讀書時相當流行，阿姨幾歲大便開始玩，到小學、中學仍然非常熱衷。」

大姑媽皺皺眉頭，斜眼瞪了昕涵一眼，昕涵知道，她一定很不滿表哥不稱呼振華做舅父，偏要叫小叔叔。

「姜先生，你剛才所說的經歷未必完全作假，至少，你跟外公認識這點，我相信是真的，大家都很清楚外公為人，他不願意做的事，沒有人可以逼他，他要做的事，沒有人可以阻止他，外公私下帶你來這棟大宅，也的確彎有他的個人風格。」

昕涵看見天佑低著頭，不作聲，腦子裡好像正在盤算著什麼似的。

「然而，你說他帶你來，是因為掛念愛子，這點我卻不敢認同。既然當年狠心決定掉包，為什麼之後又要心軟，三番四次帶你回來？這個邏輯不通吧！而且，心軟這個形容詞，很難想像可以用來形容外公。」

天佑依舊沒有回應，他被剛才素素姑姐的相片嚇倒了嗎？之前一直處於上風的他，為什麼這時候卻突然沉默起來？

「讓我先來整理一下你剛才所說的經歷：嬰兒時就被外公掉包，原因暫且不提，總之就是在另一戶人家生活，八歲前，外公經常帶你回來，在祝家大宅裡出出入入，這個時候，你應該經常見到祝家的人，特別是，跟你年紀差不多，當時還是小孩子的素素阿姨，以及……被掉包的假振華。」

家彥說時望望振華，振華點頭示意他繼續，這時候，昕涵留意到小叔叔不時望向大廳門口，好像在等誰進來，還有人會來嗎？昕涵好奇。

「八歲之後，你移民美國，但間中亦有回來，又是外公，每次都是他帶你回來這棟大宅，到這裡為止，姜先生，你不覺得好奇嗎？人都長大了，還帶你回來這裡幹嗎？是什麼原因，外公非得把你帶來這棟大宅不可？要記住，當時假的振華還住在這裡，帶你回來，豈不是搬起石頭砸自己的腳？」

很精采的分析，昕涵不得不承認，表哥平時雖然有點吊兒郎當，但頭腦的確一流。

「還有一點，你似乎認識我們祝家所有人，包括第三代像我和小涵，而且不單認得我們的樣貌，也對我們的喜好習慣非常了解，但奇怪的是，對於素素阿姨，你不單認不出她的樣子，連她的喜好也懵然不知，當我拿這個魔方出來時，你竟然無動於衷，就好像你從來沒見過似的。」

「如果你之前曾經來過祝家，不論是八歲前，抑或是移民美國之後，你不可能沒有見過阿姨，也不可能沒見過這枚魔方，阿姨小時候幾乎玩不離手，全家上上下下都知道。我之前沒有跟你見過面，你也能詳細地講出我的背景，那麼，是什麼原因，令阿姨消失在你的祝家成員名單中？」

「只有一個可能，你所認識的祝素素，並不是我們家的祝素素。」

家彥拿起魔術方塊，把它放在手掌上。

「姜先生，這正是你今日露出的最大破綻，也是你思考上的一個盲點。因為你從小到大認識的祝素素是另一個人，你一直把她當成真正的素素，久而久之，開始遺忘了我們家的素素，你把兩者混淆了。」

沉默良久的天佑，此刻突然發出嘰嘰的笑聲，笑聲很陰沉，又很冷漠，聽起上來有點毛骨悚然。

「你說完了嗎？」天佑語帶嘲諷地望向家彥，「你剛才的分析，只能說明我為什麼不認識死去的祝素素，但無損我祝家兒子的身分，我有沒有說錯？哈哈哈……」
昕涵見到天佑面容扭曲，青筋暴現，情緒開始激動，她看看其他人，似乎對天佑的反應也有點不知所措。
「他瘋了，這個人瘋了。」家福對旁邊的康蔭說，只見康蔭不停點頭。
一直從旁觀察所有人動靜的恩澤，這時突然揚手叫明博伸頭過來，湊近他耳邊說了幾句話，明博馬上轉身離開大廳，昕涵心想，二伯父想玩什麼手段？
小叔叔沒有出聲，只顧繼續望住大廳門口，他等的那個人，還沒來嗎？
「姜先生，請你先不要那麼激動。」還是家彥率先開口制止，「雖然你說得對，即使你不認識素素阿姨，也不代表你不是祝家兒子，但你有沒有想過，外公把你帶來這裡是有企圖的，他明顯隱瞞一些事情不讓你知道，試問如果你是親生兒子，他有必要這樣對待你嗎？」
天佑再次發出冷冷的笑聲。
「家彥，你還是太嫩了。」他搖搖頭，不屑地說，「你怎麼能夠肯定，我認識的祝素素是假的，你認識的才是真的？」
家彥愣住了，他完全料不到，天佑會這樣反問他。
「就正如祝振華一樣，明明你們家的是冒牌貨，我才是真貨，但你們卻偏偏不肯承認我的身分，你說，我該如何是好？」
「事到如今，看來我只有說出祝家最大的祕密，以證明我才是真正祝家的繼承人，這個祕密，相信在座沒有一個人知道，只有我，祝萬川最疼惜的兒子，才有資格知道。」
這一刻，大廳內每一個人的視線，全部集中在天佑身上。
「請你們，把小明交出來！」

二十

隔壁房門半虛掩的打開，從門外往裡面窺探，可以見到靠窗一旁的房內情況。

文軒見到其中一扇窗打開了，風從那扇窗吹進來，窗簾也被吹得搖搖晃晃，雖說已經初春時分，但天氣仍然有點冷，風吹進來叫人不好受，誰這麼大意，把窗開得這麼大？

房內光線有點昏暗，文軒記得剛才進來把魔方拾起時，陽光透著玻璃窗照射進室內，把房間照得通明，但現在窗外天色暗了許多，不經不覺到傍晚了嗎？

等等！剛才進來時……窗明明是關得牢牢的！

文軒後退兩步，雙腳開始有點顫抖。

冷靜！不要胡思亂想，一定是有人來過，把窗打開了，一定是這樣，不要自己嚇自己。

文軒心想，這個打開門窗的人，可能還在裡面，然而，從門外這個角度看，只能見到房間近窗戶部分，看不見房內最深處，近梳妝台位置。

他推開門，踏前一步，探頭往房裡張望……

一個女人，坐在梳妝台上。

女人身穿一件白色絲質連身睡裙，裙身很長，完全把她下半身遮蓋，說是睡袍也不為過，她身體露出來的部分，除了一副蒼白的臉孔，就只有兩條幼細的手臂，女人肌膚很白，可以說比身上的睡裙更白，她雙手平放在膝蓋上，十指修長纖細，沒有留長指甲，也沒有塗上指甲油。

女人頭髮長及肩膀，中間分界向兩邊梳理，臉蛋圓圓鼻子扁扁，長相雖不算漂亮，但卻透著幾分可愛及親切感，加上白滑皮膚充滿彈性，給人感覺很有青春氣息，這女人頂多只有十來歲吧？

她是誰？看打扮不似這裡的傭人，但祝家的成員不是全部聚集在大廳嗎？

文軒呆呆地望住她，只見女人坐在梳妝台上，雙眼不停地在地上搜尋，她先從她坐的位置附近開始掃視，然後慢慢向外推進，窗口位置、房間中央、房間角落，然後，掃視到門口，文軒站立的位置。

她抬起頭，文軒見到一雙落魄可憐的眼神。

「你……有沒有見過我的魔術方塊？」

女人幽幽地問，聲音很清脆，很好聽，但亦很空洞，很寂寞。

「咦！哦……這個……是的……那個……魔術方塊……對嗎？」文軒結結巴巴的回應。

正常來說，女人碰見一個陌生男人，第一句應該問「你是誰？」，但這個女人居然只問魔術方塊在哪裡？完全出乎他意料之外。

咦！魔術方塊？該不會是指……那枚魔術方塊吧？

「小姐，妳要找的那枚魔術方塊，是在哪裡掉失的？」文軒問。

女人低頭掃視房間地板一遍，然後視線停留在正中央位置。

慘了！真的是那枚魔方！文軒心想自己太多手了，由得它放在原地不就好了嗎？堂堂一個大男人居然把小孩子的玩具拿走，等會兒處理得不好，以為是我偷的那就麻煩了。

「啊！我見過妳所說的魔方，就放在隔壁房間，請妳等等，我過去拿回來給妳！」

還是趕快還給人家吧！文軒馬上轉身回到監控室，他記得就放在那邊的桌子上……

桌上空空的，什麼都沒有。

文軒左右望望，然後跑出走廊，沒發現一個人。

奇怪！若果有人來了，一定會經過走廊，這樣他一定會知道的，這條長走廊沒可能躲人，要跑完也不是短短幾秒時間能夠完成，他剛才一直站在門口，若果有人從背後經過，偷偷溜入監控室，他一定知道。

然而，在沒有人經過情況下，魔方不翼而飛！

文軒垂頭喪氣回到女人房間，只見她已經離開梳妝台，站在窗邊，天色好像比之前更陰暗，這麼快就夜晚了嗎？

女人先是望出窗外，然後徐徐轉過頭來，文軒走進房裡，抱歉地對她說。

「對不起！那枚魔方……不見了，不如我買新的給妳吧，那枚魔方也有點舊了，上面還貼著這麼多古怪人臉，看上去就不舒服。」

女人抬頭望向文軒，眼神空洞落魄，然後她轉身回到剛才那張梳妝台坐下，睡裙真的很長，她走路時，文軒完全看不到她的腳。

「不用了，」女人聲音仍然很清脆，「已經取回了。」

文軒完全不明白她在說什麼。

「躲起來，」女人繼續說，「要趕快躲起來。」

「請問，」文軒忍不住開口，「妳在說什麼？」

女人沒有回答，她只是別過頭，望向那扇打開的窗，風仍然從那扇窗吹進來，很冷，整個房間都很冷。

「想我把它關上嗎？」文軒邊說邊走近窗前，其實他自己也覺得冷。

「不要過去。」女人突然對文軒說，「不要走近窗前。」

文軒停下腳步，回頭望她。

「窗是很危險的。」女人幽幽地說，「它會在窗邊等你。」

文軒僵住了，風雖寒，但剛才這女人的說話，更令他心寒。

「妳，這是什麼意思？」

「小明，」女人依舊面無表情，瞳孔沒有焦點，「小明要趕快躲起來。」

什麼又跑出一個小明來？這家人還有另一個小孩子？

「小明……是誰？」

「小明要趕快躲起來，不能再出現……」女人望向窗戶，不停地說，「小明要趕快躲起來……不能再出現……」

這個女人，在搞什麼鬼？老是重複說過的話！等等……窗戶，她總是望向窗戶……

文軒望向窗外，天色已全黑，房內光線嚴重不足，但是……

他仍然可以清楚看見女人的容貌！

不單如此，文軒記得剛才在隔壁監控室內……

他連跑帶跌直奔監控室，往一排窗戶望過去……其中一扇窗，打開了。

監控室很冷，因為閉路電視系統需要多部電腦運作，為避免過熱，故將溫度調到很低，所有窗戶本來都是緊閉的。

誰把窗打開了？

那扇打開的窗，窗簾也被移開了，陽光從窗外透進這間冷氣房，令室內和暖不少。

陽光？不是天黑了嗎？

文軒馬上返回隔壁房間，房內依舊昏暗一片，他望出窗外，黑漆漆的，分明就是晚上！

女人還在，仍然坐在梳妝台上。

「妳，到底是誰？」

女人望住文軒，不解地側著頭，好像在反問文軒，你不認識我嗎？

然後，她把頭逆時鐘方向轉了一圈。

「告訴哥，妹妹在等他。」

文軒這下可真是腳軟了，本想轉身就跑，但雙腳發麻，完全不聽使喚。

這怎麼可能？自己從來沒有撞鬼的經歷，也沒有鬼眼的能力，為什麼……為什麼會見到這些不乾淨東西？

眼前這個女人，分明就是素素，她死在這房間裡，故在這裡陰魂不散也很正常，但是，為什麼自己能夠看見……

等等！原本已經死去的素素出現在眼前，原本應該陽光充沛的房間變得昏暗，原本應該和暖的下午變得寒冷……

這是……將死去的東西重新具現化的結果！

執念愈深，怨念愈重，愈容易被她看見。

只有她，才能看見死人的回憶；只有她，才能將死人重新召喚出來；亦只有她，才能令所有活著的人，看見死去之人。

「秀妍！」

二十一

秀妍剛踏入屋內，馬上頭暈目眩。

很強的執念，是誰？

跟芷琳二人剛抵達大宅，芷琳心急地把車子胡亂泊在門前就下車了，跟保安員通報一聲，保安員就讓她進去，秀妍跟隨芷琳進入大宅時，只見保安員用一雙狐疑的眼神盯住自己。

這棟大宅，素素就死在裡面……秀妍一直猶疑，自己前來會不會有問題？最初，她以為，都過了十八年，就算有怨氣也應該消散了，可是，剛才一陣暈眩，秀妍感覺到，情況並不像自己預期般樂觀。

秀妍把一對手套拉緊，儘量避免雙手暴露在空氣中。

「妳身體不舒服嗎？剛才見妳有點站不穩。」芷琳問。

「沒事，我在這裡休息一會可以了。」

其實暈眩感已經好多了，但是秀妍仍然站在玄關，不敢進內。

這幾個月來發生的事，秀妍已經累積經驗，開始懂得如何分辨活人及死人的執念，這次執念很強，不似是活人，若果真的是死人，那麼在這棟大宅裡只有一個可能。

祝素素死後仍不甘心，她就藏在這棟大宅裡面某處，很大機會是她的睡房，她不是從窗戶摔死嗎？站在一樓門口已經感受到她的執念，秀妍害怕萬一進入屋內，素素會馬上具現化並展示在所有人面前，到時就大件事了。

想不到過了十八年，她的執念仍未消散，她到底在等什麼？這麼長的時間，她還有什麼心事未了？是被人殺害的怨恨嗎？還是，凶手未被逮捕的憤恨？

十八年來獨自守著這份執念，孤零零地留在這棟大宅裡，其實很可憐，如果能夠幫她了結心願，她是否就能安息？

假如……假如我能跟素素交談……

「妳還是覺得不舒服嗎？」芷琳一邊掃秀妍項背，一邊關心地問。

秀妍心想，芷琳姐妳真好，但有些事很難向妳解釋。

這時候大廳大門突然打開，一個高大男人從裡面走出來，只見芷琳姐叫了他一聲魏生，打算跑過去時……

「來，一起走吧，不用害羞。」

芷琳突然拉著秀妍的手，把她一併拉過去。

糟了！芷琳動作太快，秀妍沒來得及把她的手甩開，雖然戴著手套，但影像仍然非常清晰。

兩個人，男的是振華，女的是素素，兩人看上去都非常年輕，大約十五六歲左右，兩人一同坐在一張床上聊天，聊得很開心，然後，視角對住振華，好像說了些什麼，振華也回答了，視角應該就是芷琳姐吧！

即是說，現場是三個人在聊天，芷琳姐看似不是坐在床上，從視角角度看，像是坐在椅子上，她雙手好像正在做什麼似的。

然後，只見原本坐著的振華及素素，突然起身朝視角方向衝過去，振華動作快一點，他拉起視角的手，這時候秀妍看得清楚了，視角的手……正確來說，應該是芷琳姐的手指，有一道很深的刀傷，正不斷流出深紅色的血，再看清楚，原來她剛才一直在削蘋果皮。

振華細心地幫她抹去手指上的血，塗上藥水，再包紮好，整個過程，視角一直望住振華，視線從沒離開過他，最後，視角稍微移向坐在旁邊的素素，素素一臉不悅地瞪著視角。

影像完了，表面上看似是振華、芷琳、素素三人促膝夜談的溫馨場面，但是，跟之前振華的回憶片段一樣，非常不對勁！

芷琳什麼時候認識素素的？芷琳嫁進來時，素素早就死了。

而且，影像中的振華也太年輕了，完全是一個青澀的小伙子，芷琳什麼時候認識這麼年輕的振華？

等等！若果配合上次振華的回憶……

振華見到的烏黑長髮女子，即是芷琳，很年輕……

芷琳見到的青澀的小伙子，即是振華，很年輕……

兩人旁邊坐著的小姑娘，即是素素，也很年輕……

振華跟芷琳，與及死去的素素，根本很早很早以前就認識的！

天啊！到底發生什麼事了？我很亂啊！

「魏律師，我們有要事跟振華說，想進入大廳，麻煩叫幾位保安讓開。」芷琳向那個高個子說。

「對不起，四少奶。」魏律師回答，「裡面剛發生了一些事，我看暫時還是不要進去較好。」

「發生什麼事了？」芷琳擔心地問，「振華在裡面嗎？」

房內突然傳來爭吵聲，聽起上來，像是兩個男人互相對罵，緊接著，是一個女人的尖叫聲！

秀妍看見魏律師有點慌了，他馬上示意保安把門打開。

門打開了，只見一個男人手持一把很鋒利，大約三寸長的尖頭薄刃，挾持著一位年輕女子，一步一步離開大廳，秀妍再看清楚，被挾持的年輕女子，不是昕涵是誰？

站在男人對面的是振華，他一隻手似乎受了傷，不停地淌血，旁邊還站著一位年輕男子，他似乎是幫振華的，兩人並排從後跟著持刀男人，年輕男子手裡拿著一個……魔術方塊？

持刀男望向門口這邊，他先是望了魏律師一眼，再望秀妍，然後視線跟芷琳對上。

突然，持刀男把昕涵推開，向著芷琳方向撲過去……

就在這危險的一瞬間，秀妍再次看見了！

視角面向素素，她身穿白色絲質睡裙，一步一步往後退，一直退至窗邊，但視角卻一步一步緊迫，素素好像很驚慌，向著視角說了幾句話，但視角繼續走近，完全沒有停下來的跡象。

視角逼近窗前，往窗外一看，是夜晚，然後，視角望住素素，突然舉起雙手，素素好像尖叫了一聲，然後就整個人從後掉出窗外。

秀妍愣住了，她已經忘記了那個持刀男人的威脅，忘記了自身的安全。

剛才她看見什麼？那不正是素素臨死前的情景！她摔下去前，最後一刻的情景！

按此推論，視角那個人，就是殺害素素的真凶！這個真凶就在這裡！

可是，這裡這麼多人，剛才的影像，是誰的？

二十二

「小明是誰？」

家福大姊問天佑，同一時間，她用猜疑的眼神，望向恩澤及身邊的康蔭。

「小明是祝家的守護神，」天佑重新奪回話語權，洋洋得意地說，「是祝家的護身符，全靠他，祝家才能一直昌運到今時今日，你們以為祝家真的是靠父親一手一腳打拼出來嗎？不完全是！父親的努力及才幹當然不能否定，但沒有小明的庇護，祝家的發展不會一帆風順！」

「胡說八道！」康蔭厲言反駁，「姜先生你似乎愈說愈離譜了，由最初說自己是祝家的兒子，跟著重提幾十年前所謂活不過四十歲的傳聞，現在居然荒誕到胡扯一個小明出來！我告訴你，什麼小明小強我們聽都未聽過，你不必再說下去。」

「嘿嘿，三哥你未聽過很正常，這些家族祕密，怎麼可能向一個花花公子透露？不怕喝醉後，洩露給枕邊那個連姓名也不知道的女人聽嗎？」

昕涵看見老爹臉紅得快要爆炸一樣。

「父親若果要把這個祕密，告訴給這裡其中一個人知道。」天佑狡猾地笑，「相信只有二哥才夠資格。」

「對不起，姜先生。」恩澤馬上回應，「我接手祝家當家已有十多年，恕我直言，從沒聽過小明這個名字，也不認為跟今日討論的題目有關，請姜先生不要再胡亂編故事下去。」

「原來父親連二哥也不信任。」天佑揶揄地說，「但小明這件大事，父親總要在過世前，告訴你們其中一個人知道，不然由誰人來控制小明？難道除了我之外，你們真的沒有一個人知道？」

「不要再說了！」恩澤舉起一隻手制止天佑，「今日聽這些光怪陸離的故事也太多了，姜先生，看來會議到此為止……」

「等等！」

振華突然打斷恩澤的說話。

「這個小明，」振華坐直身子，嚴肅地問，「到底有什麼能力，可以成為祝家的守護神？」

「振華，你不要跟他一起瘋！」家福喝止，「他只是亂說一通，唬嚇我們而已！」

「我亂說一通？」天佑先望向家福，然後再回答振華，「知道我為什麼在美國逢賭必贏嗎？」

現場一片沉默。

「你們應該把我在美國的生活，調查得一清二楚吧？」他繼續說，「我贏遍賭城的事蹟，你們相信也有聽說，不瞞你們，全靠小明，我才可以在賭枱上連戰皆捷。」

「即是說，小明在你手上？」振華問。

「不是。」天佑搖搖頭，「他的實體，還留在祝家。」

「你這是什麼意思？」振華再問。

「看來你們真的什麼也不知道。」天佑望向所有人，自豪地說，「小明，是一把雙面刃，他能幫主人帶來好運，也能幫主人招來厄運，他是你的僕從，也是你的主人，你待他好，他會助你所有事情一帆風順，逢凶化吉，但你若待他不好，他的力量便會反噬主人。」

「如果要待他好，其中一個方法，就必須把他的實體，供奉在家裡。」天佑繼續說，「很久以前，因為出了一件意外，令到小明雖然精神上保佑我，但實體仍留在祝家。」

「我們不如來一場交易：我可以不對外公開，我就是祝家親生兒子這個祕密，條件是，你們要把小明交出來。」

「瘋了，完全瘋了。」昕涵看見大姑媽不停搖頭。

「既然你說，小明是我們祝家的守護神。」振華繼續問，「憑什麼我們要把他交給你？」

「就憑父親告訴我這件事，卻沒有跟你們任何一個人說。」天佑回答，「證明父親已認定我才是祝家的繼承者。」

「但你如何肯定，這個……小明會願意跟你走？」振華鎮靜地問。

「因為我才是他的新主人！」天佑繼續自我陶醉，「以前是父親大人，現在就是我，本來我以為父親會告訴你們其中一個知道，但現在看來，唯一知道真相的人只有我，換言之，父親已經選了我作為小明的繼承人，小明自然會跟新主人走！」

「照你所說，你是父親的親生兒子，所以父親選了你作為小明的繼承人，」振華淡淡地說，「可是，如果你不是祝家血脈，你還有資格繼承小明嗎？」

所有人，包括天佑，當場呆若木雞。

「這份是我的ＤＮＡ檢驗報告。」振華突然從剛才裝著相架的袋子裡，拿出一個公文袋，放在茶几上，就疊在天佑的ＤＮＡ報告上。

「我之前已經跟你說過，你錯了！」振華站起身，以最後勝利者姿態，俯身望住天佑，「從一開始你就不是祝家的一份子，你跟父親認識是真的，父親帶你來這裡也是真的，但是，你不是父親兒子！」

「我不知道騙你的那個人是誰，但我肯定，父親沒有告訴你關於小明的事，是那個騙子跟你說的吧？他知道一些內情，但他太不了解父親，你也一樣，完全不知道父親是個什麼樣的人物！」

「父親看這個家的榮譽，比自己的性命更重要，倘若這個小明真的是家族守護神，他絕對不會告訴給一個沒血緣關係的人知道！」

天佑眼神充滿憤怒、怨恨及意外，他死死的盯住振華那份ＤＮＡ報告，昕涵看得出，他完全沒有料到，小叔叔會有此一著。

「小明是什麼東西，我不知道，跟大家一樣，我今日也是頭一次聽到，父親以前沒有跟我說過，我也從沒有聽過家裡的人提起過。」

振華繼續說。

「不過，小明是什麼已經不再重要，重要的是，我才是真正的祝振華，祝萬川的四兒子，而你，只是一個曾經被父親利用，如今又被那個騙子利用的可憐蟲。」

天佑臉愈來愈紅，雙手開始發抖，低聲呢喃。

昕涵看見他把右手，慢慢伸入左手手腕衣袖裡面。

「那個騙你的人，他的真正目的是要傷害祝家，他把你當成棋子，你到現在還要替他賣命嗎？」

振華走上前，向天佑伸出一隻手。

「我們合作吧，你告訴我們那個人是誰，今日的事，我們祝家不會追究。」

「振華！你胡說什麼？」恩澤站起身，指著天佑說，「這個人絕對不能放過！」

就在這時，天佑突然從衣袖裡抽出一把三寸長的尖頭薄刃，長度剛好被他的長袖襯衫所遮蓋，他馬上向振華揮刀，剛伸出手的振華閃避不及，下意識地用手擋了一下，鮮血直流，昕涵嚇得尖叫。

「我沒有被騙……我沒有被騙……你們才是騙子……我才是真正的祝振華……」

「大家退後！」

家彥叫所有人退後，同時隨手拾起面前的魔術方塊，當作武器走近振華旁邊，兩人一起跟天佑對峙。

但天佑不單刀快，腳步也快，就在家彥大聲警告眾人那一瞬間，天佑一個箭步上前，把昕涵拉入懷中，用刀架在她的頸項上。

「別以為我不知道，」天佑盯住恩澤說，「無論我是否祝家兒子，你都不會放過我，就好像父親當年對付眼中釘一樣。」

然後他轉頭望向所有人。

「我不會坐以待斃，讓開！打開大門！」

天佑剛說完，大門突然從外面打開，門外站著三個人。

昕涵瞥了門口一眼，個子最高那個男人是魏律師，站在他旁邊的是芷琳姐，站在芷琳姐旁邊的是……

李秀妍？她為什麼會在這裡？

刀架在頸上的滋味並不好受，昕涵被天佑挾持住，動彈不得，一步一步往後退，自己會就此死去嗎？她不知道，事實上已沒時間想這些了，對於這個膽敢傷害祝家的人，昕涵心想，絕不能放過他。爺爺，保佑我，對付這個傷害祝家的人。

說也奇怪，天佑這時突然停下腳步，持刀的手好像放鬆下來，正當昕涵感到機會來了，打算用盡全身力氣把他撞開時，他突然一手推開自己，持著刀向芷琳方向衝過去。

振華見天佑撲向芷琳，立刻跑上前試圖阻止，但天佑的刀尖已指向芷琳……

「呀！！！！！！！」

昕涵再一次尖叫，然後掩著嘴，瞪大雙眼。

天佑的刀，插在小叔叔胸膛上。

二十三

原來這就是人即將死去的感覺，這一刻，振華總算領略到了。

身體不由自主，意識開始模糊，他知道，自己即將告別這個世界。

「振華！振華！」

是芷琳的聲音，我最愛的妻子。

十八年來，我之所以堅持不懈要查出害死素素的凶手，不單止為了妹妹，還為了妳，芷琳！

只有找出真凶，妳才會安全。

現在我總算明白是什麼一回事，如果……如果小明真的存在，那麼當年發生的事，一切就有合理解釋了。

父親死了，素素死了，那個姓姜的也命不久矣，現在連我也死去，當年的事，不會再有人知道，祝家過去的祕密，亦會跟我一起帶入墳墓。

不！還有一個人，那個騙姜天佑的人，那個陰謀對付祝家的主謀。

一定要想辦法對付那個人！

但我已經無能為力，對付那個人的希望，唯有靠……

文軒，我的好朋友，還有……

那位第一次碰面的小姑娘，她看上去，很有意思……

拜託你們了。

＊＊＊

「振華！振華！」

芷琳抱著倒在地上的振華，試圖按住他的傷口，但鮮血如泉湧般流出，染滿她一雙手。

振華面青唇白，無力地躺在地上，他握著芷琳雙手，握得緊緊的，好像生怕她會離他而去。

然而，事實上，卻是振華離她而去。

不祥的預感應驗了，芷琳哭成淚人，她萬萬想不到，今次心血來潮前來，竟然是跟丈夫訣別。

這一刻，芷琳希望時間永遠停頓，那怕世界風不再吹，草不再生，海不起浪，地不搖動，只要人的生命在這一刻永遠停頓，那麼就不會出現死亡，因為死亡被停住了，所有瀕死的人，都不會因時間的消逝而離開這個世界。

「不要離開我！振華！」芷琳大聲在丈夫耳邊說，雙眼已被淚水淹沒。

振華沒有出聲，他已經沒有多餘力氣說話了，他只是緊緊握著芷琳的手，用身體貼近她，感受她的體溫，感受她的香氣。

芷琳哭了，振華伸手撫摸她的臉頰，抹去淚水，然後，把她的頭拉下來，在她耳邊說了幾句說話。

芷琳先是一臉錯愕，然後一臉感動，錯愕是因為振華拜託她做的事，有點出乎她意料之外，感動是因為振華即使在生命盡頭，仍然對她說出甜蜜情話。

「我愛妳，芷琳。」

當聽見丈夫吃力地吐出這句說話後，芷琳淚水沿著臉頰流至下巴，一滴一滴，滴在懷抱中丈夫蒼白的嘴唇上。

芷琳點點頭，溫柔地在振華耳邊回應一句。

「我愛你，一生一世愛你，振華！」

她低下頭深深吻了振華的嘴唇，很久很久，不願把嘴唇放開，她不知道這樣做能否令時間停頓，但至少，她要把她的溫暖，透過嘴唇送給對方，期待振華能夠醒過來。

可是，振華再沒有醒過來。

＊＊＊

秀妍被一個男人抱住，躲開了正衝過來的持刀男，然而兩人亦因此失去重心，同時跌在地上，男人護著秀妍自己先落地，秀妍整個人壓在他身上。

倒在地上的秀妍，狼狽地望了他一眼，是剛才那個年輕男人，手裡拿著魔術方塊的年輕男人。咦！這個魔術方塊，不就是之前在振華的回憶中，芷琳慌慌張張遞給他的那個小東西？不對，有些不同，回憶中看見的魔方，體積好像小一點，而且，貼滿很多人像相片，望上去有點恐怖駭人，但這個，只是一枚普通魔方。

「妳沒事吧？」

年輕男人問，他問時把臉貼得秀妍很近，四目交投，秀妍覺得有點不自在，臉也有點漲熱。

還來不及等秀妍答覆，昕涵的尖叫聲將兩人的視線轉移，他們看見，持刀男一刀刺進振華胸膛上，鮮血馬上直噴，染紅了持刀男的長袖襯衫。

振華是為了保護芷琳，用身體擋在她前面，直接吃下這一刀！

年輕男人馬上站起來，想從後捉住持刀男，但持刀男身手敏捷，拔出插在振華胸膛上的刀後，閃身避開，然後奪門就逃。
就在這時，秀妍看見剛從二樓趕過來的文軒。
「秀妍！」文軒只顧擔心倒在地上的秀妍，完全沒有察覺身旁的持刀男。
「姐夫小心，他有刀的！」秀妍連忙提醒。

＊＊＊

文軒看了持刀男一眼，這不就是姜天佑嗎？怎麼眼神變得如此凶狠？自己跟素素在房裡傾談的這段時間，大廳到底發生了什麼事？
幸好天佑沒有心思糾纏下去，他用力把文軒推開，然後往大門方向跑過去。
祝家幾名保安衝過去想捉住他，但被他揮刀嚇退，天佑衝出大門，往街外方向逃出去。
文軒先望向倒在地上的振華，血不停地從他胸膛流出來，再望向秀妍，只見她向自己打了個眼色。
「是那個男人幹的好事！」秀妍眨了一下眼睛，眼角隱約流出一滴淚水。
文軒總算弄清楚什麼一回事！姜天佑刺了振華一刀後奪門逃走，他是殺人犯！不能讓他在自己眼皮底下逃脫！
為振華討回公道的正義感，令文軒忘記自身的安全，在其他人還未有行動之前，他衝出大門，緊跟在天佑後面，希望能夠親手捉住他。
「姐夫！」他聽到秀妍在後面喊他，但這時候不能猶豫，天佑已經跑得很遠了，若不趕快追上去，有可能被他逃脫。
文軒拖著肥胖的身軀追了出去，離開大宅轉右進入大街，他本來以為天佑應該跑得老遠了，但奇怪的是，天佑就站在距離他不到五十米的距離，正一拐一拐地向前跑。

咦！奇怪了，他好像弄傷了自己，是剛才逃走時，不慎扭傷腳踝嗎？在這個節骨眼上弄傷自己，他也挺倒楣的。

文軒仔細觀察，他看上去傷勢不輕，應該不能再全速奔跑，按現在這個距離計算，即使是自己，也能輕易趕上去。

正當文軒打算趁這個機會，從後把他制服時，一輛黑色小貨車突然從路旁駛出，慢慢加速，向天佑方向衝過去。

天佑好像未為意身後有一輛小貨車，正向自己衝過來，他仍然拖著一隻扭傷了的腳，試圖儘快逃離現場，可是……

小貨車愈駛愈快，愈走愈急，直線向天佑衝過去，司機很明顯正不斷加速，短短五十米的距離，時速至少有一百米以上，這分明是謀殺！

「姜天佑！」

文軒還來不及向天佑發出警告，小貨車已經把他整個人撞開，只見他倒在地上滾了兩下，然後一動不動地躺著，鮮血不停地從他眼睛、鼻孔、耳朵、嘴巴流出。

小貨車把他撞倒後繼續向前駛，直至衝上行人道，鏟入一間店鋪門口才停下來。

文軒嚇得呆若木雞，一個人站在路旁很久很久，他看見倒在地上的天佑，雙眼死不瞑目地瞪著那架小貨車，整塊面全是血，手腳似乎因剛才的衝擊力而被折曲扭斷，死狀淒慘。

那個司機是蓄意的！根本就是存心置天佑於死地！雖然他死不足惜，但文軒心裡好奇，在這個關鍵時刻，這架小貨車的司機，為什麼偏偏向天佑衝過去？

文軒圍著小貨車轉了一圈，確認沒有人從裡面跑出來，他走近司機位置看了一眼。

司機位置沒有人，他再往後面車廂看了一遍，同樣一個人也沒有！

這架小貨車……剛才……根本沒人駕駛！

一切都按計畫進行。

祝振華死了，若果不是他太多事，本來也不想殺他，但他知道得太多了，再查下去，便會發現素素當年死亡的真相，一旦知道真相，就會發現那個東西——小明的存在。

我本來的目標只是小明，只要得到他，祝家就會垮，讓振華親眼看見祝家家道衰落，比起殺掉他更有意思，可惜，他堅持一直查下去，這樣就有可能將當年祝萬川老頭子所做的一切，公諸於世，到時候，我的身分也會敗露。

所以，祝振華是自取滅亡。

姜天佑死了，有點可惜，這麼笨的棋子我也是頭一次遇見，兩三下手段就被我弄得貼貼服服，他坎坷的人生際遇，令他對祝家充滿憤恨，我只需稍微煽動一下，他就真的以為自己是祝家的親兒子！真是天真得幼稚！

是的！我騙你了！我利用你對自己身分的期望，利用你童年時在祝家生活過的回憶，利用你對祝家的仇恨，以及，利用你對我的感情。

我知天佑對我一直有非分之想，多次對我毛手毛腳，這也難怪，畢竟我們不是親兄妹，他身體上的荷爾蒙對我有反應也是很自然的事，我也大方地來過順水推舟，常常借故用肩膀挨挨他胸膛，用雙手摸摸他臉頰，用小腿掃掃他大腿，就這樣，這個急色子便對我這個妹妹言聽計從，很好，男人真的很容易哄騙！

我叫他去殺人，他聽話地把刀藏起來；我叫他要對準振華胸膛，他真的一刀插入他的心臟；我叫他有需要時可以把昕涵捉住當作人質，他真的把她挾持住了；我告訴他芷琳跟我的恩恩怨怨，他真的衝過去想取她性命；我吩咐他把振華幹掉後，馬上逃離大宅，不要糾纏，他真的一支箭跑到大街上去。

可是，我沒叫他把小明這個祕密爆出來啊！他竟然當著這麼多人面前給說出來！這下好了，全世界都知道了，我要把他弄到手的難度又增加了。

姜天佑這份人就是這樣，外表溫文，但脾氣暴躁，一發怒就喪失理智，把之前吩咐他做的事通通都忘記了，我明白，他當日被振華和家彥連番攻擊，由上風變下風，到最後振華拋出那份DNA報告時，他一定崩潰了，為挽回敗局，他才爆出這個不能說的祕密。

我不怪他，若果當初我不告訴他小明這件事，不把小明的能力應用在他的賭局上，他也不會這麼毫無保留地信任我，說到底，他對我還是好的，不管是將我看成妹妹，還是他的女人，畢竟，他為了我而去殺人，我應該感謝他才是。

不過，很可惜，我沒有時間去懷念他，我要繼續執行下一步計畫。

我要把那個東西搶到手！因為我才是小明的主人，祝萬川老頭子，你做夢也想不到，最後會是由我來繼承小明吧！當年你如何待我，如今，我要百倍奉還！

只是，有一件事我仍然想不通，到底是誰殺死天佑？本來他還有利用價值，我不想他這麼快死去，可是，那架小貨車，好像是故意撞向天佑，而天佑當時又碰巧弄傷腳踝跑不動……

天佑的死，到底是意外？還是……

BBB的回憶片段　沉醉勝利的一晚

自家福出世後，我每天都在提心吊膽，因為我知道自己隨時會死去。

當時我在想，假如我現在死去，就只有家福一個可以幫我傳宗接代，但她是女兒，將來的子女都不是姓祝的，這樣我實在有愧父母，有愧兄長們。

所以，我跟太太商量好，希望可以在四十歲前，多生一兩個孩子，最好是男丁。

皇天不負有心人，恩澤及康蔭，都在這幾年內出世，三十九歲的我，已經是三位孩子之父。

我感到很欣慰，添了兩個男丁，對得住列祖列宗，那時候的我，總算是了結心願，可以真真正正準備去死了。

不要笑！我真的準備好了，寫好遺書，把財產及公司股份轉讓給太太，珍惜跟孩子相處的最後時光，跟相熟的朋友一一告別，然後，四十歲生日前夕，我拖著太太的手，安靜地躺在床上，等候那一秒的來臨。

然而，第二天，我沒有死。

開心了一分鐘，我突然想起，父親也是四十歲才去世，所謂活不過四十，應該是指不能活到四十一歲吧？

我不知道命運是否跟合約一樣，這麼咬文嚼字，總之，我告訴自己，要好好珍惜餘下這一年生命，好運的話，我可以活到明年生日，欠運的話，我隨時會在這一年某一天死去。

如是者，一年又過去，我再一次寫好遺書，拖著太太的手，感謝她過去一直對我的支持，然後，安靜地躺在床上等死。

奇怪的是，我仍然沒有死去。

第三年……第四年……第五年……第六年……我清楚記得，一共等了六年，每一年都做好心理準備，以為命運女神只是遲到而已，她很快就會回來，取我性命。

可是，我就是死不了，相反，命運女神卻取了我太太的命。

那一年是一九七六年，太太因肺結核逝世，死時四十二歲。

若果太太不是死於四十二歲，我想我會自責一生，我會懷疑，身上的詛咒是否轉嫁落太太身上，幸好不是，太太的死應該跟詛咒無關。

但這也解釋不到，為什麼我會一直相安無事？

我望住那個金屬製正方體小東西，它一直放在我的床頭……

那個怪人，還沒有來……

之後幾年，我一直在忙公司及兒女的事，雖然有時也會擔心，自己會突然去世，但隨著時間一年一年過去，我漸漸忘記詛咒這件事，生活也開始回復正常人一樣。

我在這幾年間買下深水灣那棟大宅，然後舉家搬了進去，孩子們很開心有大屋住，而我，很喜歡它的設計，大宅二樓雖然分東西兩翼，但只有西翼有樓梯上去，若果要到東翼睡房，雖先經由西翼樓梯上去，穿過連接兩翼的走廊，才能到達東翼。

西翼有五間睡房，東翼只有三間，這實在太好了，我把我的睡房及工作室全部安置在東翼，孩子們睡房則在西翼，這樣就不怕他們煩住我了，而且沒有樓梯直達東翼，東翼就好像一個隱蔽角落，我可以靜靜地在這裡思考未來的計畫。

正當我想忘記過去，為家族及孩子的將來奮鬥時，悲傷的往事卻再一次襲來。

我記得是一九七九年的春天，一位少女衣衫襤褸地站在我家門口，手上拿著一個袋子，當我出來見她時，她從袋子裡拿出一件紫色旗袍，是五姊當年失蹤時穿著的旗袍！

她開始告訴我整件事的來龍去脈，我聽後不禁黯然落淚。

五姊她，當晚跟了一個男人出外後就失去聯絡，原來那個男人是人口販子，專門誘拐婦女至南洋作不法交易，可憐的五姊不虞有詐，被他騙走強行帶上船，輾轉運至南洋，這也是為什麼我一直找不到她的原因，那一年，是一九六四年。

抵達南洋後，五姊身體狀況轉差，加上思家情切，不久便病倒了，男人沒辦法把她賣個好價錢，就把她棄置不理，這個時候，全靠眼前這位少女照顧她，說起上來，少女跟五姊也算同病相憐，少女送過來時，左腳大腿弄傷了，流了很多血，幸好有善心人輸血拯救，否則少女可能已客死異鄉。

可是，命雖然保住了，但大腿的傷很嚴重，康服後走路時仍有點拐，結果少女同樣賣不到一個好價錢，也被男人遺棄了。

少女說，五姊在一年後過身，病死的，死時三十六歲，我心裡非常難過，五姊原來跟四哥同一年過身，都是一九六五年，而我的女兒家福，恰好就在同一年出世。

命運為什麼這麼偏心？就在同一年，一個小生命降臨在我身上，卻帶走我兩位至親的性命！

我問少女今年多大，她說二十三，一九五六年生，跟五姊不同，她是被父母主動賣給男人以賺取金錢，被賣時只得八歲，因為年齡愈小，價錢愈高，她父母顯然是貪財之人。

少女告訴我，在五姊臨終前，仍然念念不忘想回家，但她知道自己不行了，她對少女說，假如有一天妳能回去，妳就把我身上的旗袍脫下來，帶去見我的好弟弟，他一定認得出這件旗袍，也只有這樣做，才能令弟弟相信妳，才能令弟弟照顧妳。

由於我改了名字，住的地方也搬了，少女費了很長時間打聽，才找到我現在的住址，看見她腳上穿的鞋子也破了，這位少女為了見我，還真有毅力。

我仔細打量這位少女，又看著她手上這件五姊穿過的旗袍，心想，我應不應該相信她呢？

說實話，五姊有沒有去過南洋，事隔十多年，現在已經無法查證，就算真的有去過，又是否如少女所言，在當地病死了？我其實可以大膽懷疑，少女把五姊殺了，拿走她的旗袍，冒充認識五姊，回來找我享受富裕生活！不是自誇，我在這十多年來，總算混出一點成績來，有人想沾一點光，討一點便宜，也不是沒可能的事。

然而，我選擇相信她，因為，她的眼神，她的神態，跟五姊確有幾分相似：懦弱，怕事，說話時不敢正視你，被質問時會立即面紅耳赤，口齒不清，這種人要是說謊，我一眼就可以看出來。

「告訴我，妳叫什麼名字？」

「張紹蘭，這是我父母起的名字。」少女低著頭，「但姐姐對我說，倘若能夠回來就是重生，不要再用以前的名字，她叫我用她的名字，代替她好好活下去。」

少女羞怯地說。

「所以我現在的名字是，祝素素。」

祝萬川的日記　一九七〇年代

二十四

夜深，家裡很寧靜，掛在牆上的鐘滴答滴答在響，秀妍坐在客廳沙發上，雙手戴著灰色毛毛手套，抱著她最愛的小熊抱枕，等待姐夫回家。

今晚天色很暗，沒有月光，沒有星光，整個天空都被烏雲籠罩，黑漆漆一片，跟她現在的心情一樣，她關掉了客廳所有燈，讓家裡的黑暗跟外面融成一體，令自己好像被整個漆黑宇宙包圍似的，她閉上雙眼，盡可能將自己的感官能力放到最大，她開始回想，直到今日下午為止，她已知道的所有事情。

祝振華死了，被姜天佑一刀刺入胸膛致死。

姜天佑死了，在街上被一輛小貨車撞死。

警方在搜查天佑租住的公寓時，發現屋內有很多關於振華的個人資料，大部分都是相片、生活習慣、以及他結婚前後的資料，其中有些相片，用紅筆圈著振華的模樣，旁邊寫了個「死」字。

最重要一點，經政府化驗所核對後，證實振華的ＤＮＡ樣本，跟父親祝萬川完全吻合，相反，天佑的ＤＮＡ跟祝萬川完全無關，他是假冒的。

於是，警方判定，姓姜的一早已經籌劃謀害振華，並且希望親手把他幹掉，這從他故意收藏一把鋒利但輕薄的刀出席會議，可見一斑。

他胡亂編了個親生子跟冒牌貨掉換的故事，引得祝家上下所有人擔心他來爭產，為避免被傳媒廣泛報導，妥協接受私下談判，這樣就正中下懷，他終於有機會接近振華，並最後成功親手把他幹掉。

至於動機，初步懷疑是個人仇恨，警方目前仍在調查中，對象包括天佑在美國生活時所認識的朋友及親戚，這就是為什麼姐夫仍未回家的原因，他認識天佑，今晚正協助警方調查。

由於凶手在眾目睽睽之下殺死被害者，之後畏罪逃跑時意外被車撞死，兩宗命案都沒有疑點，除了殺人動機仍有待調查外，警方初步打算以「凶手殺人後畏罪逃跑意外死亡」來結案。

坐得累了，秀妍索性伸直身子，平躺在沙發上，這是她思考難題時，最愛的姿勢。

疑點其實很多，只是警方不知道而已，秀妍相信，祝家向警方透露案情時，也不是如實相告，至少活不過四十歲及小明這兩件事，祝家提也不會提，而事實上，她自己也隱瞞了很多事情。

她所看見的種種回憶片段，令她相信，案情不是這麼簡單。

在大廳門打開的那一瞬間，當所有人都被天佑持刀的樣子嚇呆時，她看見的，偏偏是素素臨死前的影像！她肯定，在那一刻，現場中有一個人，當看見天佑拿著刀向芷琳姐衝過去時，馬上回想起當年威嚇素素時的情景，天佑的動作喚醒這個人的回憶，然後，被秀妍看見了。

到底是誰？秀妍努力去想，但當時影像來得太急，現場人又多，她一時間捕捉不到影像來自何處，是前面的人？右面？左面？不行，需要多些時間回想。

說起上來，不知芷琳姐現在怎樣呢？身體承受得住這次打擊嗎？今日下午看見她深情地吻著已死去的丈夫時，秀妍哭出來了，他們兩人如此深愛對方，上天為什麼要拆散他們？

大門外傳來鑰匙聲，只見文軒拖著疲乏的身軀進入客廳。

「為什麼不開燈？」文軒邊說邊順手把燈亮起來。

「姐夫，警方問了什麼？」秀妍坐直身子，雙手仍舊抱著她最愛的小熊抱枕。

「沒有特別的，都是例行公事。」文軒坐在另一張沙發上，「似乎警方都認為沒有什麼好查下去，案件應該很快告一段落。」

「那麼接下來，我們該怎麼辦？」秀妍瞪大眼睛問。

「怎麼辦？」文軒皺皺眉頭，「怎麼也不用辦，交給警方就行了，這件事，我們不用再理了。」

「這怎麼可能！」秀妍扯高聲線，「有很多線索，警方是不知道的，若想查出真相，只有我們才能做到。」

「真相就是，姓姜的瘋子跟姓祝的有仇，最後把姓祝的給殺了，然後自己又無緣無故被撞死了，完畢。」

「但你不覺得可疑麼？那架沒有司機的小貨車，為什麼剛好在那個時候，即是姜天佑弄傷腳踝行動不便時，整架車突然衝過去，這完全不像是巧合事件！」

「我已將我所看見的，原原本本跟警方說得很清楚，之後就由得他們去查吧。」

「那麼，祝素素的死呢？十八年前的懸案，還未了結啊！」

「那件案，更加不關我們事，都過了十八年，她是被殺還是自殺，不是我們說查就查到的。」

「但姐夫你跟她有一面之緣啊！她不是拜託你，找回她的魔術方塊嗎？你怎麼可以如此狠心，冷落一位如花似玉的姑娘，在冷清清的房間裡……」

秀妍故作溫柔，半嬌嗲對文軒說。

「妳還好意思提起。」文軒沒精打采地說，「多虧妳，我被她嚇得半死。」

「姐夫你該不會是……因為怕了她，所以不想調查吧！」秀妍瞇起雙眼，像狐狸一樣瞪著文軒。

「哪有這回事！」文軒漲紅了臉，「我只是覺得，事情已經告一段落，再查下去也無濟於事。」

「姐夫，你這樣說就不對了！」秀妍再一次瞪大雙眼，「祝先生不是你的朋友嗎？他現在不明不白死去，你不想幫他查出事件的真相嗎？」

「秀妍，你要明白。」文軒拍拍秀妍的頭，「我們是外人，祝家的事，不是我們應該理的。」

「但是，每次當我想起芷琳姐，我就好想幫她。」秀妍雙眼泛著淚光，「你知道嗎，姐夫？芷琳姐跟振華愛得很深，我看見了，我全看見了，就等於我看見你跟姐姐一樣，現在丈夫死了，做妻子的一定很難過。我們目前可以做的，就是幫他們查明真相，我幫芷琳姐，你幫振華，目標是一致的。」

文軒用手輕撫秀妍長長秀髮，嘆一口氣。

「我跟振華認識三年，交情之深，竟然不及跟妳只認識一個下午的芷琳，我真是慚愧。」

「不是這樣的，我知你是在擔心我，對嗎？」

秀妍搖搖頭，用戴著手套的雙手，緊緊握著文軒的手。

「你其實很想幫振華，很想調查素素的命案，只是，你擔心我的能力會被人發現，更擔心繼續調查下去，我的能力，最終可能會危害自己的性命，你想保護我，不想我過度使用自身能力，以免傷及自己，對嗎？」

文軒沒有作聲，秀妍仍緊握著他的手。

「但是，姐夫你有沒有想過，上天既然賜予我這項能力，或者，就是要我用這項能力去幫人，你試想想，若果不是我的能力，我就不會認識姐夫你，你也不會認識小秀妍，你說，這能力，是好還是不好？」

文軒眼角流下一滴眼淚。

「妳長大了，」文軒用手拭去淚水，「懂得為他人設想，姐夫很高興，秀晶聽到一定也很高興。」

文軒秀妍相對而笑。

「可是，我們始終是外人。」文軒認真地說，「若要繼續調查，必須有祝家的人支持，但振華已死，我不知道祝家是否仍有人願意支持我們。」

「有的。」秀妍眨了一下眼，拿出手機，「有一個人，她一定樂意支持。」

秀妍打開手機，顯示一個電話號碼，上面的名字是……祝昕涵。

二十五

夜深，昕涵拉好窗簾，回頭望望已熟睡的芷琳，幫她把床頭燈關上，然後踮起腳，靜悄悄地離開睡房。

步出客廳，走近落地玻璃窗，向外一望，天空烏漆漆的，沒有星光，死氣沉沉，望望散落客廳四周的畫具，今日下午芷琳姐離開時，心情一定很焦慮，昕涵俯身，開始幫忙把東西收拾起來。

一邊收拾東西，一邊忍不住落淚，昕涵擦擦眼睛，今天不知擦過多少遍了，原本一雙迷人的大眼睛，也因為擦拭過度，開始浮腫起來，眼袋又黑又深，因為今日一整個下午，昕涵只是不停地哭。

為什麼？為什麼會變成這樣？為什麼小叔叔就這樣死了？生命是這麼不值錢嗎？好人沒有好報嗎？現場這麼多人，為什麼死去的偏偏是小叔叔？

為什麼？為什麼我救不到小叔叔？那個姜天佑，當他挾持我時，若果把我殺了，小叔叔是否就會沒事？是我害了小叔叔嗎？

我對不起小叔叔！對不起芷琳姐！

昕涵坐下，低著頭，淚水一滴一滴，滴在自己膝蓋上。

「爺爺……」

如果爺爺還在，小叔叔就不會死，如果爺爺還在，絕對沒有人敢欺負祝家。

「爺爺……」

昕涵雙手掩面，淚流不止。

我的乖孫女，不是妳的錯，妳已做得很好。

昕涵彷彿感覺到，爺爺在撫摸她的頭，跟上次在小山坡時一樣。

我的乖孫女，妳是我們家族最優秀、最懂事的一個。

昕涵站起身。

「爺爺？」

手機傳來嗶嗶短訊聲，嚇了昕涵一跳，仔細一看，原來是表哥的短訊。

啊！差點忘記了！表哥說今晚會來探芷琳姐，現在就站在門口，叫我開門，這個表哥老是喜歡指指點點。

門打開，只見家彥沒有立刻進內，反而探頭往裡面瞥了一眼。

「芷琳姐睡了？」家彥脫了鞋，躡手躡腳進入客廳。

「嗯，吃藥睡了。」

「幸好沒有按門鐘。」家彥拿著一個公事包，放在客廳沙發上，「所以說，有小涵妳留在這裡照顧芷琳姐，我很放心。」

「不用你說，我也會留在這裡。」昕涵沒好氣地說。

「小涵，妳沒事吧？那個男人有沒有傷到妳？」家彥關心地問，「當妳被他挾持時，妳知道我是有多擔心！」

「謝謝關心，我沒事。」昕涵不期然伸手摸摸自己的脖子。

「哎呀，可憐豬，妳看看妳自己。」家彥這時才發現表妹，一雙眼睛又紅又腫，「我的公主哭成這個樣子，心疼死了！」

昕涵沒有回應表哥，她只是朝芷琳房間看了一眼，然後說。

「你看見啦，芷琳姐睡了，不會這麼快醒過來，你想探她明日請早。」

「等等，不要這麼快趕我走。」家彥想不到表妹會下逐客令，「我今晚來，探芷琳姐還是其次，其實有一件事，想跟妳商量一下。」

昕涵好奇，表哥今次又搞什麼鬼？

「妳應該知道，關於小叔叔的死，我母親跟妳父親，都不想再查下去。」家彥一本正經地說，「當然，還有二舅父。」

「霍爾表哥，你若在喪禮上繼續稱呼你四舅父做小叔叔，很多親戚朋友會不知道你在說誰？」昕涵再三糾正。

「好吧好吧，怕了妳，那就說成振華叔叔吧。」家彥繼續，「所以，既然三位長老決定不查，那麼調查重任，就落在我們兩位才貌雙全的年輕人身上。」

「為什麼要我們去查？」

昕涵嘴巴雖這樣說，但心裡卻暗自歡喜，表哥這人平時雖口甜舌滑，吊兒郎當，但其實為人心思縝密，相當有正義感，而最重要的，就是想法往往跟自己很接近。

「小涵，難道妳不好奇嗎？振華叔叔本來就是貨真價實的祝家四兒子，但他居然一開始就隱瞞自己身分，故意不去驗ＤＮＡ，把自己置身於被懷疑的不利位置上，為什麼要這樣做？就是要引姜天佑上釣！為什麼要引姓姜的上釣？祝素素！他一直在調查素素阿姨當年的死因，而姓姜的可能知道當年事情的始末！」

「今日下午的會議，妳都聽見了，原來祝家隱藏這麼多祕密：家族成員活不過四十歲，外公經常祕密帶姜天佑來大宅，有人陰謀想陷害祝家，但最重要又最離奇的，就是小明，到底小明是什麼東西？為什麼姓姜的那麼想得到他？我們祝家，真的擁有這麼一個神奇的庇護神嗎？」

家彥一口氣說完，期待著昕涵的反應，但很奇怪，昕涵沒有作聲，她只是低下頭。

「小涵，妳對這些圍繞我們家族的謎團，不感興趣嗎？」

昕涵突然抬起頭望住家彥，淚眼汪汪，真摯誠懇。

「姜天佑，他絕不會是一個人犯案。」昕涵堅定地說，「正如小叔叔所說，他還有一個同伴，那個人才是主謀！我想找出這個在幕後策劃，真正危害祝家的人，幫小叔叔討回公道。」

「我早知妳會答應的，小涵！」家彥伸出一隻手指尾。「來，我們合作吧。」

昕涵笑了笑，跟表哥勾了勾。

「噢，對了！差點忘記問妳，今日跟芷琳姐一起來的那位女生，是妳同學？」家彥坐近昕涵問。

「對啊！大學同學，但不同學系。」昕涵回答，「她今日出現，我也嚇了一跳，她跟芷琳姐同樣修讀藝術，是師姐妹關係，小叔叔在大學畫展認識她，把她帶過去陪芷琳姐，然後芷琳姐帶她過來的。」

「哪……她叫什麼名字？」家彥挨近昕涵問。

「李……等等！你問來幹什麼？」昕涵本能地察覺有些異樣。

「沒有什麼，只是覺得她的反應很古怪，想了解一下。」

「什麼古怪？」

「當時姜天佑已經衝到眼前，雖然目標是芷琳姐，但她就站在旁邊，沒可能不感受到威脅。」家彥回想案發經過，「所有人都退後幾步，生怕會被姓姜的刀斬傷，唯獨是那個女生，呆呆的一動不動，不躲不閃，眼神呆滯，好像在發夢似的，正常人的反應會這樣嗎？若果不是我飛身撲過去救她，刀可能已經傷到她了。」

「呵呵，所以呢，你就想問她名字，問她電話，然後對她說，我是妳的救命恩人，妳要以身相許報答我，對嗎？」昕涵瞅了表哥一眼。

「才不是呢！」家彥兩頰燙紅起來，尷尬地說，「我只是覺得她反應有點笨笨的，想了解一下她是否生病而已。」

這時候睡房門打開，兩人看見芷琳步出客廳。

「家彥，原來你來了，不好意思，睡著了！」芷琳抓抓蓬鬆的頭髮，明顯看得出，她雙眼跟昕涵一樣紅腫。

「芷琳姐，醫生叫妳多休息。」昕涵立即上前扶著她。

「見到芷琳姐妳精神還好，我就放心了。」家彥站起身，禮貌地點點頭。「妳要好好休息，不要挨出病來。」

「我沒事。」芷琳走近沙發坐下，昕涵坐在她旁邊，「對了，昕涵妳有秀妍的手機號碼嗎？」

昕涵跟家彥對望一眼。

「可否幫我打電話給她，約她明午在這裡見面。」芷琳說時，雙眼隱約透著淚光，「還有，把她姐夫徐先生也一併叫過來。」

「芷琳姐，發生什麼事？」昕涵滿臉疑惑。

「這是，振華對我的最後囑咐。」芷琳的淚珠滴在手背上。「他叫我約徐先生及秀妍出來，拜託他們，必須找出那個主謀！」

二十六

「姜天佑是你殺的嗎？恩澤！」

深夜，祝家三巨頭圍坐在公司辦公室，家福大姊氣勢逼人地問。

「不瞞你們，我的確已派人在大宅外安排好一切，可是，那輛小貨車，不在我的計畫之內。」

恩澤緩緩地說，跟火烈性格的大姊相比，二弟喜歡謀定後動，後發先至。

「你意思是，不是你幹的？」

今次輪到康蔭發炮，三姊弟中性格最隨和，喜歡隔岸觀火，明哲保身，然而，今次他站在大姊那邊。

「他這種人，一定招惹了很多仇家。」恩澤續說，「我沒興趣知道是誰幹的，反正，這個結果省卻我不少麻煩。」

「好吧，誰殺了姜天佑你不知道，」家福繼續質問恩澤，「那小明是誰，你一定知道吧！」

「大姊，我說過很多遍了，老爸臨走前，沒有提過任何關於小明的事！」

「你身為祝家現任當家，老爸沒可能不將祝家守護神這件事，告訴你的。」

「我再說一遍，我跟你們一樣，第一次聽到小明這兩個字，就是從姓姜的口中聽到的。」

曾經有一刻，恩澤認為小明這件事，只是姜天佑胡亂編出來，但是，看他整場會議毫不退縮，振振有詞，七情上面的跟振華對峙，又不似是瞎編出來。

恩澤推斷，小明這東西，應該是真實存在的，只是不知道它到底是人？是物？是神？是鬼？它到底有什麼特異能力，能夠保佑祝家家業永垂不朽？

想到這裡，恩澤忽然很想得到這個叫小明的東西。

「不要騙我們，恩澤！」家福將雙手翹在胸前，「那個叫小明的東西，一聽就知道是什麼風水物品，你想把它藏起來據為己有，對嗎？」

「二哥，你這樣就不對了。」康蔭接力說，「老爸留下來的守護神，是用來守護整個祝家，而不是你自己家人，做當家要有做當家的胸襟，你還是老實點把它拿出來吧。」

「為什麼你們老是不相信我，反而相信那個外人。」恩澤嘆口氣。

「二哥，我們三姊弟都是老爸帶大的，他的脾氣，他的性格，我們三個都很清楚，老爸這個人，實在太多問號了，他背後到底隱藏了多少祕密，就連我們三個親生子女，恐怕也不太清楚。」康蔭緩緩地說。

「恩澤，你還記得小時候，老爸向我們頒下的三項禁令嗎？」家福收斂怒氣，語氣溫和地說，「其中一項，就是不准我們提起先輩們，活不過四十歲這段歷史！」

對！恩澤想起來了，他們三姊弟小時候，常戲說是祝家三大禁忌，這是第一項，老爸不許我們問以前的事，包括老爸的父母兄姊名字，他們如何死的，為什麼會死，對於活不過四十歲這段傳聞，更加一提就打！

「老爸不准我們提，但外面的人都是這樣傳開去，說我們的祖父輩，曾祖父輩，甚至老爸的兄姊輩，全部都活不過四十歲，只有老爸跟我們三個……」

家福用紙巾抹去眼角一滴淚水。

「恩澤，本來大姊已經忘記了這件事，但自從姓姜的在會議上再一次提起……素素這麼年輕就死了，還有振華……那個活不過四十歲的詛咒，似乎又再次應驗了。」

「什麼應驗不應驗！」恩澤罕有地激動起來，「我們三個不是活生生坐在這裡！還有老爸，這麼長命還可以叫做詛咒應驗麼？」

「大姊的意思是，」康蔭拍拍大姊肩膀，「老爸在世時，一定有用什麼風水物品，去嘗試打破活不過四十歲這個詛咒，這個風水物品起初是有效的，但是，不知出了什麼狀況，威力突然消失，結果造成素素及振華先後離世。」

「哼，終於明白你們的意思了。」恩澤瞇起雙眼，「你們想說，小明就是那個鎮壓詛咒的東西，但是被我偷了，所以小明不再保佑整個祝家，素素跟振華也就因此死了！對嗎？」

家福康蔭兩人互望一眼，沒有作聲。

「荒謬！」恩澤大力拍了枱面一下，然後豎起一隻手指，「第一，時間點不吻合，振華的死還可以算在我頭上，但素素是十八年前過世的，當時仍是老爸做當家，如果照你們說，小明不再保佑祝家，那麼早在老爸時期就發生了，要怪罪也要找老爸算帳，算不到我頭上來。」

「第二，我繼承老爸之後，一直以保護祝家成員為己任，為祝家家業繼續繁榮下去而盡心盡力，振華跟素素，雖然不是我們同一個娘生的，但我也不至於因此而憎恨他們吧？更何況，他們出事，等於祝家出事，你們知道今次振華這件事，外面有幾多傳媒胡亂報導一通，你們說，我會是最想他們出事的人嗎？」

家福沒想過恩澤火氣如此大，她嘗試放輕語氣，以免再刺激他，畢竟，一拍兩散並非她樂見的結果。

「你說得也有點道理，恩澤。」她嘆一口氣，開始裝出一副慈母樣子，「但是，問題仍然沒有解決，若果那個詛咒依然存在，那麼，家彥他怎麼辦？還有昕涵，與及你的三個寶貝兒子，他們全都那麼年輕！」

「他們離四十歲還很遠。」恩澤回答，「而且，我們三個都沒事，我們的子女都不會有事。」

「但你可以肯定嗎，二哥？」康蔭身子向前傾，一臉認真，「所謂活不過四十歲，是指四十歲前有可能死吧？如果詛咒是真的，我們幾個子女，由現在起，都活在死亡陰影下。」

恩澤眼眉跳了一下，三弟說得沒錯，但目前又可以做什麼？連小明是什麼東西也沒搞清楚，對於那個詛咒，更加無能為力。

「大姊，二哥，你們還記得，老爸不許我們進入東翼，他房間附近範圍那個禁忌嗎？」

康蔭突如其來的疑問，恰好提醒恩澤，對！這是老爸第二項禁忌，不過三弟說漏一點，這項禁忌全文應該是：若非事前獲得老爸批准，不得進入東翼。恩澤自己便幾次出入老爸房間，商談公事。

「我在想，姜天佑堅稱他確實來過大宅，而帶他來的人正是老爸。」康蔭繼續說，「假如是真的，那麼老爸最有可能收藏他的地方，就是東翼，只要他躲進那些房間，除了老爸，根本沒有人可以發現。」

「關於這個問題，相信只有恩澤才能解答。」家福淡淡地回應，「從小到大，我跟三弟多數時間都在外面跟朋友一起，父親常常罵我們兩人不宅家，所以，對於不准進入東翼這項禁忌，我完全不在乎，反正留在家的時間不多。」

「啊，被大姊妳提醒了，說起上來，原來二哥小小年紀就懂得討好老爸，難怪老爸這麼疼你，會讓你做當家。」

面對大姊三弟冷嘲熱諷，恩澤並不上心，因為當康蔭提起這項禁忌時，他馬上想起另一件更重要事情。

他記得小時候，他們三姊弟本來是可以自由進入老爸的房間，不受限制。

直至那個女人出現！直至她住進東翼！老爸才宣布禁止所有人進入！

那一年，是一九七九年，當時恩澤已經十二歲，家福十四歲，康蔭十歲。

這個女人的出現，也令他想起老爸最後一項禁忌：不准問那個女人來歷！

恩澤回想，對當時還是小孩子的他們來說，家裡來了位大姐姐，最多只會當作是來了一位客人而已，本來就不會特別留意。

可是，老爸卻煞有其事把她迎進東翼，住進自己睡房旁邊，又下令禁止他們進入東翼，種種做法，難免令恩澤感到可疑，他直覺認為，老爸跟那個女人，有不可告人的祕密。

結果，一如恩澤預期……

老爸跟那個女人，結婚了。

祝素素……

五姊叫少女改名祝素素……

我明白五姊的用意，五姊本名祝素娟，但她喜歡別人叫她素素，覺得聽起上來順口悅耳，但家裡的人，除了我，沒有一個理睬她，結果，祝素素這個名字，就成為我跟五姊之間的小祕密，也只有我，才會這樣稱呼她。

五姊要少女改用祝素素的名字來找我，是因為對我而言，這是一項最決斷性的證據，證明少女真的認識五姊，而且關係相當好，並非一名騙子。當我聽到這個名字時，那一刻，五姊彷彿就在我耳邊說：弟弟，這位少女，以後就拜託你了！

我把少女安置在東翼，就住在我睡房隔壁那間房間，並下令沒有我的批准，孩子及傭人們不得進入東翼，這樣做的原因，是不想任何人擅自走去問她過去的事，尤其是五姊的事。

一直以來，關於父母及幾位兄姊的往事，我從來沒有跟孩子們提起過，主要原因是不想他們發現活不過四十歲這個詛咒，希望他們能夠健康快樂地成長，但這位少女跟五姊關係密切，和孩子或傭人們說話多了，很有可能洩露五姊在南洋的悲慘遭遇，這是我要加以提防的。

當然，安排她住在東翼，還有一個原因，就是我的私心。

這位少女，除了樣貌不像五姊外，其他各方面幾乎跟五姊一模一樣，身型都是嬌小玲瓏，性格同是溫順柔弱，說話老是低著頭輕聲說，吃飯總是小口小口地吃，所有行為舉止動靜，都跟已過世的五姊很相似，實在很難想像這到底是巧合，還是她根本就是五姊投胎轉世！

而我，一向很喜歡五姊……

少女對我可謂從沒怨言，即使我好像軟禁她似的，把她藏在東翼裡，但她卻自得其樂，看書、看電視、有時在廚房裡煮飯燒菜，當然我會事先把傭人和孩子帶走，她做家務很了得，打掃清潔絕不比傭人差，她說，在南洋大部分日子，都是自己一個人生活，所以已經習慣照顧自己。

我和她朝夕相對，心中的慾念愈來愈強烈，我努力壓抑住，畢竟她只有二十三歲，可以當我的女兒了，而且我已經是三個孩子之父，我不能有這樣污穢的思想！

這樣的生活維持了三個月，我開始發覺，她對我好像也有點意思，她會打聽我喜歡吃的東西，趁傭人不在時，偷偷煮給我吃；有時在我身邊經過時，會有意無意間用身體挨在我身上；晚上會溜到我房裡，聽我講關於五姊的故事，五姊故事講完了，她就要求聽其他家人的故事，聽累了，會毫不避諱地睡在我床上。

她真的對我有意思？我很想問她，但不知道如何開口，我這年紀，實在有點尷尬，而且，倘若一切是我誤會，我怕她會以為我是個變態，要求搬走，但我真的不想她離開我，我情願維持現在的關係。

結果，那一晚，她用身體回答了我心裡的疑問。

夏天的深夜，我半夢半醒，發現有人開門進來，爬上我的床，我還未弄清楚什麼一回事，那個人已經用雙唇封住我的嘴，我想推開那個人，但觸碰到的是嫩滑的肌膚，那個人根本沒穿衣服。

自從太太死後，已經很多年未嘗過歡愉的感覺，我貪婪地吻著懷中少女，飢渴地撫摸她柔軟的身體，我問她，妳後悔嗎？她搖搖頭，對我說了一句，我至今仍然難忘的說話。

「我希望，能夠代替姐姐，成為你心中最牽掛的人。」

我低下頭，憐惜地吻著她。

從那一晚開始，我知道，我不能再把她收藏在大宅裡，我要給她一個名分，我要向所有朋友介紹她就是我的妻子，還有，向三個孩子介紹他們有一個新媽媽。

但眼前有一個難題，過去三個月，我都以素素稱呼這位少女，但其實少女並沒有真正改名，結婚註冊當然不能再用素素這個名字，我跟她商量好，結婚時，我就用祝萬川的名字，而她就用原本的名字，張紹蘭。

不過，素素的名字，對我們意義重大，這個名字，把我、紹蘭及五姊，三個人的命運聯繫在一起，若果把這名字丟棄，我和紹蘭都捨不得。

結果，我們決定，倘若將來生的孩子是女兒，就取名素素，若是男的，就用我以前的名字，振華。

祝素素及祝振華，祝家的五姊及六弟，將會在我們的下一代重生，我拉著紹蘭的手，彼此深情地望住對方，憧憬著美好的將來。

然而，那個怪人，卻偏偏在這個時候出現！

我獨自在屋內徘徊，這地方真的很大，比起我家大上不知幾多倍，抬頭看看天花板，為什麼可以高成這個樣子？這裡住的人都是巨人嗎？但叔叔個子不高啊，既然他也可以住進這棟巨人大宅，那麼我是否也可以搬進來呢？

我記得，童年時好像曾在這裡生活過，至少，我對這棟大宅有份很熟悉感覺，例如房間的位置，我是記得很清楚，腦海中也依稀記得跟叔叔一起晚飯，一起睡覺的情景，但當時我年紀太小了，大概只有五六歲吧，說不上是很深刻的記憶，現在回想起來，或者可以解釋為，叔叔是我父母的親戚或朋友，童年時我經常來這裡作客，所以才會產生在這裡生活過的錯覺。

叔叔他常常帶我來這裡玩，但我總覺得怪怪的，因為每次來，他都把我關在其中一間房裡，不准我外出，雖然房內有很多東西玩，光打遊戲機已經可以消磨一整天，但一個人玩，始終覺得有點孤單。

八歲那年，我跟母親移民美國，臨行前，我和母親一起來到大宅，只見母親很恭順地不停向叔叔點頭，叔叔好像在吩咐她做什麼似的，我問母親，叔叔到底是誰？她只簡單說了句是親戚。我問叔叔，我以前是否曾經在這裡住過，他沒有答我，我問叔叔，我是否他的家人，他對我說，你對於我，比家人更加重要，當時，我不明白他的意思。

移民美國後，漸漸忘記了這件事，不過也不代表沒跟叔叔聯絡，我發覺母親會偷偷打長途電話給叔叔，叔叔也會託人送些禮物給母親，還不止如此，叔叔定時會邀請我回去大宅一聚，他說，很想念我，想看看我長大後是什麼模樣。

我當時真的很感動，心想，若果你是我父親就好了，你跟我媽那麼親，不如你娶了她，把我們一家搬來大宅住，我以後就當你的乖兒子！

不過有一件事，從小到大，我一直覺得很奇怪，為什麼我每次到來，大宅裡都只有叔叔一個人？家裡沒有其他人嗎？

結果，有一年，我記得是一九九九年，當時我已經十九歲，放暑假閒著回來探望叔叔，趁他在大廳忙著接聽電話時，偷偷跑上二樓，沿著連貫東西兩翼的走廊，一口氣跑到東翼，那間我以前被關在裡面打遊戲機的房間，我本來只是想看看這間遊戲房，現在變成什麼模樣，但當我打開門時……

一位年輕女子坐在椅子上，身上只穿一件纖薄的短袖背心及短褲，好奇地望住我。

「對不起，我不知道有人在這裡，抱歉！」我連忙解釋。

女子看似沒有受驚，眼也不眨一下，淡淡地說。

「你，就是那個男孩？」

我不明白她的意思，正想著如何回答她時，她突然問。

「你今年十九歲，對嗎？」

奇怪！她怎麼知道的？

「我今年十六歲，可以交個朋友嗎？」

可以，當然可以！這麼漂亮的一位女孩子，我當然願意跟妳做朋友！

「不過，我們交朋友的事，千萬不能告訴樓下那個男人知道！」

「妳指叔叔？為什麼不能告訴他？」

「因為那個男人，是壞人。」少女說，「他想殺死我。」

當時的我，以為她只是說說笑而已，所以沒有放在心上。

「那麼，我該如何稱呼妳？」

少女魅惑地笑了一下。

「你可以叫我……素素。」

AAA的回憶片段　悲劇的相遇

二十七

當再次見到秀妍時，家彥覺得，她真的很漂亮，雙眼就像漆黑裡的寶石一樣，閃閃發光，比起表妹那雙大眼睛毫不遜色。

她的秀髮亦很迷人，長直帶微曲的造型，配合她白裡透紅的鵝蛋臉，不斷散發出獨特美少女魅力。再仔細聆聽她的說話，談吐得體舉止優雅，挺機靈的，看得出是一位有教養又聰明伶俐的女孩子，只是不知道她當日的反應，為什麼會這麼呆笨！

應芷琳姐邀請，秀妍跟文軒兩人來到家裡作客，當然，還有自己跟小涵，五個人就圍坐在客廳中。

對於芷琳姐請求他們幫手調查，秀妍爽快地答應了，這倒是令家彥有點意外，她似乎早有心理準備去調查今次案件，從她談話時不經意流露出關懷及憐憫眼神，她真的很同情芷琳姐的遭遇。

至於那位大叔，他也同意了，只是有所顧慮，沒有秀妍答得爽快。最初家彥以為，他的顧慮是祝家三位長老，畢竟激怒他們後果嚴重，可是，家彥慢慢發覺，大叔的顧慮並不是來自祝家任何一個人，從他經常望住秀妍，滿臉憂心的樣子，他擔心的是他小姨子。

但是，小姨子有什麼好擔心呢？

他們兩人今日穿了一身黑，女的還特意戴上黑色棉質手套，男的則打上黑色真絲領帶，家彥心想，他們的確很尊重振華叔叔，相當有心。

「這個，徐先生，關於振華最後的心願，就拜託了。」

芷琳輕聲地說，她臉色雖然比昨晚紅潤不少，但仍看得出相當疲倦。

「叫我文軒好了。」文軒禮貌地回答，「其實關於振華的事，還請妳節哀順變。」

「放心，我沒事。」芷琳說得輕鬆，但任誰都看得出，她昨晚根本沒睡好。

「真想不到，自從上次大學飯堂之後，再次跟妳見面，會是這樣一個氣氛。」昕涵一臉無奈，對秀妍苦笑。

「對於祝先生的事，我也感到很難過。」秀妍傷感地說，「他人很好，跟我們相識也是緣份，沒有他我也不會認識師姐，所以，既然祝先生臨終前，希望我跟姐夫幫手，我們一定盡力而為。」

然後秀妍向坐在昕涵旁邊的家彥，禮貌地點點頭。

「上一次，謝謝你奮不顧身救了我。」

「哦，那裡那裡，小事而已。」家彥也連忙點頭回敬。

「其實，秀妍你們是否早就打算幫我們？」昕涵突然插嘴一問。

看來小涵也看出來了！

「是的。」文軒代秀妍回答，「今次前來，本來是打算尋求你們的支持，以便我們繼續振華未完成的調查，我們最初還擔心，到底你們是否願意查下去，想不到，原來振華已經安排好一切。」

「振華生前告訴我，他希望查出兩件事的真相：第一，當年殺害祝素素的真凶；第二，除了姜天佑之外，另一個陰謀對付祝家的人真正身分。我們現正循這兩個方向調查，假如你們發現什麼線索，請告訴我們知道！」

「到底會是誰，想出這樣惡毒的計畫來陷害我們？」芷琳有點受驚的樣子，「難道那個人，跟我們祝家有深仇大恨？」

「這個，我也不太清楚。」文軒搖搖頭，「但是，我相信，那個陰謀對付祝家的人，就是幕後策劃謀害振華的主謀！我一定不會放過他！」

「你意思是，姜天佑不是因為一時衝動而去殺人，而是，那個人慫恿他去做？」芷琳追問。

「對，一切都在主謀計畫之內。」文軒回應，「只是，仍然不清楚他的犯案動機。」

「還有一點大家要留意，」這時秀妍插嘴說，「祝素素小姐當年的死，可能跟今次姜天佑前來大宅，蓄意謀害祝先生有關，換一個角度來說，兩起命案，十八年前那個是因，十八年後這個是果，祝先生可能已經掌握線索，知道誰人跟妹妹的死有關，只是不敢肯定，到底是姜天佑，抑或是那個主謀。」

「所以，你們的意思是，」昕涵低頭想了一會，望住秀妍及文軒說，「兩起命案其實有一個共通點，就是跟同一個人有關。若果這個人是姜天佑，案情就可能是：十八年前，他推了姑姐下樓，留下線索，被小叔叔發現，所以他要在十八年後今日，借機會把小叔叔幹掉滅口……」

「對，但亦有另一個可能，」秀妍點點頭，補充說，「十八年前推祝素素小姐下樓的，是那個主謀，他一直以為沒有人知道真相，直至最近，他發覺祝先生已找到線索，於是指示姜天佑，借機會把祝先生幹掉滅口……」

「我跟秀妍初步認為，祝小姐的死，主謀行凶機會較大，」輪到文軒接話，「因為姜天佑完全不認得素素小姐的容貌，倘若是他殺的，他在會議上必定會掩飾得更為周全，至少，不會這麼笨拙地露出這個大破綻！」

「姜天佑只是一枚棋子，主謀利用他把振華幹掉，至於為何他會願意這樣做，這就有很多解釋了，主謀可能用金錢利誘，挾持他親人性命要他就範，又或者用美人計色誘他犯案！總之，方法有很多很多。」

「照你們所說，」昕涵咬咬牙關，「那個主謀先是在十八年前害了姑姐，十八年後又害了小叔叔，還不止，他的陰謀可能仍然進行中！那我們要在下一個受害者出現之前，儘快找到他才行！」

「我其實有個疑問，」芷琳望望大家，「那個姜天佑一直堅稱他才是老爺親生的，連ＤＮＡ也主動去驗了，但最後竟然是個冒牌貨，難道他自己真的不知道嗎？到底他憑什麼這麼自信，堅持自己就是祝家的孩子？」

「這個問題，」文軒深深吸了一口氣，「目前只能憑空推測，但我相信，他認識祝老先生是真的，他被祝老先生帶去大宅也是真的，他童年時對大宅，對祝老先生的印象，令他一度懷疑自己是否祝家親兒子。」

「然後，那個主謀出現了，甜言蜜語哄騙他相信自己才是真命天子，對姜天佑而言，當他本人也相信自己童年的印象時，就很容易接受主謀的誘導。人，很多時候都選擇相信自己想相信的事情，即使那些全部不是事實。」

「還有一個疑問，」芷琳突然顯得興致勃勃，不停發問，「為什麼姜天佑會不認得素素？假如他真的經常前來大宅，應該認得才對。」

「這個暫時也只是我個人推測，」文軒繼續回答，「他來到大宅，錯認另一個人為素素，而他一直把那個假素素記在心上，因此，他從來沒有試圖去確認，自己見過的素素是否真貨！」

「這就好比，你一個人去朋友家裡作客，見到一位女子，她說她是你朋友的妹妹，你朋友不在，無從核實，但你知道你朋友真的有位妹妹，正常來說，你是不會懷疑這位妹妹的身分，因為，她根本沒有理由去騙你，除非，她從一開始就別有居心。」

「所以，徐先生的意思是，」芷琳望住文軒，「當時在我們祝家，有另一位跟素素同樣年紀的女子，令姜天佑錯認？」

「對，有這個可能！」

「說了這麼久，不如現在先來個總結，那就交由今日一整天只顧偷望人家，毫無建樹的霍爾大法師，歸納一下到目前為止，我們所知道的線索！」昕涵斜眼瞪了家彥一眼，偷偷竊笑。

冷不防小涵有此一著，家彥尷尬地望了秀妍一眼，只見她一臉迷惘，她聽到了嗎？

「為什麼妳叫表哥做霍爾大法師？」秀妍問昕涵。

她果然聽到了！家彥感覺臉頰有點燙熱。

「呵呵，這是因為，」昕涵洋洋得意地說，「小時候，表哥很喜歡宮崎駿那部動畫——霍爾的移動城堡，幻想著說自己就是男主角霍爾，又帥又懂法力，整天跑去變戲法給女同學看，沒女同學理睬他，他就回來變給我看，把我的頭髮弄得亂七八糟，為了感激他，我以後就叫他做霍爾大法師！」

小涵！等他們走後，妳死定了！

「我也很喜歡這部動畫喔！」秀妍甜笑回應，「很喜歡女主角蘇菲，即使變老了，仍然懷著一顆少女的心去待人處事，毋忘初心，是這樣形容嗎？」

咦！原來她也喜歡。

「咳咳，我的大魔法師，」昕涵繼續不放過家彥，「請問你到底有沒有專心聽書？你記得剛才我們說了些什麼嗎？」

家彥坐直身子，抖擻精神，表妹太小看我了。

「咳咳，總括而言，目前主要謎團圍繞兩起命案：十八年前素素阿姨命案，與及十八年後振華叔叔命案，而聯繫兩者的關鍵人物，就是姜天佑及那個不知名的主謀。姜天佑死了，他那條線索也斷了，所以目前若要查出真相，只能揪出那個幕後主謀！」

「除了這兩個核心謎團外，還有一個不知道算不算重要的謎團：小明。到目前為止，沒有人知道小明是什麼東西，也沒有人知道小明是否牽涉入兩宗命案中，不過既然姜天佑這麼想得到小明，我相信小明還是跟這兩起命案有關，所以，我們在調查過程中，也要特別留意小明這條線索！」

昕涵點點頭。

「不錯，原來霍爾大法師可以一心二用，眼睛一邊盯住人家，耳朵一邊聽住其他人的說話。」

家彥本想出言反駁，但這時候秀妍突然開口。

「對了，芷琳姐，請問我可以再進一次大宅嗎？」

芷琳好奇地回望秀妍。

「自從振華身故之後，大宅如同一間廢屋，再沒有人敢進內，連忠叔也被辭退了，秀妍妳為什麼還想回去？」

「因為，裡面可能有重要線索。」秀妍緊握拳頭，雙眼閃爍不停，「只要能夠再次進去看看，一定能找到破案關鍵。」

「但是，所有線索警方都調查過了，妳進去還可以找到什麼？」

「總之……我有信心找到！」秀妍美麗的雙眼，再次散發自信的光芒。

家彥此刻望向文軒，果然還是老樣子！他視線從未離開過秀妍，憂心忡忡的，文軒大叔，到底在擔心些什麼？

「我陪妳去吧。」

昕涵突然站起身，對秀妍說。

「反正我也想回去一趟，明天晚上，我們一起去，好嗎？」

「連昕涵妳也想回去？」芷琳不明所以，「為什麼？」

「因為，」昕涵眼神幽幽地望住眾人，「我要去以前爺爺的房間，那裡，或者有那個主謀身分的線索！」

二十八

回到自己家，昕涵立刻換上一件大碼襯衣，短褲赤足，跳上自己最喜歡的紫紅色沙發上，雙膝並攏屈腿而坐，一把波浪長髮梳向臉的左側，方便右邊耳朵接聽電話。

「好，那就約定明晚十時，我們一起從芷琳姐家裡出發，秀妍，謝謝妳的幫忙。」

昕涵掛上電話，只見家彥從廚房捧著一碗剛煮好的麵出來。

「約好了嗎？」家彥仍舊是今日下午去芷琳家時的打扮，黑西裝灰恤衫配搭灰色布鞋。

「我幾時批准你在我家煮麵吃？」昕涵盯住那碗熱騰騰的麵，「還吃了我最愛的海鮮味！」

「不要那麼小器嘛。」家彥一大口麵塞進嘴裡，「我見妳櫃裡有很多即食麵，妳一個人怎吃得下？勉為其難幫妳清理一下，不用謝我啦！」

昕涵留意到，家彥邊吃邊環顧自己家裡四周，對於長期在美國生活的表哥而言，應該看不慣這麼狹小的居所。

本來她是不打算帶表哥來自己香閨，但有件事，她想跟表哥商量一下，只好先拉他來自己家，待商量完畢後，馬上回去陪芷琳姐。

「地方不錯，不過，還差一樣東西。」家彥四周望望，然後對昕涵說，「琴呢？小涵最愛的鋼琴哪裡去了？」

「霍爾大法師，你說笑吧！」昕涵沒好氣地說，「地方這麼小，哪裡還放得下一架鋼琴？難道你可以把我的房間變大？」

「我記得，妳以前家裡有一架三角鋼琴，就放在客廳一側，每次我上來，妳都會彈給我聽，妳啊！真是琴鍵上的小妖精，幾乎什麼曲目也難不倒妳，我真的很想再聽妳彈一次。」

「我很久很久沒彈了。」昕涵搖搖頭，「自從爺爺過世之後。」

「在外公葬禮上，妳在教堂裡彈過一段送葬進行曲，聽聞是外公臨死前要求的，對嗎？」

「嗯，那次是最後一次彈琴。」昕涵點點頭。

「那麼，小叔叔的葬禮，妳會彈嗎？」

昕涵愕然，低下頭不作聲，家彥瞥了她一眼，只見她雙眼熱淚盈眶，表哥不忍心表妹再次流淚，趕快轉換話題。

「妳突然拉我上來，應該是有事想跟我商量吧？」家彥把最後一條麵條也吃光了。

啊！發現了嗎？

「在芷琳姐家裡不方便說的事，是關於她本人？還是關於振華叔叔？」

「兩者都不是，是關於鬼。」昕涵解釋，「芷琳姐怕鬼，在她面前說，我怕會嚇得她睡不著，你知道，她最近好不容易才能入睡。」

「啊，小涵妳撞鬼嗎？很有趣喔，說來聽聽！」

終於入正題了，昕涵今次帶家彥上來的目的，就是想告訴他關於人型物體的事，還有那個放在地上的小東西……

「前晚，在大宅內，你還記得我站在姑姐房間門口，往裡面張望時的情景嗎？」

家彥點頭。

「事實上，我看見，有一個人型物體在房間跳舞！」

「跳舞？」家彥感到好奇。

「對！最初我只看見房內有影子晃動，心裡好奇，所以故意走近門口細看，然後見到一個人型物體，不停地跳跳跳，跳得很有規律，每次停下來時，都會彎腰低下頭，看著地板上某樣東西，我告訴你，即使你想一千遍一萬遍，也絕對想不到放在地上的那個東西是什麼！」

家彥側著頭嘗試猜，但正如昕涵所言，真的猜不出來。

「那個放在地上的東西，就是那枚貼上六張臉孔的魔術方塊！素素姑姐的魔術方塊！」

家彥張大了嘴，樣子非常吃驚。

「阿姨整天玩不離手的……人臉魔方？這麼多年了，它還在嗎？」

「還在，雖然我之前沒有親眼見過，」昕涵繼續說，「但你不是很詳細地描述過給我聽嗎？所以當我見到時，一眼就認出來了，那枚魔方的六張臉孔，正如你所說，看上去的確很恐怖。」

「小涵，既然你能夠看見魔方的臉孔，也應該看見那個人型物體的樣子才對啊？」

「很可惜，那個物體一直背對著我跳，我看不見它的樣子。」昕涵試圖回想，「就在它突然凌空轉身落地，正面向著我時，你就來了，把燈全亮了，我再回頭一望，那個東西跟魔方，一起消失了。」

「嗯，這件事，真是非常詭異。」家彥抓抓頭髮，「小涵，妳應該早點說出來啊！」

「對不起，因為，我昨日心煩小叔叔跟姜天佑對質的事，所以沒把這事放在心上，就當自己看錯了。」昕涵雙眼又開始紅起來，「現在，兩人都不在了，回想前晚的情景，再事後串連起來，那個人型物體，會不會跟他們的死有關？」

「小涵，」家彥望住她，不解地問，「為什麼妳剛才一直稱呼那東西做人型物體？既然懂得跳舞，應該就是人，但妳卻一直用人型物體來形容那東西，為什麼？」

「我也不知道，或者你說得對，我應該要用人來稱呼那個東西，但是，我直覺認為……那個東西跳舞姿勢實在太奇怪了，我……每次回想起來，總覺得哪裡不對勁……是非常不對勁，它好像在跳舞，但其實不是，它的姿勢……我一時間也形容不上來，總之就是非常不協調，很違和，不像是人的姿勢！」

「但如果那個東西不是人，妳認為會是什麼？」家彥問。

「姑姐的……鬼魂？」昕涵小聲回答。

「但是，我記得，阿姨不會跳舞。」家彥認真地回答，「而且，都過了十八年，為什麼這個時候鬼魂才出現？」

兩人低頭沉默片刻。

「唔，照目前情況來看，」家彥冷靜地分析，「若想知道更多關於人型物體的事，只能問忠叔，他當晚明顯有事隱瞞，而且倘若人型物體是最近才出現，也只有一直住在大宅的忠叔，才有可能聽到或看到一些東西，問他應該可以問出一些端倪。」

「那我明早就去找他，」昕涵爽快地說，「他剛被二伯父辭退，這時候問他，應該再沒有之前的顧慮。」

「那我就負責調查人臉魔方，」家彥回答，「我一直好奇，阿姨為什麼要將魔方六面，全部貼上人臉相片？」

昕涵心想，也只有這樣做了，那枚魔方，那個人型物體，一定要找出兩者之間的關係。

人型物體……你到底從哪裡冒出來的？

我永遠記得那一天，一九八三年十月二十三日。

紹蘭剛為我誕下第二個孩子，是個女的，一如之前約定，我們把她取名為祝素素，我跟紹蘭都很開心，因為在三年前，她已為我誕下振華，剛好一子一女，這樣，我以前的名字，跟五姊的名字，便一起重現在我們夫妻倆的面前，我心想，上天總算第一次讓幸福降臨在我身上。

可是，那個怪人出現了。

當晚只有我一個人在家，紹蘭剛分娩，跟素素還留在醫院，家裡傭人帶振華去探望媽媽及妹妹，另外三個孩子也外出了，家福及康蔭不在家我不意外，他們一向討厭留在家中，反而恩澤不在有點出奇，這個孩子，一直想繼承我衣缽，總是黏在我身邊，難得今晚約了同學出外吃飯，結果家裡就只剩下我，獨自面對那個怪人。

坦白說，我應該要向他道謝，姑勿論他給我那個沉重的金屬正方體，是否真的阻止了詛咒，至少，在我遇見他之後，便一直生存到現在，還不止，我的生意愈做愈大，而且，喪妻後還能續弦，娶得紹蘭這麼好的太太……當時的我真心覺得，自己是全世界最幸福的人。

然而，當我拿著那個小東西，在大廳打算向他當面言謝時，我愣住了。

他的樣子，一點也沒有老。

他今晚穿的是八十年代最流行的寬大墊肩西裝，可是樣子卻仍舊是五十年代，我第一次見他時的模樣，為什麼會這樣？我退後一步。

「很久不見了，祝振華……啊，應該是祝萬川先生才對。」

我沒有作聲，這個人……不，他不是人，一定是妖怪！

「說起上來，我們有多久沒見了？二十七年？對，一眨眼，就過了二十七年。」

說完他自己笑起上來，這時我才發覺，除了容貌，他的笑聲也沒有變。

「這棟大宅看來不錯喔，樓底高，地方大，房間多，就算生多兩個小孩子，也不怕沒有地方住。」

他是在暗示什麼嗎？我這下真的忍不住了！

「你到底是誰？」

「啊！記起來了，上兩次見面，還沒自我介紹，真是失禮。」說完他向我九十度鞠躬。

「我的名字，叫伊藤京二，現在雖然是日本人，但我的祖先，跟你的祖先一樣，來自同一故鄉，彼此還是鄰居。」

「你的漢語，說得也相當流利。」

「當然，家承祖訓，必須中文日文兩者皆通，因為，只有這樣，才不會忘記祖先輩的恥辱。」

「你這是什麼意思！」

「該從哪裡開始說起呢？要追溯可以追溯至滿清政府時期，太遠了，我也記不起來。」

他搖搖頭，繼續說。

「我就簡單說吧，我家祖先，跟你家祖先結怨，然後，你家祖先把我們趕出故鄉，我家祖先為了報仇，便對你家祖先下了詛咒。」

我完全不懂反應過來，他在說什麼爛故事……等等，這個詛咒，難道是……

「對了，就是活不過四十歲這個詛咒，是我家祖先下的，具體原因，抱歉，我也不知道，太久以前的事，我也懶得翻書查究。」

「總之，被你們趕走後，我家祖先輾轉來到日本，被一戶好心人家收養，自始落地生根，不過，為了記住被你家祖先趕走這份恥辱，我家祖先規定，後人必須好好學習漢語，他日有需要的時候，回來再詛咒你們。」

「他日有需要的時候，回來再詛咒你們？詛咒不是已經下了嗎？為什麼還要再回來？」我反問。

「這是因為，詛咒有一個盲點，或者說破綻，可以令你們避過詛咒！」

「我記得你曾經說過，詛咒沒辦法解除，但有方法避過，就是這個意思？」

「對，而且，你父親已經做了，避過了！」

「避過了？你說避過了？真好笑！我全家除了我通通都死了，還說什麼避過了！」

伊藤笑了，笑得愈來愈恐怖，有點毛骨悚然，就跟上次一模一樣。

「正因為你避過了詛咒，所以，我身為祖先後人，在不情願之下，無奈再對你施下另一個詛咒！」

我記得，我當時一定張大了嘴，久久說不出話來。

「其實站在本人立場，我對這些上世紀恩恩怨怨沒有興趣，對你本人也沒有任何恨意，但無奈祖訓難違，只好向你下了一個，相對較輕的詛咒吧。」

對我下了詛咒？何時的事？他哪裡有機會……

我望了一眼我手上那枚金屬正方體。

「沒錯，這個東西，是我送給你的新詛咒。」

我簡直不敢相信自己，這個東西，我珍而重之安放了它二十多年，換來的竟然是詛咒？

我氣極了，狠狠地把它擲向伊藤，但竟然被他一手接住。

「不用生氣，我不是說了嗎？這東西，是一個相對較輕的詛咒，不！不！我說錯了，這東西，在很多人的眼中，不單不是詛咒，簡直是上天恩賜的……祝福！」

伊藤又笑了，笑得跟以前一樣討厭。

「我這份人，不喜歡要人絕子絕孫，也不喜歡令人痛不欲生，相反，我喜歡給人選擇，喜歡看人選擇時的痛苦：你的妻子及孩子跌落水中，你只能救活一個，你會選擇誰？冤枉一個無辜的人就可以避免自己坐牢，你又會如何選擇？出賣生意拍擋就能夠獨吞賺回來的錢，你會選擇信譽還是利益？哈哈哈，比起之前活不過四十歲那個詛咒，這個是否有意思得多？」

「夠了！我不想再聽下去，你走！帶你的詛咒一起走！」

我指著門口，高聲怒吼，但他仍然保持那副討厭的笑容。

「我現在走，恐怕你又會好似上次一樣，隔了三年再來找我，但到時，我未必有辦法救你的妻子及子女！」

「你說什麼？」

伊藤把那個正方體放在手掌上，捧起它，對住我說。

「你聽過伊邪那神社嗎？」

「伊……伊什麼？」

「伊邪那神社，相傳可以洗滌所有污穢的地方。自古以來有個傳聞，只要你親自前去，誠心祈求，身上任何詛咒，都可以得到祛除。」

「沒聽過！聽都沒聽過！」

「伊邪那神社的大名，在古時就吸引了無數身負詛咒的人，千里迢迢而來，希望將自己身上的不幸，永遠驅除。」

他把手上那個正方體，再捧高一點，繼續說。

「我跟你說一個故事，從前在近江國，住了一位小孩子，他天資聰敏，頭腦靈活，長大後做生意亦一帆風順，成為近江第一富豪，可是，他並不開心，因為他的父母兄弟姊妹，在他小時候已經全部死去，他的妻子及五個兒女，也在他中年時先後逐一去世，剩下他一個人孤零零地活到九十七歲，直至晚年得到一位大師指點，才知道自己原來一直身負詛咒。」

「他在臨終前一刻，來到伊邪那神社，尋求將身上的詛咒袪除，但這個詛咒極為難纏，雖然成功從他身上驅走，但一時間卻未能化解，為免詛咒繼續害人，只好暫時把它收在一件法器上。」

他走近我面前，把手上那個正方體，抬高到我鼻尖位置，令我視線剛好正對著它。

「這個詛咒，就藏在你眼前的正方體內，由於詛咒相當頑皮，脾氣就好像小孩子一樣，所以，我替他改了一個很好聽的名字——小明。」

祝萬川的日記　一九八〇年代

二十九

半夜三時半，芷琳從睡夢中驚醒。

她隱約覺得有人開門走進房內，行近床前，就在距離她只有兩尺的距離時，停下來，蹲下身，用溫柔的目光望著她睡覺。

振華！

她坐起來，試圖從漆黑中找尋丈夫身影。

但房裡一個人影也沒有。

她用手輕撫旁邊的枕頭和被子，冷冷的、空空的，沒人睡過。

反正醒來了，她用枕頭墊高腰背，坐直身子，把被子拉到胸前，望出窗外，看看夜空，可能因為今午提了很多次振華的名字吧，所謂日有所思，夜有所夢，無時無刻，芷琳都惦掛振華回來。

她哭了，哭得很厲害，淚水不斷從雙眼流出，沾濕了被子，沾濕了睡衣，她雙手掩面，放聲痛哭，她記得，以前也曾經這樣哭過，但自從結識振華後，痛哭漸漸離她遠去，取而代之，是幸福的笑聲。

大學畢業後，換過幾份工，交過幾個男朋友，工作最長做了三年，男朋友最長維持了兩年，芷琳知道，自己懦弱的性格很不討喜，加上不善辭令，不懂討男人歡心，跟男性交往非常吃虧，所以事業愛情路上雙雙失意，直至，三十歲那年，遇到振華……

那一天，兩人同被困在一部電梯內，互相打開心扉，芷琳發現，振華是她認識的男人中，最了解她，最熟悉她的人，她不用開口，振華就知道她想要什麼，就連她的生活習慣，他都知道得一清二楚，難道這就是所謂，命中注定的人？

芷琳不敢去想，幸福來得太突然，她怕抓不住，捉不穩，她深愛振華，不是貪圖他的錢，而是因為振華是這個世界上，最了解她，最關心她的人，她活了三十年，從未遇過一個像振華一樣，對她無比體貼、關懷備至的男人，她自問只是一個平凡的普通女人，值得振華如此視為珍寶嗎？

拍拖兩年，結婚三年，這五年時光，是她一生人最開心的日子，這段時間，她跟振華，仿似一對前世已經相識的情侶，彼此手挽手來到今世，芷琳覺得，振華帶給她的，不單止是幸福的笑聲，還有，甜蜜的未來。

但如今，一切已成泡影。

回想往事，芷琳對過去的記憶，由第一日踏入大學校園，修讀藝術系開始，直至跟振華結婚，以至今日跟振華離別，她都記得清清楚楚，沒有一絲模糊感。

可是，每次說起大學之前的生活，跟父母一起的童年生活，她的記憶便很模糊，只能依稀記得少許事情。

奇怪，年輕時的回憶，為什麼沒有印象？

芷琳算一算，若以大學作分界線，十九歲開始到現在，記憶算是很清晰，但十九歲之前的事，就有點記不住了。

她曾經擔心自己是否患上失憶症，又或者，提早出現腦退化症，但換來的只是振華哈哈大笑。

若果是痛苦的回憶，不知道豈不是更好？

振華這樣說的，芷琳覺得也有道理。

突然覺得有點悶熱，是因為想得太多，令自己心浮氣躁嗎？雖已夜深，還是想喝口冰水，芷琳一個人走進廚房，打開冰箱。

啊，是振華買的草莓味冰淇淋！幾乎忘記了。

淚水又不聽話的流出來了，她打開冰淇淋盒，拿起一隻匙子。

平時芷琳絕對不會三更半夜吃冰淇淋，但是，振華已經不在了，就算變胖變醜也沒所謂。

這盒冰淇淋，振華買回來後從未動過，她把匙子往冰淇淋中間位置放下去，正準備挖一大塊出來，一口吃掉……

突然，芷琳停下來，笑了笑。

她有一個習慣，就是吃冰淇淋時，喜歡從中間開始挖出來吃，留下四邊最後才吃，結果就是，整盒冰淇淋中間部分，常常挖穿一個大洞，振華笑她，好像地鼠打洞一樣吃東西。

相反，振華吃冰淇淋，喜歡從四個角開始吃，尤其是從右上角開始，因為振華是用右手，由上往下挖容易一點。

振華……

芷琳忍住眼淚，把匙子移去右上角位置，然後用力由上往下，挖了一大塊冰淇淋，塞進嘴裡。

很冷，牙齒都痲痺了，嘴不停地抖，然後，芷琳忽然把嘴裡的冰淇淋吐出來，不是因為太冷，也不是變壞了，而是，冰淇淋裡有東西！

咳咳，差點被這東西嗆到，芷琳定睛一看，這是……什麼東西？

一枚外型很普通的銀色戒指，沒有寶石，沒有花紋，甚至沒有款式設計，戒指表面鍍銀，已開始褪色，看得見內裡包著是銅，芷琳很清楚，這枚戒指，完全是廉價貨。

但是，戒指內側，好像刻有一些字，她拿近細看……

親愛的芷琳　十六歲生日快樂　振華

「這個……叫小明的東西，是你從那個伊什麼神社，帶來的嗎？」

我本來不打算再跟他談下去，但這個詛咒，倘若真的如他所說，會傷害紹蘭及子女，我一定要想個辦法。

「正確來說，是偷出來，我跟伊邪那神社……有一點淵源……不過這個你不需要知道。」

伊藤把手上那個正方體放下，轉身往後走了兩步，繼續說。

「小明他，很特別，威力強大卻很任性，喜歡捉弄被詛咒者，脾氣就好像小孩子一樣，聽話時會很乖，發脾氣時會很凶，他既可將不幸降臨人身上，也能將不幸帶走，所以他不僅僅是一個詛咒，還是一個守護神！」

他再次轉過頭來，笑笑地問我。

「祝先生，你有沒有想過，你的事業能夠發展得如此順利，真的只是憑你個人實力？」

對於這個問題，我心裡很清楚，做生意不是單憑實力，天時地利人和很重要，要在對的時間做對的事情，否則，即使你有通天本領，也沒法在這個變化萬千的商業社會生存。

我亦明白，這二十多年來，我的生意的確比其他人成功，也比其他人順利，我曾經問過自己，是這個小東西幫助我嗎？我不是迷信，但自從把它放在家裡後，我的人生的確起了變化，不論事業還是愛情，我都好像在沒有什麼阻礙的情況下，得到我想要的東西。

「小明他，能夠保護他所認定的主人，消除一切災禍，但凡是擋在那個人面前的所有障礙，不論是生意上的糾紛、健康上的毛病、愛情路上的情敵、甚至乎其他更不幸事情，小明都會一一把它們解決。」

伊藤笑了。

「照你這麼說，這個……小明，根本是一個好東西，為什麼你會說是詛咒呢？」

「你沒聽我剛才說的故事嗎？那個近江富豪，他的家人怎樣了？」

他的父母兄弟姊妹全死了！連他的妻子及五個兒女也死了！我全身打了個冷顫，這小東西的詛咒，莫非就是……

「我之所以幫他取名小明，是因為他很調皮，最喜歡捉弄人的……命運。」

伊藤重新把那個東西捧起。

「小明的詛咒，就是除了保護所認定的主人外，把他身邊的所有人，通通幹掉！」

我嚇得幾乎軟攤在地上，好不容易抓住旁邊的沙發，坐下來，深呼吸。

如果他所說的是事實，那麼由我把小明帶回家開始，四哥和五姊，難道他倆……是我害死的？

「活不過四十歲這個詛咒，是我先輩下的，針對你全家人。小明這個詛咒，是我下的，只針對你。兩個是不同的詛咒，請不要混淆。」

奇怪！他好像知道我在想什麼！

「或者，我從時間線的起點，給你再解釋一次，你就會明白發生什麼事。」

伊藤背向我，雙手繼續把玩著那個正方體。

「很久以前，我家先輩對你家先輩，下了那個活不過四十歲詛咒，一直有效，直至傳到你父親那代，被你父親想了一個辦法，避過了。」

「至於你父親用了什麼方法避過，這個我留待日後你自己查出來吧，我在此就不說了。」

伊藤繼續說明，「總之，當我發現這件事後，身為你們仇家的子孫，自然不能這麼輕易就放過你們，不過，正如我剛才所說，我是一個比較寬厚的人，凡事不會趕盡殺絕，喜歡給人選擇，所以，我決定對你施下這個……有害亦有利的……雙面詛咒。」

「當日我碰見你，做了一場戲，令你開始對家族詛咒產生……興趣，假如三年後你沒有來找我，其實，你已經沒事，因為你們家族那個詛咒已經避開了，你和你的子孫，將可以快快樂樂地生活下去。」

「然而，你卻來找我，接受了我的……禮物，這是你的選擇。」

我坐在沙發上，雙手抱著頭，我很後悔，我還以為眼前這個人是我的恩人，我竟然相信他！

「我先強調一點，你家裡所有人的死，包括你四哥及五姊，是因為那個活不過四十歲的詛咒，不關小明事……」

「……可是，你前妻的死，就是小明幹的好事！」

什麼！我前妻的死……我還以為不關詛咒事，這樣一來，其實她只是死在另一個詛咒之下！

「正如我剛才所說，這個詛咒，有利有害，利的方面，這二十多年來，你已經享受過了，害的方面，你的前妻是第一個，之後，你身邊的親人，會一個一個全部死去，就好像那位近江老人一樣，你將會得到物質上所有一切，可是，只有你一個人孤獨地享受。」

我抬高頭，怒目盯住他。

「小明這個詛咒，專旺自身，他會幫助主人吸收身邊所有人的運氣，同時間，把主人的不幸轉嫁到身邊的人身上，所以，你的運勢會一日比一日強，身邊的人運勢會一日比一日弱，這就是為什麼你做任何事，都會一帆風順的原因。」

「幸運的是，小明不像之前那個詛咒，一定要在四十歲前把家裡的人弄死，你可以這樣想像：小明他其實是一個調皮小孩，喜歡向家人做惡作劇，但何時做由他決定，他挑選受害人很隨機性，你永遠不會知道，下一個死的親人會是誰，而且，沒有年齡限制，所以，你的親人還是有機會活超過四十歲，甚至更老，一切，要看小明的心情。」

我全身已經激動得按捺不住。

「所以我說，這是一個相對較輕的詛咒，之前那個，四十歲前就全家死光光，你不會得到任何好處；但小明就不同了，他只會慢慢地一個一個幹掉，而且絕不傷害主人，而你所能享受到的榮華富貴，更不是先前那個詛咒可以給你的，祝先生，對於我這個悉心安排，你是否該感激……」

我站起身，一拳打在伊藤的臉上，他倒下來，手上的正方體飛了出去，碰到牆壁後反彈落地，滾了兩下，在他身邊停下。

伊藤坐在地上，摸摸被打的那張臉，然後，繼續對住我笑。

「嘿嘿，跟上次一樣，你的拳頭還是那麼硬。」

他拾起身邊的正方體，吹了它兩下，用手掃走上面的灰塵。

「你知道嗎？這個法器本來是用木造的，幸好我改用金屬，否則被你剛才一摔，法器壞了，小明全部力量跑出來，那就麻煩了。」

伊藤站起來，重新把那個金屬方塊放在手掌上。

「本來，故事就此結束，我最初打算等到你的親人全部去世，剩下你一個人孤零零時，才出現在你面前，跟你說，這就是你要付出的代價，然後哈哈哈大笑三聲，好讓你在臨終前，後悔過去所做的一切。」

伊藤此時眼神一轉，竟然流露出一絲憐憫之情。

「可是，我最近遇到一個人，這個人令我發現另一件事，而因為這個人及這件事，令我覺得，這樣做對你又有點不公平。」

「你到底想說什麼？說清楚一點！」

「說清楚一點？好吧。」

他清清喉嚨，然後說。

「我最近遇到一個叫張紹蘭的人，因為她，令我發現活不過四十歲詛咒的真正恐怖之處，而亦因為張紹蘭及這個古老詛咒，令我覺得，用小明對付你又有點不公平。」

我馬上揪起他的西裝衣領，厲聲喝罵。

「你敢動紹蘭一根頭髮，我將你碎屍萬段！」

紹蘭，我最愛的妻子，她絕不能有事！

「冷靜點，祝先生，我今次來，是想幫你喔。」

伊藤把我揪住他衣領的手甩開，轉過身，翹著腳坐在沙發上。

「我簡單說吧，幾個月前我碰見夫人，她當時懷著你的第二胎，我們言談甚歡，她處處提起你，說你有多愛她，對她有多好，令我不禁也有少少感動，反覆問自己，我之前對你是否太差了？」

「然後，我留意到她的臉色，她的血氣，問了她兩句，才知道她左腳大腿曾經有傷，險些送命。」

「紹蘭左腳大腿有傷我是知道的，但你為什麼提起這個來？」

「啊！看來你還不知道實情……好吧，我現在就說重點，請你留心聽著。」

「夫人她，送往南洋途中，左腳大腿嚴重受傷，失血過多，幸好有人及時輸血給她……到這裡為止，就是你所知道的事實，對嗎？」

我點點頭。

「但你不知道的是……那位輸血給她的人，就是你五姊！」

我愣住了，張開口，說不出一句話來。

「你五姊心地善良，救回你夫人一命，但亦正因為這個舉動，令身體早已虛弱的五姊一病不起，最後客死異鄉。」

伊藤搖搖頭，嘆一口氣，繼續說。

「不過，現在問題的重點，不是你五姊為了救你夫人，掉去性命這件事，你要關心的，是你五姊將她的血，輸入你夫人體內，但那些血，是詛咒的血！」

我跪在地上，張大嘴巴，已經不懂做任何反應。

「知道這件事後，我馬上回去翻查資料，看看祖先輩這個詛咒，會否因為血液的轉移，令詛咒轉嫁到另一個毫不相關的人身上，答案是，會的！」

「活不過四十歲這個詛咒，是血咒，會跟隨血脈一代傳一代，但這個血，不是單純指血緣，透過輸血一樣可以將詛咒傳開去，這是這個詛咒可怕之處。」

那麼紹蘭她……

「夫人她，距離四十歲還有一段日子，不過，難保在這之前不會死去，但最可憐的，是你們剛生下的兩個孩子。」

我已經崩潰了，軟弱無力地攤在地上。

「對於這件事，我也感到很愧疚，當年我對你施下小明這個詛咒，原意是取代舊詛咒，誰不知轉眼二十多年，那個舊詛咒竟然靜悄悄地回來了，這樣，你一家人就同時背負兩個詛咒，我想，對你也有點不公平吧！」

我已經無心聽下去……

「所以，我今次來，是想贖罪，幫你解除那個活不過四十歲詛咒。」

我馬上爬過去，跪在他面前，這個時候，我已經沒得選擇。

「你真的有辦法解除？但你當年不是說，只能避過，不能解除？」

伊藤笑笑說。

「當年第一次見你時，你還不是小明的主人，當然沒法解，但現在不同了。」

他舉起手上那枚正方體。

「小明，能夠幫你消除所有障礙物，包括……擋在你前面的一切詛咒。」

祝萬川的日記　一九八〇年代

三十

忠叔從廚房拿出一杯熱茶，放在昕涵面前。

「小小姐，這裡沒有什麼好東西招呼妳，請勿介意。」

「不用客氣，忠叔。」昕涵不好意思地接過熱茶，「其實是我打擾你才是，請忠叔勿介意。」

「小小姐，今次來找忠叔，不知有什麼事？」忠叔恭敬地問。

「忠叔，其實有件事想問問你。」昕涵正經地說，「那一晚，我跟表哥深夜來訪那一晚，我問你，是否曾聽見二樓傳來沉重的腳步聲，你說可能是睡著了，聽不到，是真的嗎？」

「本來二老爺及魏律師吩咐我，不要跟任何人說，」忠叔低下頭，嘆一口氣，「但事情已經變成這樣子，四少爺又死了，我怕再隱瞞下去，會有更多祝家的人出事……」

「我不知道這件事跟四少爺的死，有沒有直接關係，只是，自從大老爺過世後，五小姐……即是素素小姐的房間，不時就傳來怪聲。」

「爺爺過世後，即是兩年前開始？」昕涵問。

忠叔點頭。

「那些怪聲，正如小小姐妳說，是很沉重的腳步聲，就像是人練習跳舞時發出的聲音，跳起，落下，再跳起，再落下，就好像這樣子……」

忠叔用手在枱面上，模仿敲出那種聲音，昕涵馬上聽得出，就是當晚那個人型物體發出的聲音。

「素素小姐的房間，就在我房間正上方，雖然樓底很高，但在深夜空無一人的大屋中，聲音是可以聽得很清楚。」忠叔吸了一口氣，「最初幾次，我不以為意，還以為自己聽錯了，持續幾星期後，樓上仍然傳出聲音，於是，有一晚，我決定上去看看發生什麼事。」

「我開了走廊燈，走近門口，探頭一望，什麼都沒有，我走進房內，開了房燈，四周巡了一圈，一個人影也沒有！」

「什麼也沒看見嗎？」昕涵失望地問。

「什麼都沒看見，但之後幾晚，我有繼續留意樓上的情況。」忠叔回憶，「那個腳步聲，不是每晚發出的，有時一星期連續幾晚，有時卻連續幾星期沒有半點聲音。自我上去查看那晚以後，腳步聲停止了，大約過了三星期吧，腳步聲才重新出現。」

「我把這件事向二老爺匯報，起初他也沒有理會，還說我老了，聽錯了，直至半年前發生了另一件事，令二老爺也開始懷疑出了狀況。」

昕涵雙手緊握，呼吸變得急促。

「素素小姐以前玩的那枚魔術方塊，在她過世後，一直放在大老爺的房內，大老爺說，每次見到魔方就想起女兒，算是一種懷念。」

爺爺……

「那枚魔方，本應一直藏在老爺房裡，然而，這半年來，它卻經常出現在素素小姐的房裡！」

昕涵瞪大雙眼。

「大老爺的房間，自他去世後，除了我定期打掃外，根本沒有其他人進入。」忠叔搖搖頭，「以前小小姐妳經常會來探望大老爺，但這兩年，連妳也少來了，其他家族的人更加不要提，大家都像逃命似的，想法子遠離這棟大宅。」

「所以，忠叔你就覺得很奇怪，到底是誰將魔方，從爺爺的房間，搬到素素姑姐的房間？」昕涵問。

忠叔再次點頭。

「我自己沒有做過。」忠叔繼續說，「之後打聽過其他家裡的人，壓根沒有人來過大老爺的房間，我很好奇，但又想不通，只好把魔方物歸原處，放回大老爺房間，然而，第二天一早，魔方又回到素素小姐房間，就在房間正中央的地上！」

「這情況維持了多久？」

「兩三個月吧！我起初也不敢馬上向二老爺匯報，生怕他又罵我精神錯亂，馬上辭退我，但每次我把魔方放回大老爺房間，它總會在第二天跑回素素小姐房間去。小小姐，我從來不是一個迷信的人，但在當時，也不得不承認一個可能……」

忠叔停頓一秒，緩緩地說。

「素素小姐的鬼魂，從她父親的房間，把那枚魔術方塊偷偷取回來，而那些沉重的腳步聲，是素素小姐在自己房裡跳舞時發出的聲音！」

兩人沉默片刻，大家都在思考剛才的結論，最後，昕涵先發問。

「那之後，你就跟二伯父匯報了？」

「當然，我還可以做什麼呢？」忠叔喝了一口茶，「大約兩個月前，我冒著被炒的風險，跟二老爺說出這半年來發生的怪事，跟頭一次反應不同，二老爺聽後眉頭一皺，說這件事交給他處理，過了幾天，他就下令把二樓走廊其中一段，用厚木板造成一道牆堵塞了。」

「這樣，連接素素姑姐及爺爺房間的走廊通路，就被封住了。」昕涵冷靜地分析，「所以，素素姑姐就不能再經由走廊，走到爺爺房間，把魔方取回放在自己房間。」

「對，二老爺正是這個意思。不過，這樣做的話，大老爺的房間，即是東翼那邊，就會完全被封閉了，沒有通路進去，這樣也有欠妥當吧？」

「所以，雖然這邊加了一道牆，但同時在我的房間旁邊，建了一條新樓梯，連接二樓東翼走廊，二老爺跟我說，以後誰人要進入大老爺房間，必須先經過我的房間，我就變成名副其實的守門人！」

「那麼，現時若果想進入爺爺房間，是否仍然要先經過你的房間，再通過加建後的樓梯，走上二樓，從另一邊走廊進入？」

「沒錯。」忠叔用毛巾刷刷額頭上的汗水。

昕涵心裡面開始盤算今晚的行動。

「對了忠叔，之後那枚魔方，還有沒有在素素姑姐房間出現？」

「加了那道牆之後，的確有一段時間，那枚魔方不曾出現。」

昕涵對這個答案有點意外。

「有一段時間不曾出現？即是說，之後又再發生了？」

忠叔第三次點頭。

「四少爺出事前幾晚，魔方又再次出現在素素小姐房間裡，那幾晚，我不單聽到腳步聲，第二天一早，還看見魔方放在房間正中央位置。」

昕涵心想，她見到那個人型物體，是小叔叔出事前一晚，若按忠叔所言，之前幾晚，那個物體已經在房間裡徘徊，可是，為什麼那枚魔方……

「但不是說走廊已經封住了嗎？」昕涵好奇，「既然已經加了一道牆，素素姑姐從哪裡跑到爺爺房間，把魔方取回來？」

「窗，窗打開了。」忠叔淡淡地說，「素素小姐從窗戶爬過去了。」

三十一

秀妍一個人在家，為今晚夜闖大宅作好準備。

跟昕涵約好十時，在芷琳姐家裡出發，到達大宅後便分道揚鑣，昕涵的目標是爺爺房間，而自己則是素素房間，這樣安排，就不怕昕涵會見到素素鬼魂。

祝素素，根據姐夫描述，是一位身穿白色長裙，臉孔蒼白的女……女鬼，聽起上來就是電視劇裡經常見到，很典型的那種女鬼模樣，秀妍希望，今次前去，能夠誘導素素說出當年的真相。

死人的回憶……雖然在過去十多年，秀妍已經見過不少含恨過世的人，他們殘留在現實世界中的各種回憶，可是，今次卻是頭一次，她要當面問被害者的遇害經過，她不知道這樣做會否冒犯素素，但是，只有這個方法，才能最直接及最快查出幕後主謀是誰。

那段回憶，一直在秀妍腦海揮之不去，到底是誰把素素推下樓？相信只有素素本人最清楚，所以，即使有激怒素素的風險，秀妍還是願意冒險一試。

當然，還有另一個原因，令她急於見素素，因為她想問素素……

芷琳姐，她到底是誰？

這幾日來秀妍所看見的種種回憶影像，無獨有偶，全部都跟芷琳姐扯上關係，對於芷琳姐的身世，她感到相當好奇。

第一段影像，是昕涵小時候的回憶，振華跟芷琳年輕時的情景，這段影像，證實芷琳很早就認識振華。

第二段影像，是振華的回憶，跟上一段影像基本相同，只是換了個視角而已。同樣是振華跟芷琳，同樣是抱起小昕涵，這段影像，除了肯定第一段影像得出的結論：芷琳很早就認識振華之外，還可以發現另一項事實，芷琳年輕時身子已經很差。

第三段影像，也是振華的回憶，秀妍直覺認為，這段影像非常重要。

影像中的振華及芷琳，似乎正在進行一項祕密行動，但被老爺爺識破了，這項祕密行動，一定跟他們手上那枚人臉魔方有關！這也是秀妍第一次見到魔方，跟姐夫所形容的一模一樣，但這枚魔方，不是素素擁有的嗎？為什麼會在振華及芷琳手裡？影像中沒有見到素素，難道當時，素素已經不在人世？

芷琳拿著魔方時的慌張……

芷琳望住振華時的擔憂……

振華對住芷琳說了幾句話，芷琳不停搖頭……

老爺爺拾起滾在地上的魔方，怒目喝罵二人……

振華、芷琳、老爺爺、加上素素，到底是一個什麼樣的故事？

秀妍搖搖頭，這個回憶片段容後再想，先想下一個。

第四段影像，是芷琳姐的回憶，三個人在房內聊天的溫馨場面，但卻暗藏不安。

振華跟素素一起坐在床上，但芷琳姐卻是坐在椅子上，按此推斷，振華跟素素較為親近，因為是兩兄妹，而芷琳姐，從這段回憶來看，跟振華及素素似乎是朋友關係。

這段回憶的時間點，比剛才頭三段還要早，振華的樣子很年輕，加上還有素素在場，秀妍推斷，芷琳認識振華的起點，可能比自己原先想像的還要推前，甚至乎，兩人根本是青梅竹馬。

芷琳受傷，振華關心，素素不悅，這是三角關係嗎？妹妹吃醋哥哥關心另一個女人，是經常發生的事，尤其是他們這個年紀，頂多只有十幾歲吧？可是，素素不悅的眼神流露出來的恨意，又似乎不是這麼簡單。

秀妍直覺告訴她，素素的眼神，不是單純兄妹之間的妒意，而是……男女之間的妒意……素素她，喜歡她哥？

最後一段影像，素素臨死前的影像。

素素身穿白色絲質睡裙，一步一步往後退，退至窗邊，然後視角突然舉起雙手，素素就整個人從後掉出窗外。

視角那個人，舉起雙手……

秀妍閉起雙眼，不斷回想這個片段，那雙手……那雙手……沒看錯的話，很瘦很白，是女人的手！視角那個人，除非是一個瘦弱的病態男，否則，一定是女人沒錯。

當晚，有一個女人來找素素，素素見到她，樣子有點驚慌激動，那個女人一步一步逼近素素，素素退至窗邊，然後那個女人舉起雙手……素素向後掉出窗外……

手機突然喵喵聲響起，嚇了秀妍一跳，她連忙接過電話，來電顯示是芷琳。

「芷琳姐早晨……對啊，約了今晚十時上來……什麼，想我早點來？」

秀妍站起身，認真地重複芷琳剛才的說話。

「芷琳姐，妳意思是，在冰淇淋裡面，發現一枚戒指……是祝先生……在妳十六歲生日時送給妳的？」

十六歲？秀妍腦海馬上浮現出，那幅三人溫馨聊天的回憶畫面。

看來能夠解開謎團的，不只素素一個。

「芷琳姐，我現在馬上趕過來，我想看看那枚戒指……」

……還有，妳的回憶。

三十二

文軒從沒想過，家彥會主動約他出來。

在芷琳住所附近酒店咖啡廳坐下，點了兩杯咖啡，家彥馬上開口。

「徐先生，今次約你出來，其實，是想告訴你一件事，雖然小涵她，叫我不要告訴你們。」家彥抓抓頭，「但我覺得，如果李小姐今晚也進大宅的話，還是應該告訴你們一聲。」

家彥要說的事，是關於秀妍？文軒神情立時變得緊張起來。

「詳細的前因後果我不說了。」家彥壓低聲線，「總之，在振華叔叔死前一晚，小涵在大宅裡，素素阿姨房間，看見一個會跳舞的古怪東西！」

會跳舞的古怪東西？

「那個跳舞東西，小涵形容它為人型物體。」家彥繼續說，「她也不知道為什麼會這樣形容，當晚房內太黑，她看不清楚它的樣貌，好像是人，但又好像不是，總之，那東西不停在房內跳舞，可是，又不像跳舞！」

「照你所說，看見那個人型物體，是祝小姐，不是你？」文軒摸摸下巴。

「是，所以現在我只是轉述給你聽。」家彥回答，「那個人型物體，有時會連續地跳，有時又會靜止不動，當它停下來時，會望住地上一樣東西……」

「什麼東西？」文軒焦急地問。

「這個東西，你應該沒見過，只有陪著阿姨長大的我們，才會知道這個東西。」家彥對文軒說，

「那是素素阿姨的魔術方塊，一枚貼上六張臉孔的魔術方塊！」

文軒不自覺地震了一下，全身雞皮疙瘩，當然家彥不會知道，自己其實已經見過那枚魔方，還見過素素本尊。

人臉魔方，素素鬼魂，他兩者都見識過了，但是那個會跳舞的人型物體，又是什麼一回事？

文軒最初以為，昕涵可能把素素鬼魂誤認作人型物體，但是，昕涵見到物體那一晚，秀妍並不在場，她本身應該沒有能力看見鬼魂吧！

「其實我也不知道小涵所說的是真是假，當然她沒有理由騙我，但若果是真的，這個人型物體可能一直藏在大宅裡，李小姐今晚前去，我怕她會有危險！」

太明顯了！這個年輕人，上次已經不停偷望秀妍，想不到此刻又不經意真情流露，其實他今次約自己出來目的，是想拜託我提醒秀妍要小心一點。

「啊，當然……當然……我也很擔心小涵的安全。」家彥好像察覺到自己說法有點不妥，「不過，因為小涵見過那東西，她早有心理準備，但李小姐完全不知情，萬一碰上它可能會被嚇倒，所以安全起見，我覺得有必要先跟你們說一聲，麻煩你轉告李小姐，叫她今晚小心一點，但記得不要說是我說的！」

文軒心裡暗笑，年輕人，秀妍膽子可比你想像中大得多了，這十多年來，她有什麼沒見過！

「放心，我會告訴她的。」

這時文軒在想，人臉魔方既然是素素生前的玩物，家彥可能知道這個東西的由來，尤其是，為何魔方六面都貼上人臉照片？

「卓先生……或者我可以叫你家彥嗎？我好奇你剛剛提到那枚貼上六張臉孔的魔方，據你所知，是祝素素小姐自己貼上去的嗎？」

文軒小心翼翼地問，以免洩露自己曾經見過那枚魔方，家彥這時從背包裡拿出一枚正常的魔方。

「這件事，我只對小涵一個人提過，現在說給你聽，希望能夠一起找出線索。」家彥像魔法師一樣，一邊把玩著手中的魔方，一邊說。

「阿姨死時，昕涵得兩歲，三位表弟年紀最大也只有七歲，跟阿姨並不親近，故在第三代成員中，對阿姨記憶最深的只有我，我當年八歲，經常跟振華叔叔及阿姨玩，所以，有些事情，我還是記得很清楚。」

家彥把手上的魔術方塊舉起，讓文軒清楚看到它的六個面，顏色完全被打亂。

「你都知道，阿姨很愛玩魔術方塊，而且玩得很熟練，無論你如何把魔方打亂，她都有辦法把它還原。」

「坦白說，我對這玩意其實沒啥興趣，不過小時候的我，見到阿姨好像神一樣，總是能把它還原，心裡便燃燒起一股不服輸的火焰，如果……如果我能夠令阿姨不能將魔方弄回原狀，那我豈不是比神更厲害？」

「就抱著這份幼稚的好勝心，我經常把魔方顏色打亂，然後放在阿姨房中，隔一天後，我再次進去時，就發現魔方六面顏色還原了，阿姨故意把它放在近門口的桌子上，好像示威似的向我宣告，我的挑戰失敗了！」

家彥把手上的魔方扭了兩下，其中一面變成全白色。

「我不服氣，幾乎每隔一段時間，就會把魔方放在阿姨房裡，希望有一天，阿姨會沒辦法把魔方還原，然而，每次我都失望而回。」

「直至有一天，我想到一個主意，我把日本漫畫中出現的六位女性角色，剪成六個正方型，分成九格，貼在魔方六個面上，然後挑戰阿姨！」

「當時我認為，阿姨一定不能夠把她們的樣子還原，因為日本漫畫的女角，大部分都畫得很相似，臉部比例幾乎一樣，眼大大鼻尖尖，我故意選同一個漫畫家筆下，六個臉型相近的女角，阿姨從來不看漫畫，對這六個人物並不熟悉，她沒可能認得出這隻眼屬於哪位角色，這個嘴又屬於哪位角色。」

家彥繼續扭動他手上的魔方，今次有兩面，白色及紅色全部還原了。

「我到現在還清楚記得當時的情境，阿姨拿起我貼滿漫畫角色的魔方，若有所思，發呆了大約半分鐘，突然好像靈機一觸，雙眼放光，她先對住魔方笑了笑，然後彎腰抱起我，對我說了一句至今仍然難忘的說話。」

家彥你真是聰明！阿姨知道該如何做了！

「接著，她把魔方拿進房裡，翌日早上，她就把六個女角還原了！當她把魔方還給我時，我偷偷朝她房裡瞥了一眼，發現在她床上放著另一枚魔方，這枚魔方，全貼上人像照片！」

「我可以這樣理解嗎？」文軒打斷家彥說，「那枚貼上六面人像照片的魔方，是祝素素小姐自己親手製作的！而靈感則來自你，卓家彥小朋友的鬼主意！」

「正確！這件事，就發生在阿姨出事前一個月！」

家彥把魔方放在前面的桌上，今次他成功還原三面：白色，紅色，藍色。

「我以前從來沒有將阿姨的死，跟魔方聯繫在一起。」家彥嘆一口氣，「但自從姜天佑來了，說了一大堆古怪的東西後，我就想，當年阿姨奇怪的舉動，會否跟她本人，與及今次振華叔叔的死有關？」

「家彥，謝謝你告訴我這件事，接下來的問題很重要，你要細心回想……」

文軒望住家彥問。

「依你的回憶，或者，依你的推斷，你認為貼在魔方上面的六個人，是誰？」

男孩：「妳是誰？為什麼會坐在這裡？」
女孩：「……」
男孩：「誰帶妳來的？」
女孩：「……」
男孩：「太陽這麼猛，妳這樣坐在後花園，會曬乾的，來，我們一起到廚房取冰淇淋吃，好嗎？」
女孩：「我……我不能進內……」
男孩：「為什麼？」
女孩：「叔叔他，不讓我進內，說要我待在這裡等他。」
男孩：「叔叔？哪個叔叔？」
女孩：「在客廳那個人。」
男孩：「什麼？我老爸？他為什麼把妳留在這裡？」
女孩：「……」
男孩：「好吧，不如這樣，妳在這裡等我，我從廚房取冰淇淋給妳吃，好嗎？」
女孩：「好……」
男孩：「妳喜歡什麼味道？」
女孩：「草莓味。」
男孩：「好的，我現在就去取。」
女孩：「……」
女孩：「……」

女孩：「……」
女孩：「怎麼這麼久？」
男孩：「我回來了，這個草莓味是妳的，這個芒果味是我的。」
女孩：「你不喜歡草莓味？」
男孩：「我最討厭草莓味了！」
女孩：「……」
男孩：「來，坐近一點，我帶了把太陽傘來，這樣撐開擋著陽光，我們兩個就不會曬乾了。」
女孩：「……」
男孩：「妳為什麼用這種眼神望住我？」
女孩：「你……為什麼不回去？」
男孩：「想陪妳嘛，來，快吃，溶掉就不好了。」
女孩：「……」

CCC的回憶片段　愛意的萌芽

我一個人坐在大廳沙發上，望住面前那枚金屬方塊。

小明……現在只有他，才可以救到紹蘭。

伊藤走了，臨走前告訴我的方法，真的可行嗎？

「以詛咒對付詛咒，這個主意，是否很棒？」

他一邊說一邊笑，笑聲好像還在大廳迴響，我開始回想他剛才的說話。

「想救夫人及孩子，有兩個方法，你留心聽著。」

我豎起耳朵。

「第一個方法，是傳承。」

「小明這個詛咒，你可以把他傳給另一個人，若按照你目前的狀況，你可以選擇傳承給夫人，這樣，你夫人就會沒事，小明會保護她的一切，不過，她身邊的人就會一個一個倒楣，包括你本人。」

「只是，這個方法，雖然救到夫人，但你們所生的兩名子女，恐怕救不了，除了因為他們身中活不過四十歲詛咒之外，小明也不會放過他們。當然，你還有另一個選擇，就是將小明傳承給其中一名子女，但這樣，夫人又救不了。」

我心裡氣結，這也算是方法？紹蘭跟振華及素素，最後，只有一個能夠活下來？

「選擇，選擇，到處都是選擇，我喜歡！」伊藤興奮地說，「救夫人？還是救孩子？三個只能活一個，有趣！」

「當然，夫人能否得到小明的眷顧，是另一回事，我要先警告你，小明是會選擇主人，假如他不接受新主人的話，他會因為感到被背叛，力量反噬舊主人，到時你便遭殃，我剛才所說的，是先假設他接受新主人。」

「另外，讓我再提醒你一點，你若把小明讓出去，他便不會保佑你，你這二十多年辛辛苦苦建立的商業王國，可能一下子化為烏有，你，捨得嗎？」

我無語，獨自坐在沙發上沉思，伊藤看見我沒有反應，笑了兩聲，把金屬方塊放在我面前的茶几上，轉身離開。

等等！他剛才不是說有兩個方法嗎？

「第二個方法呢，你還沒說！」

伊藤剛打開大門，停下腳步，轉頭望住我。

「你真的想知道，祝先生？」

我記得，我當時拚命點頭。

一個禮拜後，紹蘭出院，我一手拖著振華，一手抱著剛出世的素素，陪紹蘭在後花園散步。

紹蘭一臉滿足的樣子，抑頭望天，然後害羞地對我說，她想為我再多生幾個孩子，因為，她知道我一向重視家族榮譽，所以覺得，祝家應該要有很多子子孫孫，來守護這個家族的未來。

家族的未來？我忍住淚水，儘量不要在子女面前哭出來，紹蘭她，還不知道自己身上流的血，正一步步把她推向死亡。

我實在太孤獨了，由始至終，不論是活不過四十歲詛咒、伊藤先生抑或小明的事，我從沒對家族任何一個人提起過，每次都只有我一個人去面對，但今次，我拿不定主意，我需要一個人同我分憂，幫我作出決定，而這個人，就是紹蘭。

當晚，我將所有事情告訴她，包括她如何身中詛咒的事，她沒有如我預期般震驚，相反，表現得很沉靜，待我說完後，她微笑地對我說。

「我的命，是五姊救的，沒有她，我八歲那年早已死去，所以就算現在馬上要我的命，也賺到了。」

她沒有哭，反而是我先哭出來，那一刻，我終於明白，紹蘭她為什麼那麼堅持回來，並一定要把我找到為止。

「紹蘭，妳之所以不惜千里迢迢回來找我，並願意嫁給我，是因為……內疚？所以想報恩？」

紹蘭表情嬌羞，先是點點頭，然後搖搖頭。

「五姊她，叫我好好待你。」紹蘭小聲地說，「但我，真的很喜歡你！」

我把紹蘭擁入懷中，她對我太好了！我絕對不能讓她受到傷害！

我把床前那個金屬正方體——還是不太習慣稱呼他做小明，交到她手裡，但被她拒絕。

「孩子，才是祝家的未來。」紹蘭溫柔地說，「振華跟素素，你選擇一個傳承吧。」

但我想救妳，紹蘭！我……不！我也想救孩子，為什麼我要這樣選擇？為什麼我只可以救一個？不是還有另一個方法嗎？

「你真的想知道，祝先生？」

我再次回憶起當日的情景，當伊藤問我時，我拚命點頭。

「但這個方法，很難，你即使聽了，也未必做得到，你還是想聽下去嗎？」

「只要能夠救到紹蘭及孩子，我什麼事也幹得出來！」我是這樣回答。

「包括殺死自己親人？」

我愣住了。

伊藤把大門重新關上，轉身向我這邊走過來。

「小明雖然認定了你為主人，但卻未完全被你馴服，他的力量，並未完全為你所用。」

他拿起那個方塊。

「若想主動利用小明的力量，把詛咒連根消滅，首先，你要馴服小明。」

他開始扭動那個金屬正方體，我大吃一驚，這個正方體，原來可以上下左右扭動，我對住它二十多年，居然完全不察覺。

這個金屬正方體一共六面，每一面都是銀白色光滑金屬表層，驟眼看就是一個正立方體，但若果仔細觀察，其實每一面都有很淺很淺的「井」字型淺坑，我一直以為這些淺坑只是裝飾品，從沒想過原來可以依循淺坑去扭動，更遑論親手去扭動它。

「知道什麼叫魔術方塊嗎？就是最近很流行，六面顏色，扭來扭去的玩意。這個東西，原理其實跟魔方一樣，它一共有六面，只要把六面扭回原來的模樣，你就可以暫時馴服小明，吩咐他幫你解決一個問題。」

「為什麼把這個東西六面還原，小明就會聽你的？」

「因為，這件法器是我設計，專門用來控制小明強大的力量。」

伊藤繼續解釋。

「這件法器，原本是木造的，用來收納難纏的詛咒，當六面扭回原來模樣時，就能把小明完完全全困在裡面，簡單來說，就是一件很傳統的治邪法器，但我覺得這樣有點可惜，浪費了小明這麼特殊又驚人的能力。」

「所以，我偷偷把被困的小明，從木造法器轉移到我手上這件金屬法器，並且改良一下，把原本扭回原型把他困住的設計，變成扭回原型把他釋放出來，當你每次把法器扭回原型時，小明就會釋放一點點力量出來，由於是你把力量釋放出來，作為報答，小明會願意幫你解決一個問題，只要你心中想著那個問題，小明就會幫你達成。」

「那麼，假如現在有人把魔方六面還原，心裡想著要把我這個主人殺掉，那小明會遵從這個人的指示嗎？」我不安地問。

「不會，小明不會做出傷害主人的行為，反而會收拾指示他傷害主人的那個人，不過，這裡其實有一個盲點，就是小明認定主人時，中間可能出現的時間差。」

伊藤這時露出一個極陰險的笑容。

「我現在告訴你第二個方法，叫捨棄，正是利用這個時間差！若果順利，你有機會一併把小明及活不過四十歲兩個詛咒，同時消滅，但若果失敗，你本人將會被小明反噬致死。」

他把那個方塊放在手掌上，露出嗜血猙獰的樣子。

「方法是，你需要兩個人，一個能夠將法器還原的人，和一個身中活不過四十歲詛咒的人。」

「你把小明，傳承給那個身中詛咒的人，同一時間，叫那個能夠將法器還原的人，馬上把它還原，心裡面想著把傳承人殺死，我之前說過，小明是會選擇主人，當他未正式確認新主人前，中間會有一小段空窗期，如果小明剛好那時候收到指示，就會把那個傳承人連同詛咒，還有自己，一併消滅！」

「小明自毀時爆發出來的力量，強大得足以把所有詛咒連根拔起，以你的情況，夫人跟兩位孩子，只要捨棄一人，其餘兩人便可獲救，但前提是，你必須找到一個能夠把法器還原的人。」

「所以，祝先生，你會選擇捨棄夫人、兒子，還是女兒？」

三十三

康蔭隨手披上一件外衣，穿上拖鞋，從睡房走出客廳，在客廳旁邊的私人酒吧，為自己倒了杯威士忌，站著呷了一口，視線停留在客廳一側，那架已經很久沒有動過的三角鋼琴。

自從昕涵搬走後，家裡只剩下他一人，孤零零的，他想念愛女，想念她坐在鋼琴前為他彈奏。

突然傳來開門聲，康蔭轉身望向大門，驚喜得瞪大雙眼。

昕涵回來了！

康蔭連忙放下酒杯，跑過去迎接。

「乖女，妳回來啦？」

昕涵正眼也沒有望她爹，自顧自走入自己房間，開始在房裡搜尋，床頭櫃，衣櫃，鞋櫃，書桌，首飾箱，幾乎翻遍每一角落，但好像仍未找到想找的東西。

康蔭看見愛女樣子非常焦急，要找的東西對她而言一定很重要，若果能夠幫她找到的話……說不定父女關係得以修補。

「妳想找什麼，昕涵？」

昕涵猶疑一下，好像想起什麼似的，她站起身，轉頭對父親說。

「你有沒有見過那枚戒指，芷琳姐送我的那枚戒指？」

康蔭想了想，搖搖頭。

「芷琳送妳太多東西了，我怎記得？」

「那枚戒指，上面沒有寶石，沒有裝飾，是很普通的一隻白金戒指，你有沒有印象？」
咦？說起上來，康蔭的確有少許印象。
「是否振華買了回來，但芷琳手指不合戴，於是她轉送給妳那枚？」
「對！對！就是那枚！」昕涵雀躍地跳了一下。
康蔭很久沒看見昕涵高興的樣子。
「這枚戒指，妳不是後來轉送給妳媽咪了嗎？」
昕涵張大了口，恍然大悟似的，這個女兒，她應該是忘記了。
「妳媽的首飾箱還留在睡房，或者戒指仍在，我們過去看看。」
兩父女一起走進主人睡房，昕涵跑過去以前媽媽經常坐的梳妝枱位置，開始找尋她要的戒指，康蔭跟在後面。
「妳為什麼這麼急想找回那枚戒指？很重要嗎？」
「芷琳姐想要。」昕涵回答，「她想跟另一枚戒指，比較一下。」
「比較？芷琳她應該有很多戒指吧，為什麼偏要找這枚戒指比較？」
「因為這枚戒指，是小叔叔送的……找到了！」
昕涵歡喜地拿起戒指，在康蔭眼前揚了一下，嘴角不經意流露出愉快的笑容。
這是昕涵今日第一次對父親笑，笑得很甜，康蔭心想，她心情轉好了嗎？今晚一定要留乖女在家吃飯。
「康蔭！」
大門那邊傳來一把女人嬌嗲聲，當康蔭望過去時，他便知道，今晚父女團聚的美夢幻滅了。
敏莉大搖大擺走進來，走到一半，她便發現昕涵的存在。

昕涵馬上收斂笑容，把戒指放在手袋裡，眼神凌厲地盯住敏莉。
康蔭心想，今次完蛋了！
「原來昕涵也來了，」敏莉輕蔑地說，「今晚在家吃飯嗎？妳好像還沒嚐過我的手藝？」
「不准妳叫我的名字，」昕涵眼神依舊凌厲，「還有，不准穿我媽的拖鞋！」
敏莉望望腳下那雙拖鞋。
「啊！是妳媽的拖鞋？」敏莉把鞋踢掉，「早知是她的，我就不會穿，反正我喜歡光著腳在家裡走，還給妳！」
昕涵俯身彎腰，把拖鞋收入懷中，然後推開敏莉，一口氣衝向門口。
「康蔭，看看你的好女兒。」敏莉拉著康蔭說，「一點家教也沒有！」
康蔭被敏莉拉住，想追出去也沒辦法，眼巴巴看住昕涵關上大門離去。
「敏莉，我叫了妳不要老是跟昕涵對著幹，為什麼妳偏偏不聽？」
「你這是怪我嗎？」敏莉擺出一副含冤受屈的樣子，「不是你女兒老是擺出一副臭臉，我會這樣對她？」
「她很難得一次回家，被妳這麼一罵，我怕她以後也不回來了。」
「我也奇怪啊，既然這麼久不來了，為什麼今日突然回來？」
「她想幫芷琳找一枚戒指，說要跟另一枚戒指比較一下。」
敏莉聽後沒有作聲，康蔭繼續說。
「那枚戒指，是振華以前送芷琳的，但芷琳之後轉送給昕涵，昕涵又轉送給她媽咪，妳說妳們這些女人，為什麼總是喜歡將戒指送來送去？」
「那昕涵她，找到了嗎？」敏莉低聲問。

「幸好找到了，我怕她媽把戒指也帶走了。」
「那枚戒指，上面是否沒有寶石，沒有裝飾，一隻很普通的戒指？」
康蔭感到詫異，敏莉是如何知道的？
「芷琳她，曾經跟我提過這枚戒指。」敏莉解釋，「振華死後，她想把丈夫過去送她的東西都找回來，留為紀念。」
「原來如此。」
敏莉像突然醒起什麼似的，握著康蔭的手，坐下來對他說。
「康蔭，你不是正煩惱著，父親到底會將小明這個祕密，告訴家裡哪一個人知道？」
「是啊，但妳為什麼突然提起這個來？」
「我突然有個想法，是剛剛靈機一觸。」敏莉在康蔭耳邊細語，「難道你從來沒有懷疑過芷琳嗎？我跟她相熟，或者可以幫你去套套口風，看看她到底知道多少？」
「妳跟她的關係不是很好嗎？」康蔭狐疑地問，「妳這個建議，似乎對妳的朋友不太友善喔。」
「當然，她對我很好，不過……」敏莉輕輕在他耳邊吻了一下，「我一向重色輕友。」

三十四

「這枚戒指，就藏在冰淇淋裡面？」

秀妍用戴上深藍色皮質手套的雙手，小心翼翼拿起那枚已經褪色的鍍銀戒指，仔細檢查一番。

「戒指上面沒有鑲嵌任何寶石，基本上也沒有款式設計。」秀妍邊看邊說，「而且已經褪色，鍍銀剝落，露出裡面的銅，這戒指只是一隻很普通，在街邊路攤隨時可以買到的廉價貨，還不止，從它殘舊外表來看，起碼已經放上十多年。」

秀妍把戒指交回芷琳手上。

「妳的看法跟我一樣。」芷琳望住戒指說，「只是奇怪，為什麼我發現它之後，心裡面會湧現出一股莫名的親切感。」

今次是秀妍第二次……不，第三次來訪芷琳家了，第一次跟祝先生來，第二次跟姐夫來，這次，則是自己獨自前來。

本來想叫姐夫，但他說正跟昕涵的表哥，討論關於人臉魔方的事，今日下午趕不及來了。

昕涵一大早跑去探望她家老傭人，聽芷琳姐說，昕涵想打聽一些大宅過去的事，其實她已經問完離開了，若果不是芷琳姐叫她回家幫忙取一些東西，她早已來了。

坐在客廳沙發上，秀妍望住芷琳姐，一連串從認識她開始出現的疑問，或者，正好趁這個沒有其他人在場的機會，單獨問問她，即使她不願意回答也沒所謂，秀妍的目的，是藉著問她問題，掀動她的思緒，這樣，就有可能看見她的回憶。

「秀妍，妳看見嗎？上面刻著的字。」

芷琳靠近過來，把戒指內側的字，展示給秀妍看。

親愛的芷琳　十六歲生日快樂　　振華

若果之前沒有看見芷琳的回憶，秀妍或者也會對此產生懷疑，但是，她現在可以百分百確定，這枚戒指是振華送的。

「妳認為這枚戒指，真的是振華送嗎？」

第一，戒指是芷琳姐十六歲時收到的禮物，距今已經十九年，跟戒指褪色情況相當吻合，這點假不了。

第二，戒指雖然是廉價貨，但對於十九年前，只有十九歲，還是一名學生的振華來說，買這枚戒指剛好切合他當時的身分，雖說是富豪之後，但始終是一名學生，振華不會小小年紀就跑去名貴珠寶店，買一枚十萬八萬的鑽戒送給另一名學生，這樣實在太奢侈了，也不符振華性格。

十多歲的年輕男女，互相暗戀傾慕，往往會送一些不值錢的小禮物，物輕情意重，送厚禮反而顯得俗套。

所以，振華送這枚廉價戒指，應該是想向芷琳傳遞心意……加上在回憶中，當芷琳批蘋果割損手指時，振華一副緊張神情……

秀妍幾可肯定，振華不單止很早以前就認識芷琳，還很早就喜歡上她！

但是，為什麼芷琳完全不認得振華？她年輕時的回憶明明就在腦子裡，但是，她卻堅稱自己五年前才認識振華，三年前才嫁過來？

更重要是，振華似乎早就知悉芷琳失憶這回事，為什麼不直接將以前的事，告訴芷琳？

「不知道為什麼，這枚戒指，我好像在哪裡見過，但又說不上來。」

芷琳繼續拿著戒指，前後翻看，捨不得放手。

「芷琳姐，妳肯定這枚戒指，是祝先生把它藏在冰淇淋裡面？」秀妍試探地問，雖然她已肯定戒指是振華放的。

「除了他，沒有別人會這樣做。」芷琳甜絲絲地說，「振華把戒指藏在冰淇淋的右上角裡面，那個位置，平時我是不會挖來吃的，因為我習慣先挖中間的來吃，只有振華會挖四個角落吃，這個習慣，只有我們兩夫妻知道，所以，戒指一定是振華藏起來的！」

秀妍雙眼望住芷琳，希望能夠看見她的回憶，可是，她似乎什麼都沒想起來。

「但是，若果祝先生真的想妳發現戒指，為什麼他不把戒指藏在中間位置？那裡才是芷琳姐妳習慣吃的位置喔！」

這點其實秀妍也覺得奇怪，振華為什麼要把戒指，藏在自己習慣吃的右上角，而不是芷琳姐習慣吃的中間位置？把戒指藏在冰淇淋裡，不就是想妻子發現嗎？

「嗯，這也是我好奇的地方。」芷琳點頭，帶點失望的表情，「難道他根本不想被我發現？還是，他擔心我會嗆到？」

還是什麼都沒看見！這枚戒指似乎未能掀起芷琳姐的思緒，腦海沒有波濤，回憶並未浮現。

「芷琳姐，戒指看來是妳十六歲時的生日禮物，但妳當時就認識祝先生嗎？」秀妍繼續追問。

「我都覺得奇怪。」芷琳再一次拿起戒指，仔細看看刻在內側的字，「十六歲？我應該未認識振華，但為什麼他要這樣寫？」

「會不會是這樣，祝先生認識另一個同樣叫芷琳的人，這枚戒指其實是送她的，反正沒刻上姓氏，只有名字。」

秀妍本來只是隨口說說，但令她意想不到的，正因為這句話，掀動了芷琳的思緒！

她看見了，影像雖然有點模糊，但她確實看見了，秀妍終於看見芷琳的回憶！

視角面對一個女人，是素素，她比相片中的樣子還年輕，笑得很燦爛，好像正跟視角傾談一些開心的事，然後，她舉起右手，右手尾指戴上一枚戒指，跟芷琳那隻褪色戒指很相似，不！根本是一模一樣的款式。

素素笑得很開心，這是秀妍見過所有素素的影像中，她笑得最開心的一次，看得出她本身是個活潑開朗的姑娘。

然而，視角這時候卻低下頭，沒有再面向素素，只顧看住地板，可以見到素素穿著長褲拖鞋，而視角自己則是短褲波鞋，從兩人打扮跟周圍家具配置來看，她們應該是在家裡沒錯。

只見視角突然用右手遮住左手，然後站起來，抬高頭，這時秀妍終於看清楚周圍環境了，是大宅大廳！家具雖然不同，但室內格局沒有變，樓底依舊很高。

視角站起來後，向大門方向跑過去，剛好大門打開，一個男人走了進來，是振華，非常年輕的振華，他跑過來跟視角打招呼，然而視角沒有理他，自顧自穿過大門，左轉入後花園，然後，用右手把左手無名指上什麼東西除了下來，用力向天呈拋物線擲了出去。

等等！好像看漏了一樣東西……

「秀妍，秀妍，妳沒事吧！」

被芷琳叫聲喚醒，秀妍回到現實，影像中斷了。

這段回憶埋藏得很深很深，芷琳好像潛意識地壓抑住它，秀妍明白，即使自己看見了，也不代表芷琳記起以前的事，因為，回憶被壓制住，沒有浮上意識層面，秀妍只是運用自己的能力，從芷琳腦裡隙縫中偷偷窺見。

但是，好不容易才看到，她不能就此停下來，一定要繼續看，因為，秀妍發覺，她好像看漏了一樣重要東西。

「秀妍，秀妍，妳不要嚇芷琳姐，什麼一動不動呆呆地望住我，不舒服嗎？」

「不，芷琳姐，我沒事。」秀妍笑了笑，一定要想辦法再刺激她。

剛才的回憶，雖然看不清楚芷琳擲出去的東西是什麼，但從她把左手無名指上的東西除下來這個動作，結合那枚褪色戒指，加上那句刺激她想起這段回憶的說話，秀妍心裡面已有答案。

芷琳在吃醋。

原來醋意的威力是這麼大的，一直喚不醒的回憶，居然被自己一句戲言，說這枚戒指是送給其他女人而刺激出來。

如果沒記錯，芷琳跟素素是同年出世，所以在十六歲那年，振華給兩人各送上一枚戒指作生日禮物，貪方便的振華可能買了同一款式，芷琳收到振華禮物後，芳心暗許，並馬上戴在左手無名指上，但當素素在她面前，展示振華送的戒指時，芷琳以為只是自己一廂情願，羞愧難堪，於是，就把早已戴上的戒指脫下來，拋棄掉了。

但芷琳不知道的是，其實當時振華已經偷偷愛上她。

至於素素對振華的態度，的確耐人尋味，秀妍暗自思忖，上次的回憶，當振華對割傷手指的芷琳呵護備至時，素素那個充滿妒忌的眼神，秀妍至今仍然忘不了。而今次這段回憶，當她展示手指上的戒指時，那副開心得意的模樣，說是向芷琳炫耀示威也不為過。

綜合兩次回憶所見，秀妍認為，素素對振華的愛，已經超出了兄妹之情。

素素她，有一顆扭曲的心。

這怎麼辦好？今晚就要面對她了，若果在她面前提起芷琳姐，她會不會發瘋呢？還是不要提比較好？唉！唯有到時隨機應變吧，現在最重要的，是要喚醒芷琳姐更多的回憶。

對不起，芷琳姐，秀妍不好，要委屈妳了。

「對了，芷琳姐，以妳所知，祝先生是否認識其他同樣叫芷琳的人？或者她們才是這枚戒指的主人。」

芷琳表情起了微妙變化，先是有點不悅，然後帶點不安，接著，回復最初溫柔和藹的模樣。

「沒有，振華說過，我的名字是他聽過的名字中最好聽的，如果他早就認識另一個叫芷琳的人，不會這樣跟我說。」

雖然只是微微醋意，但已足夠令秀妍再次看見影像，是剛才的影像沒錯，但比剛才更矇矓，看得不太清楚，再這樣下去不是辦法。

對不起啊，芷琳姐！請原諒秀妍吧！秀妍要放狠話了！

「其實，祝先生會否對身邊所有的女人，都有送戒指的習慣，例如，他對妹妹素素，是否也曾經送過戒指？」

芷琳沒有作聲，她只是低下頭，望住地板，望住秀妍雙腳，這個姿勢……

秀妍沒有時間再去細想，今次影像來得很快，她看見剛才同樣的情景，但更仔細一些。

視角站起身，衝向門口，遇見振華，振華好像說了些什麼，但視角推開他，衝出門口……

等等，是這個了！秀妍之前看漏了一樣東西！就在這裡出現！

當視角左轉入後花園，脫去戒指拋出去的一剎那，眼角不期然瞥了二樓房間一眼……

只有一秒鐘，就只有一秒鐘，秀妍看見了……

一位年輕女子，一位她不認識的年輕女子，正站在窗前往下望，冷冰冰地瞪著她。

三十五

那位少女，是誰？

少女看上去很年輕，應該跟芷琳和素素年紀差不多，但祝家還有年幼的妹妹嗎？

那個眼神，冷冷的，無情的，看上去令人心寒，小小年紀就有這樣一個眼神，她到底是誰？

不行！芷琳姐的回憶被壓抑得太嚴重了，自己連續兩次只能看見同一段回憶，就算再用言語刺激她，恐怕也只會不停反覆重播。

在芷琳姐回憶的深處，一定還有那個少女的存在，這個冷冰冰的少女，芷琳姐或者曾在其他場合見過她。

沒法子了，雖然姐夫不允許，但只有這個方法。

秀妍開始脫下手套……

叮噹～叮噹～

門鐘響起，芷琳回頭望向門口，然後站起身。

「啊，應該是昕涵來了。」她走過去應門。

失敗了！秀妍穿回手套，嘟起小嘴，鼓起腮子，不知道今日還有沒有機會？

「昕涵妳來啦，今次麻煩妳了……咦？」芷琳驚訝地說，「為什麼把拖鞋也帶來了？」

「沒什麼，不想那個狐狸精碰我媽的東西。」昕涵進入客廳，放下那雙拖鞋，自己穿上，「戒指找到了，妳看看是否這枚？」

她把戒指從手袋裡拿出來，遞給芷琳，然後跟秀妍點一點頭。

「為什麼又有另一枚戒指？」秀妍好奇地問昕涵。

「啊，是這樣的。」回答的是芷琳，「振華跟我剛拍拖的時候，曾經送我一枚戒指，但尺寸不合，我戴不上，於是把它轉送給昕涵。」

芷琳將兩枚戒指放在手上，細心地比較。

「我記得這枚戒指，同樣是沒有寶石，沒有裝飾，沒有設計，跟在冰淇淋發現那枚很相似，所以我叫昕涵把它找來，想看看從中能否找到線索，證明冰淇淋那枚也是振華送的。」

昕涵坐在芷琳旁邊，挨近她，把那枚冰淇淋戒指拿過來看。

「明顯是兩枚戒指吧！這枚鍍銀表層已經剝落，裡面只是廉價的銅，跟我帶來那枚白金戒指，根本屬於不同檔次，唯一相似之處，只是同樣沒有寶石設計這點而已。」

昕涵把戒指還給芷琳，然後問。

「可是，為什麼小叔叔要將戒指藏在冰淇淋裡？」

「我也不知道，只是這枚戒指，我好像曾在哪裡見過，而且，感覺非常親切，有一份很窩心的感覺。」

芷琳豎起左手手指，將那枚廉價戒指套在無名指上，就在原本的結婚戒指上面，至於那枚白金戒指，她交給昕涵。

「拿回去吧，對妳來說，小叔叔這枚戒指，也相當有紀念價值。」

昕涵接過戒指，眼神閃過一絲哀傷，然後把它放入手袋裡。

「我覺得，這枚戒指也挺漂亮的。」芷琳伸長手指繼續觀賞，一臉滿足的表情。「而且，有一種很奇怪的感覺，戴上它，振華就好像在我身邊一樣。」

鈴鈴～鈴鈴～

電話鈴聲響起，是家裡的室內無線電話，芷琳跑過去接聽。

「啊！是的。」芷琳轉頭向昕涵及秀妍說，「抱歉，失陪一陣。」

說完把電話拿到自己房裡，關上門。

昕涵跟秀妍互相對望一眼，不約而同地笑了起來。

「有沒有人跟妳說過？」昕涵瞇起雙眼對秀妍說，「妳笑容很甜，很迷人，長髮很美，身型又纖瘦，標準模特兒骨架，是男生喜歡的類型。」

「不是啦，」秀妍嬌憨地笑了一下，「我覺得男生喜歡像妳這類，嬌滴滴公主型才對！」

「現在男生討厭公主型啦！」昕涵嘟起嘴回應。

「男生討厭的是公主病。」秀妍望住昕涵，「而妳是擁有公主外貌，卻沒有公主病的美少女，我常常在想，哪個男生見到妳會不喜歡呢？」

昕涵聽後哈哈大笑，她的笑聲真的很好聽。

「秀妍啊，妳有沒有男朋友？」

秀妍兩頰一陣泛紅，怎麼突然問起這個來？

「有沒有呢？男朋友？」昕涵瞪大雙眼，淘氣地問。

「沒有，還沒有。」

真奇怪！昕涵為什麼突然關心自己有沒有男朋友？

「那麼，妳心目中有沒有理想類型？」

理想類型？從沒想過喔！

「我其實，還未想過這個問題。」秀妍正經回答，「因為之前家裡出了點事，我也沒有心情去想這些。」

「家裡出了事？」昕涵收起淘氣的表情，認真地問，「是什麼事？」

「我姐姐，幾個月前過世了。」秀妍儘量平靜地說，希望眼淚不要在這時候流出。

昕涵聽後沒有作聲，一臉同情地望住秀妍。

「不要緊，已經過去了。」秀妍向昕涵苦笑一下。

這時芷琳離開睡房，她已換上一套整齊的西裝套裙，頭髮也稍稍梳理過。

「芷琳姐，妳要出門？」昕涵問。

「是啊，我要出外一會兒，昕涵，麻煩妳招呼秀妍了。」

芷琳穿上鞋，關上大門，留下秀妍及昕涵在客廳裡。秀妍心想，她就這樣走了？那今天豈不是再沒有機會，看到她的回憶？

芷琳姐跟振華明明很早就認識，但為什麼她好像完全記不起來？

等等！秀妍腦筋馬上一轉，芷琳姐雖然走了，但昕涵還在，昕涵跟她這麼親近，一定知道原因的。

「昕涵啊，其實剛才我跟芷琳姐交談時，發覺她好像有點記不起以前的事，她是否有……失憶症？」

昕涵可能完全料不到秀妍會問這個，她先是呆了一會，然後內心掙扎是否告訴對方，反覆思量，最後還是決定說出來。

「這個，其實也不算什麼祕密，祝家所有人都知道，就算妳直接問芷琳姐，她也會坦白告訴妳。」

昕涵吸了一口氣，繼續說。

「芷琳姐她，部分記憶遺失了，對於十九歲之前的事，她印象不是太深。」

「印象不是太深？是什麼意思？」

「她只記得十九歲以後的事，」昕涵流露出擔心的神色，「十八歲，或十八歲之前的事，她只能記得一點點，有時候，甚至完全記不起來。」

「什麼原因令她變成這樣？」

「不清楚，可能跟她十七歲時，害了一場大病有關，聽芷琳姐說，她在醫院躺了一整年。」

十七歲！不正是素素死的那一年嗎？

「十七歲那年，發生過什麼事嗎？」秀妍迫切地問。

「不知道，總之，對於那一年的事，芷琳姐記憶很模糊。」昕涵顯得很憂慮，「她只記得，醒來時已經躺在醫院，頭很痛，四肢無力，就這樣躺了差不多一整年，十八歲生日也是在醫院渡過。」

到底芷琳姐十七歲時發生過什麼事？秀妍嘗試整理時間先後順序。

十六歲那年，振華將戒指送給芷琳及素素……

兩人明顯都喜歡振華……

一年後，素素死去，芷琳卻剛好忘了這一年發生的事……

那段回憶……素素臨死前一刻……視角舉起雙手……那是一雙女人的手沒錯……

秀妍心裡很清楚，雖然看見這段回憶時，現場人太多，不能確定屬於誰人，但是，回憶片段往往屬於位置最接近她的人……

而當時芷琳姐距離她最近……

那雙女人的手，是妳的嗎，芷琳姐？

是妳推素素下樓的嗎？

哥哥：「來，為我下個月升讀大學乾杯！」
妹妹：「哥哥好棒！」
女子：「……」
妹妹：「妳不替哥哥高興嗎？」
女子：「不，不……恭喜你。」
哥哥：「妳沒事吧，是否又不舒服了？」
女子：「沒……沒事，放心。」
哥哥：「對了，上次我送給妳們的戒指，妳們有戴嗎？」
妹妹：「在這裡，哥，你看，漂亮嗎？」
哥哥：「很漂亮啊……那妳的呢？有沒有戴出來？」
女子：「我……對不起，我沒有戴。」
哥哥：「不……不要緊，這件小事毋須道歉。」
妹妹：「對了，哥，你去到英國後，記得要每晚電郵給我，或者打長途電話，不要寫信，太費時間了，我要經常跟你聯絡。」
哥哥：「放心，我一到埗，會馬上聯絡妳們，記得我走了之後，妳們兩個也要多點約出來吃飯，就好像今日這樣，知道嗎？」
妹妹：「我當然會，但不知道她願不願意出來？」
女子：「願意，當然願意，我很喜歡以前跟你們一起生活的日子，你們，就好像我親人一樣。」
哥哥：「這幾年，妳搬出去後，生活……過得好嗎？慣不慣？身子有沒有轉差？」

女子：「還可以，我自己懂得照顧自己，放心。」

妹妹：「雖然搬走了，但老爸不是常常叫妳回來嗎？上次我們在大廳閒聊也挺開心的，以後多來就是了。」

女子：「謝謝妳，對了，最近妳好像很忙似的，在忙考試嗎？」

妹妹：「不是啦，老爸不知從哪裡弄來一個金屬造的魔術方塊，叫我把它還原，那個魔方六面都是一樣，有點難度就是……」

哥哥：「妹妹妳雙手觸覺向來靈敏，就算輕微的凹凸也能感應得到，我相信一定難不倒妳。」

女子：「那麼，妳把它還原了嗎？」

妹妹：「還沒有，只是我在想，到底有沒有其他方法，可以助我更容易分辨出魔方的六面，單憑雙手觸覺去感應，可能要很長時間才能還原。」

哥哥：「慢慢來吧，妳一定做得到。」

女子：「對了，你……明年暑假，會回來嗎？」

哥哥：「當然會！到時我回來，就好像今日一樣，三個人約出來再痛飲一番，好嗎？」

妹妹：「好呀！來，我們打勾勾，到時誰爽約誰龜蛋！」

哥哥：「怕妳嗎？伸手出來！妳……妳也會來吧？」

女子：「嗯……一言為定。」

CCC的回憶片段　沉痛的別離

我決定用第二個方法。

或者有人認為我很無情，很殘酷，但三個人中救到兩個，總比只能救一個好，更何況，用這個方法，有機會連小明也鏟除掉。

「這個方法，其實是欺騙小明，在他承認新主人之前，把傳承者消滅的瞬間，連自己也併消滅掉。」

伊藤臨走前對我說。

「理論上……小明及活不過四十歲這兩個詛咒，將會隨著小明自毀，同一時間被除掉，這時候，只要你馬上把這枚金屬方塊拋棄，小明詛咒也會離你而去。」

「但實際上……我可要先警告你，這個方法從來沒有人試過，因此，小明自毀後，是否真的從此消失不見，仍然是個問號，我不排除小明從根本上是不能被消滅。」

「如果你真的選擇用這個方法，你要有心理準備，當小明知道你背棄他時，你的下場會比現在更慘。」

「為什麼告訴我這個方法？你不是想小明一世纏著我嗎？」我記得我是這樣問他。

「選擇，一切都是選擇。」伊藤笑說，「倘若你選擇第二個方法，捨棄一名親人，換來小明永遠消失，這是你應得的回報，我也接受這個命運的安排，只是……倘若你賭輸了，你的情況將比目前更糟糕，而這也是我樂見的。」

他走到門口，打開大門，正打算離開時，我忍不住問了他最後一句。

「除了這兩個方法，真的沒有其他更好的辦法嗎？」

他停下腳步，若有所思，然後徐徐地回過頭來，令我感到意外的，是他的眼神竟然充滿慈悲憐憫，跟剛才那副狡猾猙獰的惡相完全不同。

「還有一個方法。」他遲疑片刻，然後緩緩地說，「但這個方法，達成的條件更難，而且……救不到夫人及孩子……我還是不說了。」

他大步離開大宅，我追出去，發覺他已消失在空氣中。

只有欺騙小明，才能夠將兩個詛咒一併消滅，否則，即使我用第一個傳承方法，救了紹蘭或兩個孩子其中一個，家族其他成員仍然會被小明幹掉，無一倖免。

所以，我初步計畫是，保住紹蘭，從兩個孩子中，捨棄其中一個。

我知道又有人會罵我喪心病狂，變態冷血，但請聽我說，紹蘭還年輕，待詛咒解除後，她仍然可以幫我多生幾個孩子，所以即使萬般捨不得，我也只能從兩名孩子中，選一個來繼承小明。

紹蘭反對我這樣做，她說她寧願自己死，也不想捨棄其中一個兒女，我跟她幾乎大吵一場，這是以前從未發生過的事，紹蘭她總是那麼千依百順，言聽計從，但今次卻哭得很厲害，我不忍心，但計畫仍然要執行，正當我苦惱之際，腦海裡突然閃過一個念頭。

一個很瘋狂，很邪惡的念頭。

紹蘭她之所以受到詛咒牽連，不是因為輸血的關係嗎？

假如……我依樣畫葫蘆……

這樣……就可以保住紹蘭及一對子女……

既然今次計畫的主要目的，是要欺騙小明，那麼，把伊藤教我的方法，稍微調整一下，不也是同樣能夠欺騙小明嗎？

我把這個大膽想法告訴紹蘭，起初她不同意，認為這樣做是一件傷天害理的事，但思前想後，這已是沒辦法中的辦法，為了保住祝家的血脈，她也默許了。

就這樣，我按照我的想法，馬上瘋狂執行這個邪惡計畫，那一年是一九八三年，本以為可以在一年內達成目的，把詛咒除去。

可是，我低估了另一項條件的難度。

那個金屬方塊，那件法器，到底如何將它還原？

伊藤告訴我，要把金屬方塊還原，並不是一件容易的事，因為有兩個難處。

第一，方塊每隔一段時間，會自行打亂六面的排列，所以那個還原的人，必須在下次打亂之前，把方塊還原並且許下心願，才算有效。

第二，方塊外表全是光滑金屬，沒有任何花紋圖案，憑肉眼是看不出不同之處，但其實六面金屬在打磨時，在質感上是做了少少區別，只有觸覺特別敏銳的人，或者直覺判斷準確的人，方能感受到六面的不同之處，方有機會把它還原。

這就是伊藤可以毫無顧忌告訴我的原因，因為他認為，就算告訴你，你能否找到一個觸覺敏銳的人也是疑問，世間上這類人少之有少，所以，即使你願意捨棄你的至親，沒有一個懂得把法器還原的人，所有方法都是空談。

我不知道可以在哪裡找到這樣一個人，但是，既然這件法器，操作原理跟坊間最流行的魔術方塊一樣，我心想，懂得玩魔方的人，會不會也懂得玩這件法器？

我開始接觸一些玩魔方的人，包括在國際比賽得獎的優勝者，每次跟他們接觸，我都會伺機把這件法器拿出來，若無其事地叫他們也玩玩看，觀察他們的反應，可惜，他們沒有一個人認為這東西是魔方，有些甚至表示，這東西六面全是一個模樣，根本看不出有什麼分別，更違論要把它還原。

我也開始接觸一些僧人或道士，看看他們的修為，能否參透這件法器的玄機，可是，不知道是這班僧人或道士的修為太低，還是伊藤的修為太高，這件法器，沒有一個人知道它是什麼來歷。

時間一年一年過去，振華及素素都長大了，但我仍然找不到那位觸覺敏銳的人，我開始急了，因為瘋狂計畫已經拖了很多年，再這樣下去，這個計畫會有被人發現的危險，尤其是家福恩澤康蔭三個孩子，他們本來並不知情，但倘若被他們在家裡碰見……一定要想個辦法！

我開始做了一些準備工夫，把「東西」搬走，在外面另外找個地方安置，但我仍然需要這些「東西」，因為這個瘋狂計畫，本來就是要把這些「東西」處置掉，所以，我間中都會安排這些「東西」回來，作進一步觀察。

命運就是喜歡捉弄人，我千方百計在外面尋找的那個人，竟然遠在天邊，近在眼前！

我的乖女兒素素，小小年紀便能把坊間的魔方迅速還原，當她表演給我看時，我內心的驚喜簡直難以形容，莫非她就是那個我一直想尋找的人？於是我把法器交給她。

「咦！這個魔方很可愛喲，這麼小小的，而且……全是金屬造，老爸你是從哪裡找來的？」

我沒有回答，只是問她能否將之六面還原，她把法器扭了幾下，然後對我說。

「我已經還原了兩面，讓我再研究一下，遲些應該可以六面還原。」

金屬方塊明明六面一模一樣，她竟然說已還原兩面！她是如何分辨出來？她會否在欺騙我？但看見她每次扭動方塊時，總是閉起雙眼，只用雙手去感受那六面金屬表層，她似乎真的是純粹靠觸覺去把方塊還原。

萬萬想不到，我的乖女兒，就是傳說中觸覺敏銳，直覺準確之人！我太高興了，延遲多年的瘋狂計畫，終於有機會落實。

但說起上來很奇怪，不知道什麼緣故，自從我把金屬方塊交給素素之後，活不過四十歲這個詛咒，似乎失去了原本的威力。

一九九六年，紹蘭安然渡過四十歲，翌年，紹蘭亦平安無事，那一刻，我有點猶豫，不知道應否繼續執行原先的計畫，畢竟已經過了十多年，孩子也長大了，紹蘭亦沒事了，這是否意味著，在我執行計畫之前，小明已經把活不過四十歲詛咒消滅了？

我不敢肯定，為安全計，一方面叫素素繼續嘗試把法器還原，另一方面繼續安排「東西」回來，以防有需要時，把「東西」處置掉。

可是，千禧年那場派對，我的乖女兒，死了！

祝萬川的日記　一九九〇年代

三十六

秀妍跟昕涵兩人靜悄悄來到大宅，她抬頭望望天空，雲層很厚，沒有半點星光，空氣中瀰漫一股潮濕的氣息，晚一些可能會下場大雨。

踏入大門，迎來的是一陣頭暈目眩，跟上次一模一樣，秀妍知道，素素就在房裡，她的執念太深，從沒有離開過這棟大宅半步。

「妳沒事吧？」昕涵關心地問。

「沒事，快進去。」

秀妍拉緊一雙黑色仿皮手套，跟昕涵進入大宅玄關，為了不想被人發現，她們沒有開燈，只用手機電筒作照明之用。

正當兩人準備轉入通往二樓的樓梯時，秀妍停下腳步。

「昕涵，等等。」

秀妍邊說邊走近大廳位置，把大廳門打開，裡面除了家具外，空空如也，什麼也沒有。

奇怪了！秀妍心裡納悶，因為她以為，振華會在這裡出現。

振華是在大廳死去，按理說，如果他心裡仍殘留一絲執念，他應該會被具現化展現出來，可是，這裡完全沒有半點振華存在的氣息。

看不見振華，意味著他對塵世間沒有半點執著，沒有半點遺憾，去得很安詳，但振華不是很愛芷琳姐嗎？按理說，自己最愛的人仍留在世上，那份思念之情，振華的執念應該比一般人深才對，但為什麼完全感覺不到他的存在？難道他已經忘記了芷琳姐？

「什麼了，秀妍？」昕涵探頭望向大廳，「裡面有人嗎？」

「不，我只是想看看而已。」秀妍隨便找個藉口，「祝先生在這裡去世，自那次事件之後，我再也沒有來過，所以想借此機會，追悼祝先生之餘，順便看看這裡會否留下線索。」

「謝謝妳，秀妍，妳太有心了。」昕涵回應，「只是這裡被警方搜查很多遍，就算有線索，相信已被警方拿走。來！我們趕快分頭搜尋。」

昕涵指示秀妍跟隨她，來到通往二樓的樓梯，她指指上面。

「妳沿著這條樓梯上去，之後一直往前走，走到走廊盡頭，左手邊最後一間就是素素姑姐的房間。」

昕涵跟著指指下面，樓梯旁邊一條通道。

「這條通道，是通去傭人忠叔的房間，我會循這條路走過去，房間旁邊應該有一條樓梯通往二樓東翼，等會兒我們分開後，就用手機保持聯絡，明白嗎？」

秀妍點頭，轉身上了兩級樓梯，昕涵拉一拉她。

「秀妍，千萬要小心，如果遇到危險的事，馬上逃跑！」

秀妍笑了笑，昕涵這個提醒會不會遲了點？剛才來之前，姐夫已經在電話裡告訴她關於那個人型物體的事，不過對秀妍來說，既然連素素鬼魂都不怕，那個不知名的人型物體，又算得上什麼？

跟昕涵分開後，秀妍慢慢朝樓梯走上去，走廊又長又暗，手機燈光只能照亮前面幾步距離的地方，她小心翼翼，摸著牆壁向前走，走到一半，她望向右邊的走廊。

這就是傳說中被封印的走廊？果然在走廊中間，有一道牆分隔了兩邊，秀妍好奇地走過去，順手摸摸那道牆……

就在這時候，她聽到後面傳來腳步聲！

很沉重的腳步聲，就像姐夫跟她說的一樣，聲音好似一個人跳舞時，高高跳起，然後落地發出的聲音，這是秀妍頭一次聽到，雖然說早已有心理準備，但在這漆黑的環境中，聽著這腳步聲，的確有點頭皮發麻的感覺。

腳步聲在素素房間傳出來，秀妍放輕腳步，關掉燈，摸黑走近，但愈走愈覺得有點不對勁！

之前在素素房裡，姐夫看見素素鬼魂，昕涵看見人型物體，這應該是兩樣東西才對，但現在她不單感受到素素那份強大的執念，意味著素素鬼魂就在房裡，但同一時間，她又聽到沉重的腳步聲，在房間裡傳出來……

那是否代表，素素跟人型物體，現在同時出現在房裡？

秀妍此刻的心情是既緊張又害怕，她明白到這個最後關頭，自己已經不能退縮，她走到房門口，深呼吸一口氣，推開半虛掩的門，然後，腳步聲停止了……

她看見一位年輕女子，站在房間正中央，冷冷地看著自己，手裡拿著……

那枚人臉魔方。

三十七

文軒在家彥的酒店房內，繼續思考剛才未解的難題。

究竟人臉魔方上的六張相片，是誰？

兩人已經想過很多可能性，只是，仍然未有結論。

素素選擇那六張相片，會否純粹是個人喜好？文軒嘗試代入素素角色，假如從她的角度出發，我會選擇誰？

咦！不對，這個想法有盲點，很嚴重的盲點！

為什麼要從她的角度出發？

每個人做事的動機，不外乎兩個可能：一是為自己，二是為他人，若果是為自己，素素的確有可能把喜歡的人貼上去，這是從她的角度出發看整件事。

但假如，素素是為他人才這樣做呢？素素是為了某個人、某件事或某個目的，才把人臉貼上去，這就不能從她的角度去理解整件事了。

「家彥啊，你說你阿姨，會不會是為了某個目的，才把人臉相片貼上去？」

家彥坐在床上，雙手拿著他自己的魔方，開始不停扭來扭去。

「我其實一直有個怪念頭，」家彥遲疑地說，「阿姨她，好像是想在魔方上面做記號，才貼上那些人臉。」

聽到這個答案，文軒從沙發椅上跳了出來。

「對！就是這個答案，」文軒雀躍地說，「之前我們一直以為，祝小姐是因為自己個人喜好，才將人臉相片貼上去，但現在換一換角度去想，如果她是為了某個目的去幹，那麼六張人臉，就有其特殊意義了！」

「特殊意義？」家彥想了想，「不是為了個人喜好，而是為了某個目的……對了！這樣就說得通！」

「來，家彥，講講你憑什麼認為，祝小姐是想做記號！」

「我反覆回想當日的情況，」家彥繼續說，「素素阿姨她好像正苦惱一些事情，而當我把漫畫臉魔方遞給她時，她便馬上興奮地向我道謝，說我幫她解決了難題。」

家彥你真是聰明！阿姨知道該如何做了！

「我在魔方貼上的漫畫人物相片，其實也是一種記號，目的是令阿姨認不出誰是誰，所以，如果阿姨當時借用了我的主意，那麼她的目的，也應該是想在魔方上留下記號！她需要那些記號，去幫她把魔方還原！」

文軒望住家彥，心裡暗自讚嘆，這位年輕人的頭腦真的聰明絕頂，記憶力及觀察力也強，全靠他，調查才邁出一大步。

「可是，有一件事我很好奇，如果單純想作記號，好讓自己容易辨認，為什麼阿姨不貼上顏色貼紙，而要貼上人臉相片？顏色貼紙不是比人臉相片，更容易辨識嗎？」家彥問。

「若果沒猜錯，祝小姐貼上人臉相片，除了方便自己把魔方還原外，還有一個更重要的目的：她要把人臉訊息，傳遞給某個人知道。」

「會是誰？」

「若果你要我猜的話……」文軒想了想，「她哥哥振華的機會最大，一來，以她當時的年紀，最親的應該是哥哥而不是父母，二來，這種把人臉貼上魔方，然後扭來扭去的伎倆，也只有年紀相近的哥哥，才能猜得出來。」

「即是說，阿姨想振華叔叔認出那六個人的身分！只要我們知道那六個人是誰，真相就會揭開！」家彥邊說邊穿上外套。「來，我們馬上出發往芷琳姐家，可能會找到我們想要的東西。」

文軒一臉疑惑，家彥笑著解釋。

「阿姨死後，振華叔叔把她的遺物，搬到辦公室及家裡去，所以，在芷琳姐家中，我們或許能夠找出，關於那六張人臉的線索。」

三十八

「我們要往哪裡去？」

臨急出門，芷琳今晚沒有好好打扮，只是穿上任何場合都適宜的灰黑色西裝套裙，她望望坐在旁邊駕駛座的敏莉，濃妝豔抹，裙子短得不能再短，她該不會帶自己去夜店吧？

掛線後便馬上下樓，由於昕涵在家，芷琳不好意思請敏莉上來，唯有另覓地方一聚，敏莉說有個好主意，芷琳便跟她上了車，然而車子開了半個鐘，芷琳還是不知道敏莉想帶她到哪裡去。

「肚餓嗎？吃件蛋糕吧。」敏莉指指放在後座一個蛋糕盒，「妳最喜歡的草莓味，上次那間酒店訂造的。」

那間酒店的蛋糕很好吃啊！芷琳想起回味無窮，加上車上無聊，她於是從後座拿了一件，開始慢慢品嚐。

「昕涵今午來過。」敏莉開口，「好像把妳之前送她的戒指，拿回給妳，對嗎？」

「是的，因為我想將兩枚戒指比較一下。」芷琳點頭。

「什麼意思？」

「這件事說來奇怪，」芷琳把嘴裡的蛋糕嚥下，繼續說，「振華他，在冰淇淋裡面藏了一枚戒指，這枚戒指好像是我十六歲時，他送我的生日禮物，但我卻一點印象也沒有，所以便叫昕涵把之前同樣是他送我，但我轉送給昕涵的戒指取回來，比較一下。」

「那麼比較結果如何？」

「昕涵取回來的戒指是白金造的，跟冰淇淋裡面發現的鍍銀戒指，完全不同檔次，很明顯不是同一時期買的，白金戒指是我們拍拖時，振華送我的，但那枚鍍銀戒指，年代應該更久遠一點。」

芷琳吃完第一件蛋糕，意猶未盡，開始吃第二件。

「對不起，有點餓，加上太好味了，所以多吃一件。」

芷琳將一粒大草莓塞進嘴裡。

「到了。」

芷琳邊吃邊望望四周，黑漆漆的，街道上一個人影也沒有，樹木很多，好像是郊外地區，敏莉為什麼把自己帶來這裡？

「這是哪裡？」芷琳邊吃邊問。

「大帽山附近，妳對這裡有印象嗎？」

芷琳再仔細觀察四周，但視線開始有點模糊，是自己太累關係？

「沒有印象。」芷琳搖搖頭，「為什麼帶我來這裡？」

敏莉沒有正面回答。

「妳說在冰淇淋發現的那枚戒指，有帶出來嗎？」

芷琳馬上伸出左手，無名指上戴有兩枚戒指，下面那隻是結婚戒指，上面那隻就是今午才戴上的鍍銀戒指。

「不知道什麼原因，自從發現這枚戒指後，心裡面總有份很溫暖很窩心的感覺。」芷琳自我陶醉地說，「雖然只是廉價貨，但比起其他名貴戒指，我卻更喜歡它。」

芷琳一邊看戒指，一邊把蛋糕送進嘴裡，就在這時候，一陣噁心的感覺從胃裡湧上，她立即把蛋糕吐出來。

奇怪了？蛋糕沒有變味，也沒有異物在裡面，為什麼突然想把它吐出來？

剛才第一塊很快就吃光光，完全沒有不妥，為什麼第二塊吃到一半，突然不想吃下去？這件草莓味蛋糕……

草莓味……草莓味……我真的喜歡吃草莓味嗎？為什麼我突然懷疑自己上來？不是已經吃了很多年嗎？

這裡……我現在身處的地方……突然間有點印象……是跟振華來過嗎？

頭很暈，因為想太多了？有點支持不住，很睏，很想睡。

「敏莉，對不起，我有點不舒服，麻煩妳送我回家吧。」

芷琳把吃剩的蛋糕放在一旁，她突然不想吃了，敏莉冷冷地看著她這個動作，一言不發，開車離開。

頭愈來愈暈，昏昏欲睡，視線也集中不起來，她挨著椅背，側著頭，想叫敏莉開快一點，但她連說話的力氣都沒有。

迷糊間，她似乎聽到敏莉在說話。

「看來，妳已經記起以前的事……」

「我低估了振華，想不到他會把戒指藏起來……」

「這樣的話，我也沒有辦法……」

車子停下來，陷入半昏迷的芷琳，勉強睜開眼睛，但她看見的不是自己住所門口。

她看見的是大宅門口，那棟已經死了兩個人的大宅門口！

女孩甲：「請妳吃冰淇淋。」

女孩乙：「振華呢？他不在嗎？」

女孩甲：「他有事在忙，很晚才回家，難得妳今天來了，我們一起吃吧！」

女孩乙：「也可以喔……嘩！是我最喜歡的草莓味。」

女孩甲：「怎麼樣，好吃嗎？」

女孩乙：「好吃！對了，妳跟振華最近生活如何，功課忙嗎？」

女孩甲：「忙得很，自從哥升上中學後，功課多了很多，又要參加課外活動，他最近已經很少陪我玩了。」

女孩乙：「我們明年也要升初中，到時候就會跟振華一樣忙，恐怕好像這樣一起吃冰淇淋的日子不多了。」

女孩甲：「但哥無論多忙，他都會抽時間來陪妳，是嗎？」

女孩乙：「……妳是從哪裡聽來的？」

女孩甲：「不要瞞我了，自從妳搬走後，這些年來，哥一直偷偷走去探望妳，對嗎？」

女孩乙：「也不是偷偷的，他經常來就是了。」

女孩甲：「我問妳，妳喜歡哥嗎？」

女孩乙：「……妳怎可以問得這麼直接……」

女孩甲：「答我！妳喜歡哥嗎？」

女孩乙：「我……咦！什麼這個怪味道？冰淇淋變壞了嗎？」

女孩甲：「怎麼樣，好吃嗎？」

女孩乙：「這些啡黑色，一粒粒的東西是什麼？為什麼有點臭臭的？」

女孩甲：「這是阿花的便便，混進草莓味冰淇淋裡面，好吃嗎？」
女孩乙：「唔……呃……嘔……」
女孩甲：「哈哈哈……哈哈哈……」

ＣＣＣ的回憶片段　遺忘的味道

女子：「這是哪裡？為什麼帶我來這種地方？」
男子：「大帽山附近，我剛考到車牌，想載妳去遠一點的地方，這裡的環境蠻不錯吧？」
女子：「如果是大白天，風景應該不錯，但現在黑漆漆的，有什麼好看？」
男子：「晚上來，氣氛比較浪漫嘛。」
女子：「什麼浪漫不浪漫……不知道你想說什麼……」
男子：「妳為什麼不再吃草莓味冰淇淋？以前的事，還在生氣嗎？」
女子：「都那麼多年了，還生什麼氣？只是，自那次之後，每次聞到草莓味，不期然便會想起便便的臭味，然後胃部就會有種想吐的感覺，看來我已吃不下草莓味的東西了。」
男子：「想不到那次惡作劇，對妳的影響這麼大，我……代我妹再次向妳道歉，對不起！她太任性了。」
女子：「這些年來，你們已經道歉過很多遍了，你也不要再怪她，小時候誰不會頑皮？這個結果其實也好，以前我只吃草莓味不肯嚐別的，現在我發現芒果味也是挺好吃喔！」
男子：「為什麼妳的性格就是這麼好？妳真的不會恨一個人嗎？」
女子：「也不是呢……我也有……不喜歡別人的時候。」
男子：「例如……吃醋？」
女子：「……」
男子：「來！伸手出來！」
女子：「幹什麼？」
男子：「這枚戒指，是我送給妳的生日禮物，我希望妳永遠戴上它。」
女子：「你……什麼時候發現的？」

男子：「妳知道我找它多辛苦嗎？在草叢中要找一枚戒指真不容易，我只希望，無論以後發生什麼事，妳也不要再拋棄這枚戒指。」

女子：「……」

男子：「我明天就要走了，去英國之後，我會馬上聯絡妳，我要每晚跟妳通電話，明白嗎？」

女子：「你……你這是什麼……什麼意思……」

男子：「妳還不明白嗎？我愛妳，我想妳永遠在我身邊，不要離開我。」

女子：「你……你說的是真心話嗎？」

男子：「……」

女子：「你！你怎可以突然親我的嘴！」

男子：「我愛妳，妳愛我嗎？」

女子：「我……嗯……」

男子：「我可以抱著妳嗎？」

女子：「嗯。」

男子：「這枚戒指，就當是我們的定情信物，好嗎？」

女子：「不好，你妹妹也有一枚，為什麼定情信物要跟她一模一樣？」

男子：「放心，她那枚戒指，內側是沒有字的，這些字，只為妳而刻上。」

女子：「……是這樣嗎……那好吧，我會好好保存它，我相信，這枚戒指，我永遠也忘不了。」

CCC的回憶片段　深情的告白

我的乖女兒，素素，她死了！

我苦等了十七年，一生人最大的期盼，就被命運粉碎了！

關於女兒的死，坦白說，最初我是以為她被詛咒害死的，或者紹蘭安然無恙的代價就是女兒的性命，所謂一命換一命，因為詛咒最終發揮出效果，素素她從窗戶意外失足跌死，也不是沒可能的事。

所以，當晚我第一個念頭，素素她要不是被活不過四十歲詛咒弄死，就是她想法破解法器時，被小明的力量吞噬而死。

然而，當我見到那個「東西」慌慌張張地，從素素房裡跑出來，在我身邊經過，獨自逃回東翼時，我就察覺事情可能跟我的想法不同。

那個「東西」，或者應該稱呼「她」，當晚自己一個人來了，說想跟素素談談振華的事，在素素放學回家之前，一直躲在東翼，沒有人察覺得到，包括當晚也來了的另一個「他」，我巧妙地把兩人分隔開，避免他們碰面。

「她」自搬走後經常回來探望振華及素素，這點我是同意的，我容許「她」跟振華及素素交往，因為，我發覺有「她」在身邊，他們讀書成績會突飛猛進，是因為競爭嗎？年輕人的關係真的很微妙。

說實話，我頗喜歡「她」，「她」的性格是多麼的乖順，內心是多麼的善良，跟振華及素素感情一向很好，在我的瘋狂計畫下，以「她」最討我歡心，至少，比起另一個女的，與及那個「他」好得多，我實在不忍心把「她」捨棄掉，假如素素成功破解法器，我會先把另一個女的捨棄掉，若不成功，再把「他」也幹掉。

但現在一切已成空話。

待警察離開之後，我問「她」到底發生了什麼事？「她」說，本來想跟素素談關於振華的事，但突然間素素很慌張的走近窗邊，「她」擔心素素會掉下去，舉起手想拉素素回來，然而……

「她」看見素素像被什麼東西，從窗邊扯下去！

那一刻，我開始懷疑事件並不尋常，過往詛咒所造成的意外都很自然，絕不會留下任何蛛絲馬跡，但今次竟然是「被什麼東西從窗邊扯下去」這麼具體化描述，不像詛咒以往作風，女兒的死，事有蹊蹺。

可惜，當時有另一件事令我分神，紹蘭入院了！素素的死對她打擊很大，她當晚就暈倒送醫院去，我急著探望紹蘭，所以沒有時間去仔細研究這件事。

之後數天，紹蘭身子愈來愈差，我怕她會步我媽的後塵，因丈夫及愛子去世鬱鬱而終，我想盡辦法令她身體復原，但都沒有顯著效果。

振華回來了，他聽到妹妹的死訊，第一時間回來，本以為可以令紹蘭振作，可是，她仍然沒有起色。

振華回來後，跟「她」好像在商量什麼似的，最初我也不以為意，直至那一晚，「她」在我書房，被人用硬物襲擊腦袋，傷重昏迷，我才知道，他們是想查出殺害素素的真凶！

「她」的遇襲也令我猛然醒悟，素素是被誰人害死的！

「她」被送進醫院，一直昏迷不醒，振華整個人如失去靈魂似的，終日待在醫院，如何勸他也不肯回英國繼續讀書，而紹蘭的病情亦急轉直下，那段日子，是我一生人最混亂也是最痛苦的時候。

紹蘭的生命進入最後倒數，我一直陪在她身邊，此時此刻，我終於明白振華的心情，我握著她的手，向她懺悔，我的瘋狂計畫已經澈底失敗，她沒有埋怨什麼，對住我這個七十歲老頭，仍然像初初相識時一樣，溫柔地微笑。

「生死有命，命運的事，不要再強求，好嗎？」

我忍著淚點點頭。

「振華很喜歡她，你看得出來吧？」

我再次點點頭。

「假如，她能夠醒過來，我希望，你能夠成全他們，就當是我求你的最後一個心願。」

「我答應妳，我答應妳，紹蘭，不要離開我。」

「萬川，有一件事，是五姊告訴我的，我一直沒有跟你說，因為當年她吩咐，這個祕密，還是不要讓你知道更好，但是，我覺得，關於你的身世，你還是有權知道。」

我那一刻愣了，我的身世會有什麼可疑之處？

「那個日本人，伊藤先生，不是跟你說過，你父親已經避開了那個活不過四十歲詛咒嗎？你可知道，你父親用的是什麼方法？」

這件事我完全忘了，我一直糾結於小明的詛咒，關心我的瘋狂計畫，完全忘記了問伊藤，父親是如何避過詛咒。

「你五姊，是偷聽你父親及母親對話才知道的。」紹蘭說，「萬川，你聽後一定要冷靜。」

這幾日所發生的事已經夠我發瘋了，但我目前仍然很冷靜，相信再沒有什麼事可以令我發飆。

「你父親的方法，就是收養一個沒有血緣的人做他的兒子，詛咒只跟血緣，那個收養回來的兒子，不會因詛咒而死，這樣就可以繼承家業。」

紹蘭用最後一口氣說。

「那個沒有血緣的孩子，就是你。」

祝萬川的日記　二〇〇〇年代

三十九

秀妍深深吸一口氣，壯著膽子，走到那位年輕女子的面前。

跟姐夫形容的一樣，她身穿一件白色絲質連身睡裙，裙身很長，完全把她下半身遮蓋，臉孔蒼白，頭髮及肩，看上去大約十多歲，這就對了！她就是素素。

素素繼續盯著她，沒有出聲，這令秀妍感到有點尷尬，本以為她會先開口問自己是誰，如今反而要自己先打開話匣子。

「祝小姐……」

等等！眼前的素素，如何看也只是一位十七歲的少女，年紀比自己還要小，秀妍覺得，倘若稱呼她做祝小姐，太嚴肅了，倒不如親切一點，叫她素素，她就叫自己做秀妍姐姐，這樣可能會令她放下戒心，說不定會透露更多事情的真相！

「妳好啊，妳叫素素，對嗎？」秀妍硬著頭皮自我介紹，「我叫李秀妍，妳可以叫我秀妍姐姐，我們……交過朋友，好嗎？」

秀妍說完也感覺很尷尬，素素會不會正暗暗偷笑自己呢？

「妳……很特別……」素素盯著自己，幽幽地說。

秀妍笑了一下，不知道她說的特別，是不是暗諷自己剛才特別笨拙的表現？

「要趕快……把魔方還原。」

素素輕聲地吐出這句話，視線離開秀妍，低下頭，開始扭動魔方。

秀姸本想直接問素素，當晚到底是誰把她推下樓，但見她正在玩魔方，或者先趁機問她關於人臉魔方的事，可能會較快得到答案。

「素素手上這個魔方，很漂亮喔，六面都是人臉，在哪裡買的？」

秀姸覺得自己好像哄小孩子說話一樣。

「我自己……貼上去的。」

咦，策略好像生效，秀姸繼續問。

「為什麼素素要把六張人臉，貼上去呢？」

「因為要提醒哥哥，計畫一共有……六個人。」

「計畫？什麼計畫？」

「父親的……計畫。」

素素回答時並沒有望向秀姸，而是專心地扭動魔方，秀姸發現，其中有幾面已經扭回原型。

「素素啊，妳很厲害，這麼快就還原了幾面，我……可否借來看看？」

素素停手，抬頭望著秀姸，眼神空洞落寞，然後，她把手上的魔方，遞過去給秀姸。

秀姸感激不盡，看來素素很信任自己，她馬上接過魔方，急不及待看看那幾面已還原的臉孔。

一共還原了三面，其中一面是振華年輕時的照片，雖已褪色，但仍然認得出來，另外一面是素素本人，跟她現在的樣子一模一樣。

餘下一人，秀姸不知道她是誰。

「這個人，是誰？」

「母親。」素素回答。

「這三個人，都在妳父親的……計畫之內？」

素素點頭，攤開手要回那枚魔方。

秀妍察覺，素素比想像中明白事理，以一個死人的執念來說，這點實在難得，她把魔方交回素素手中，希望她儘快把另外三面還原。

素素的父親祝萬川，似乎曾經執行一項計畫，計畫包括六個人，已知的其中三人，就是振華、素素及他們的母親，那麼另外三人會是誰呢？秀妍直覺認為，只要知道其餘三個人的身分，過去跟現在的所有謎團，將可一一破解。

「素素，妳父親的計畫，是想做什麼？」

「拯救家族。」

「為什麼妳說，要提醒哥哥，計畫一共有六個人？」

「因為哥哥……不知道計畫。」

「那麼妳為什麼會知道？」

「母親告訴我。」

「所以妳想幫父母，完成這個計畫？」

素素今次沒有回答，低下頭，很認真地繼續扭動魔方。

「那麼，」秀妍換另一個問題，「這六個人，妳知道是誰嗎？」

「被拯救者……被捨棄者……」

「誰是被拯救者？」秀妍馬上追問。

「母親、哥哥、我。」

「誰是被捨棄者？」

秀妍心急得蹲下來問，這樣自己可以更清楚看見素素的臉，她的眼神依舊空洞，臉色依舊蒼白，但是……

素素突然停下手，回望秀妍，臉上露出一絲滿意的微笑，這是秀妍今晚第一次看見素素在笑，她的笑容原來是這麼美麗，一份天真的笑容，一份自信滿足的笑容，但為什麼她會突然笑起來？

素素把魔方放在手掌上，舉到秀妍面前，天啊！素素她……她在這麼短的時間內，就把魔方全部還原了！

秀妍馬上拿過來，餘下的三個人……

一個是姜天佑……

一個是汪芷琳……

最後一個……

她……她……她不就是在芷琳回憶中，那個從二樓房間向下望，眼神冷冰冰，看上去令人心寒的……不知名少女！

四十

昕涵穿過忠叔房間，沿著改建的樓梯，通往東翼走廊，終於來到爺爺房間。

久違的記憶，熟悉的環境，這裡，有她跟爺爺一起生活的點點滴滴，昕涵很想懷緬過去，但現在有更重要的事要做。

昕涵憑著記憶，開始在房間裡展開搜尋。

她要找的，是那個人型物體的祕密。

她相信爺爺留下來的書信文件中，應該會找到答案。

昕涵開始四處翻找，但自從爺爺兩年前過世後，很多重要文件已經被二伯父接管，留在這房間的東西，都是些看上去不太重要的文件。

爺爺抽屜中有些書信，昕涵用手機電筒照明，一字一字地閱讀，都是些寫給生意拍擋的公務信件，不關家族的事。

昕涵的目標轉向書桌後面一個大書架，這個書架放了很多書，她記得，小時候總想拿放在書架最頂的那本書，但她不夠高，每次都是爺爺把她抱起後才能拿到，爺爺笑說，待妳將來長大後，一伸手就可以摸到書架頂，到時候便不需要爺爺抱了。

爺爺……

昕涵開始翻看書架上的書，由最低一層開始看，慢慢搜尋至最高一層，她逐本逐本細心看，大部分都是經濟商管類的書，偶然有幾本文學歷史地理類的書，她很細心地每一頁都檢查，看看有沒有什壓紙條的東西夾在內頁。

沒有任何發現。

由於只靠手機電筒從下往上照明，書架高處有些地方照得不太清楚，有些書似乎隱藏在書架裡面，昕涵取出一張椅子，踩上去，把手機舉高，這樣就可以水平角度照明，看得清楚一點。

昕涵發現，書架頂有一本滿布灰塵的書。

這本書孤零零地平放在書架頂，從下往上看根本不會發現，忠叔打掃時應該也忽略了吧，要不然這本書應該會放回書架裡面。

昕涵把書拿起，書名是「如何與女兒溝通」。

奇怪了！爺爺為什麼會看這類書？為什麼會把它放在書架頂？當昕涵拿著書從椅子上跳下來時……

待妳將來長大後，一伸手就可以摸到書架頂……

昕涵馬上站在原地，踮起腳尖，伸長手往書架頂摸索，果然！現在的她只需稍稍踮起腳，就可以觸摸到書架頂任何一個位置！

爺爺……難道你……

她馬上翻看內頁，書本內容沒有特別之處，只是，書頁中間夾著一張紙，紙張已發黃，上面一整頁全是手寫潦草字跡。

計畫（瘋狂！）
被拯救者：紹蘭、振華、素素
被捨棄者：AAA、BBB、CCC
條件一：還原法器的人
條件二：讓一個人傳承後捨棄掉
方法：選三名同年齡同血型的被捨棄者，將詛咒的血，注射入他們體內，令他們繼承家族詛咒，然後代替真正的家人捨棄掉。
目的：欺騙小明，把流著詛咒之血的不相關人捨棄掉，救回紹蘭、振華及素素。
困難一：找不到還原法器的人，本以為一兩年內就可完成計畫，被迫養大三名被捨棄者。
困難二：從小養大三名被捨棄者，或多或少有感情，尤其是CCC，她是那麼的害羞，那麼的溫柔，跟紹蘭很像。
備註一：不要心軟！要狠！他們的父母已經獲得一大筆錢，要怪就怪他們的父母！
備註二：雖然三人已搬離大宅，但間中亦要帶他們回來，因為要準備隨時捨棄掉！

昕涵一邊看著爺爺的字跡，一邊忍著眼淚。

爺爺，這就是你的祕密？

為了家人活命，不惜傷害不相識的人，這就是你的計畫？

爺爺，為什麼你可以如此狠心？

突然聽到窗戶傳來啪的一聲，嚇得昕涵把手上書本掉在地上，她驚愕地抬起頭，看見書桌旁邊的窗打開了，外面正下著大雨，強風把窗簾吹得啪啪作響。

昕涵走過去把窗關上，回頭把書本拾起來，書剛好停在一頁題為「跟女兒一起玩耍」的章節，還附有一張插圖。

插圖是一對父女在玩跳飛機遊戲，女兒拿著小石塊向前拋，然後循著格子單腳跳，父親在旁高興地拍掌鼓勵。

爺爺他，曾經想過跟女兒一起玩跳飛機嗎？很難想像爺爺能夠用單腳跳……

昕涵全身像觸電一樣，不由自主地震了一下，她再看看那張插圖，望望書的封面，然後仔細閱讀剛才那張寫滿潦草字跡的紙張。

書名叫「如何與女兒溝通」，插圖是兩父女玩跳飛機，爺爺女兒只有兩名，大姑媽可能也會玩跳飛機，但是，一定只有姑姐最會玩！

因為，是小叔叔親口說的！

跟姜天佑開會當日，昕涵第一個到達大宅，她一個人坐在空蕩蕩的大廳裡，想起兒時的情景，當日她望向其中一個角落，憶起她曾經跟小叔叔一起玩，他們搬開沙發、椅子及茶几，讓出空間在角落附近玩……翻筋斗？還是摔跤？

通通不是！她記起了，她跟小叔叔玩的是跳飛機！

把小石塊向前拋……單腳跳……雙腳跳……跳了幾下……然後停下來……定睛地望著地上的小石塊……

那個人型物體……跳來跳去……時而單腳……時而雙腳……有時連續跳幾下……每次停下來時……都會彎腰盯著地板上某樣東西……

昕涵連忙把書本放回書架頂，把那張發黃紙張塞進褲袋裡，然後馬上轉身離開爺爺房間。

她拼了命往回跑，目的地是素素房間。

要趕快，秀妍有危險！

那個人型物體，不是在跳舞！是在玩跳飛機！

那個人型物體……那個人型物體……昕涵終於知道……為什麼會叫那個東西做人型物體！

那個東西的姿勢……非常不協調，很違和，不像是人的姿勢！

當然了，正常人不會這樣跳飛機，除非……

小昕涵：「一、二、三，跳，哎呀，我又跌倒了！」
小叔叔：「怎麼樣，昕涵，還未學識單腳跳？」
小昕涵：「單腳跳很難喔。」
小叔叔：「其實不難的，只是昕涵沒有耐性，單腳時左搖右擺，東望望西望望，才會經常跌倒。」
小昕涵：「我沒有喔……小叔叔示範一次給我看看！」
小叔叔：「好吧，看我的，像這樣，把石子拋出去，一、二、三，跳，然後彎腰，拾起石子，一、二、三，看！跳回來了！」
小昕涵：「嘩！小叔叔好棒！」
小叔叔：「我這算什麼，妳小姑姐還厲害……」
小昕涵：「小姑姐有什麼厲害的地方？」
小叔叔：「……」
小昕涵：「小叔叔，你為什麼不說下去？」
小叔叔：「沒有……想起妳小姑姐以前的事，有點……」
小昕涵：「小叔叔，不要不開心。」
小叔叔：「我沒事，昕涵啊，妳小姑姐跟妳一樣大的時候，已經自創一套獨門祕技來玩跳飛機，連小叔叔都要認輸啊！」
小昕涵：「吓！連小叔叔都輸？什麼獨門祕技？快點告訴我！」
小叔叔：「我們玩跳飛機，都是用腳玩的，但妳小姑姐，居然可以用雙手來玩！」
小昕涵：「用手？」

小叔叔：「她啊，就是用雙手倒立，然後在格子上面跳跳跳，還能稍微彎腰，用口把石子叼著，就好像玩雜耍一樣，嚇得我還以為她鬼上身！」

小昕涵：「小姑姐好棒！」

小叔叔：「不過，也只有六七歲那一兩年時間，她才能這樣做，十多歲後開始發育，體重增加，她雙手漸漸支撐不起身體倒立，所以之後，我再也沒有見過。」

小昕涵：「我想看小姑姐倒立跳飛機！」

小叔叔：「現在，沒可能了……或者，將來小姑姐會在夢中，表現給小昕涵看。」

小昕涵：「好呀！」

小昕涵的回憶片段　兒時的情景

四十一

「素素，這個人是誰？」

秀妍指著魔方上，那個不知名少女的相片。

素素沒有回答，她短暫的笑容消失了，取而代之，是一貫空洞蒼白的表情。

她攤開手，要回那枚魔方，秀妍把魔方放在她手掌上。

「我已經全部還原……現在……請小明執行我心裡的目標……」

小明？在哪裡？秀妍四處張望，但沒有發現什麼可疑地方。

「素素，妳剛才提到小明，妳知道小明是什麼東西嗎？」

素素望了秀妍一眼，再望向手上那枚魔方。

「這個東西，就是……小明？」

人臉魔方就是小明？這完全出乎意料之外。

「那麼，妳叫小明執行的，又是什麼目標？」

素素突然轉身，從房間中央位置往梳妝台方向走過去，然後坐下。

「把傳承者殺死。」素素幽幽地說。

「誰是傳承者？」秀妍追過去問。

「三個被捨棄者，其中一個。」

三個被捨棄者？那麼即是姜天佑、汪芷琳，與及那個不知名女子，姜天佑已死，毋須再殺，那麼剩下來……

芷琳姐……

秀妍後退一步，她終於明白素素的執念，為何比一般死去的人強大，也終於明白，素素為何這麼緊張魔方。

她背負著家族的命運，她從小就被父母灌輸守護家族責任的觀念，她年紀小小就被訓練操作這個……魔方，她需要魔方，去完成她這個執念，即使死後，她仍然念念不忘守護家族這個使命。

這個魔方似乎能夠控制守護神，即是小明，去完成素素心中的願望，而她心中的願望，亦即是她父親的計畫，就是把傳承者殺死。

傳承者到底是什麼意思？所謂傳承又是指什麼？秀妍不知道，但是，三個被捨棄者中，有一個是芷琳姐，單憑這點，她便不能袖手旁觀。

「為什麼要殺死傳承者？」秀妍在素素面前蹲下，這樣大家的高度相近。

「要救母親、哥哥及自己。」

「為什麼要救？你們出了什麼問題？」

本來一直低下頭的素素，突然用一雙沒有靈魂的眼睛，望住秀妍。

「被詛咒了……就跟妳一樣！」

秀妍冷不防素素會這樣回答，身子不由自主向後倒坐在地上。

「妳很特別……不同的詛咒……很特別……」素素側著頭望住秀妍。

她看出來了！秀妍這時才了解到，為什麼素素會對自己這麼和善，又這麼樂意回答自己的問題。

因為在她眼中，大家都是同類，同是被詛咒的人。

如果是這樣，秀妍心想，或者自己的問題可以更大膽一些，素素她可能不會介意。

秀姸打算在素素面前提起芷琳姐，雖然她明白，這可能會惹起素素反感，但假如那個想殺掉的傳承者就是芷琳姐，現在說服素素，或者仍來得及。

「如果被殺掉那個人，是妳的好朋友，妳會願意嗎？」

素素沒有出聲，依舊側著頭望住秀姸。

「汪芷琳，妳還記得嗎？她不是妳的好朋友嗎？妳們童年時不是很親密的嗎？」

素素好像有點反應，秀姸看見她身子抖動了一下。

「汪芷琳，跟妳，跟振華哥哥，三個人以前在這間大宅一起生活，不是很開心的嗎？」

素素身子再抖動一下。

「芷琳……芷琳……她喜歡振華哥哥。」素素落寞的聲音，聽上來有點傷感。

「妳也很喜歡振華哥哥，對嗎？」秀姸問。

素素低下頭，沒有作聲。

「素素，妳要分清楚，妳喜歡振華哥哥，是兄妹之情，汪芷琳喜歡振華，是男女之間的感情，兩者是有分別的，不能搞混。」

素素突然站起身，從梳妝台走到窗前，窗外明月皎潔，一道月光射在全身白衣的素素身上，秀姸發覺，這個角度的素素，很美，很純潔。

等等！窗外的景色，好像在哪裡見過？

「芷琳……芷琳……她來找我。」

咦？

「芷琳……芷琳……說想跟振華哥哥在一起。」

秀姸馬上從地上站起來，窗外的景色，不就是素素死去那一晚的情景嗎？素素現在的執念，一定是想起當晚情景！

「芷琳……跟振華哥哥在一起……素素不開心……」

對了！素素記起當晚芷琳姐來找她，這就證明自己的推斷沒錯！那段回憶，秀妍看見那段素素跌下樓的回憶，果真是芷琳姐的。

秀妍事後幾次回想起來，當芷琳姐舉高雙手時，她真的是想推素素下樓嗎？推人下樓雙手應該是向前推的，但秀妍只看見雙手舉起……

現在已經不需要憑空猜測了，答案就在眼前。

「素素，妳仔細想想，汪芷琳當晚來找妳，有沒有……把妳推下樓去？」

素素身子突然抽搐了幾下，轉頭望向秀妍。

「她來了。」素素垂低頭，頭髮遮掩了她的面容。

「發生什麼事？素素？」

「她來了，」這次素素身子強烈抽搐，支持不住倒在地上，「小明要趕快躲起來。」

「她？她是誰？」秀妍走上前，「妳身體怎麼了，素素？」

「她……來了……想控制小明……小明要趕快躲起來。」

素素整個身體捲曲在地，狀甚痛苦，死人的執念也會痛苦嗎？

「小明？小明不是在那邊嗎？」秀妍指住放在梳妝台上的魔方，「要……要我把小明藏起來嗎？」

素素幾經掙扎，勉強站起身，然後，指了指自己的肚皮。

雖然只是一個手勢，雖然只是那一瞬間，但秀妍不知道為什麼，她竟然明白素素的意思。

小明，在她的肚子裡！

這時素素突然高高躍起，頭腳一百八十度翻轉，落地時用雙手撐著地下，雙腳朝天，身上的白色睡裙因地心吸力徐徐落下，遮住了她倒轉的上半身，露出她的肚子及雙腳。

這……這到底是什麼東西！

她的肚子，大得跟孕婦一樣，整張肚皮就好像一個光滑的皮球，又像一個光頭人的頭顱，秀妍隱約可以看見肚皮內側近肋骨部位，好像有一對眼睛似的東西，瞇成一線盯住自己，至於原本應該是雙腳的部位，卻是一對黑黝黝，乾巴巴，但看上去很結實，很鋒利的爪子！

秀妍嚇得用手掩著嘴巴，這完全不是一個女人的下半身！這根本就是一隻怪物！

素素的上半身，保留著死前本來的面貌，但下半身，已經被小明所侵蝕……

四十二

「打通了嗎？」

文軒一邊開車，一邊問家彥。

「電話沒人接，芷琳姐不知去哪裡了。」

「我們現在還上去嗎？」

「我沒有芷琳姐家鑰匙，但小涵有，我打電話給她。」

車子繼續朝芷琳家方向駛去，家彥撥了個電話，對方好像接聽了。

「喂，小涵？對，是我……妳電話為什麼接收得這麼不清晰……平時都不是這樣的……我想問妳……喂……喂……想問妳有沒有帶芷琳姐家鑰匙出來？」

文軒心想，昕涵應該是在大宅內，秀妍也在那裡，不知道她們調查進展如何？

「喂……等等……什麼十萬火急……正趕過去……妳在說什麼？等等，小涵……喂喂……我聽不清楚……喂……喂！」

家彥看了看手機螢幕。

「小涵收線了，說什麼十萬火急的事，奇怪！為什麼接收得那麼差，平時打去大宅也不是這樣的。」

「看來我們計畫有變，現在要先去大宅一趟。」

文軒突然轉軚，車子向右轉一百八十度，在旁邊行車線，反方向往回走。

「她們好像出了狀況，」家彥擔心地說，「難道是……那個人型物體？」

「不知道，總之要趕快過去。」

文軒擔心的，不止是人型物體。

秀妍，妳又看見什麼嗎？

四十三

睜開雙眼，我在哪裡？

頭很暈，全身乏力，視線也有點模糊，像喝醉酒一樣。

芷琳勉強把身子撐起，發覺自己不是躺在床上，而是在地上。

她看見前面有個女人，坐在沙發上，對著她微笑，在沙發前面的茶几上，放了兩支紅酒，一隻酒杯，酒杯已倒滿紅酒。

「妳醒了。」女人笑笑地說，「吃了那麼多安眠藥，還醒得過來，看來妳身子也不是想像中差。」

「敏……敏莉？」芷琳搖搖頭，想令自己清醒一點，「發生什麼事？這裡是什麼地方？」

「芷琳，我本來也不想這樣做。」敏莉繼續笑說，「但我沒得選擇。」

她把紅酒拿過來，強行張開芷琳的嘴，灌她喝下去。

芷琳閉上嘴，想用手推開敏莉，但全身酥軟無力，雖然被強灌時，因為嗆口而吐出部分紅酒，但已喝下半杯。

「一對本來恩愛的夫婦，丈夫不幸被殺，妻子因為太想念亡夫，吃下含有大量安眠藥的蛋糕及紅酒，在丈夫亡故的地點，自殺身亡。」

芷琳抬頭望望四周，這裡是大宅大廳，振華遇害的地方。

敏莉把酒杯放回茶几上，這時芷琳才注意到，她戴上手套。

「連故事設定也幫妳想好了，妳死後大家都會很同情妳，我這個朋友對妳還算不錯吧？」

「咳……為什麼……咳咳……為什麼要這樣做？」

芷琳不敢相信，眼前這個人，就是她一直視為朋友的敏莉。

「怪只能怪振華，他把那枚戒指還給妳，令妳想起以前的事。」

振華……戒指……還有……草莓味冰淇淋……對了，我記起了。

「咳……咳……妳是想說，我已經很久不吃草莓味冰淇淋這件事？」芷琳強忍睡意，「因為……因為素素……她的惡作劇，令我每次吃草莓味的東西，都會有反胃的感覺！」

「人體的味覺，真的很奇妙！」敏莉笑著說。

「那次事件後，妳幾乎再沒有碰過草莓味的東西，但自從失憶開始，久違了的味覺，再不受那段尷尬的記憶所影響，妳本來就是喜好草莓味，味覺的本能把妳的喜好重新召喚出來，妳已經忘記了那種嘔心的反應，妳已經忘記了那段受辱的經歷，也正因為忘記了，所以，妳才能重拾吃草莓味的樂趣。」

　敏莉臉色突然變得認真，向軟攤在地上的芷琳說。

「本來已經忘記，何必再想起來，那枚戒指，害死妳了。」

芷琳開始記起以前的事，振華……我跟他很小時候就認識了，一起在大宅居住，還有素素，我們三人一起很開心，振華他，對我很好，素素也是，直至，她發現我喜歡振華，態度開始變了。我是……祝家的養女，小時候住在大宅東翼，養父是……祝萬川！他不單是我老爺，還是我養父！我為什麼會住進祝家大宅？我的親生父母是誰？養父沒有跟我說，他甚至沒有好好地介紹自己，他只對我說，妳可以跟振華及素素玩，但只能在家裡沒有其他人的情況下，所以，我在大宅內，只見過養父、振華和素素三人。

　後來，養父把我搬離大宅，具體原因不明，總之，跟振華及素素分開了，可是，養父間中也會叫我回去，他說，我在他們身邊，他們讀書成績會突飛猛進，我一直以為這是養父暗示，叫我多陪他們溫習，好好扮演輔導的角色，我也一直恪守本分，沒有非分之想，直至，振華向我告白那一晚。

他把我拋棄的戒指找回來，幫我重新戴上，還說，一直很喜歡我，想跟我在一起，聽見他這麼說，我知道我已經逃不了。

我喜歡振華，從小到大，我對他已經有份特別的感覺，我愛振華，可能比他愛我的時間還要早，我暗中偷望他，默默支持他，希望他生活過得好，我不敢問他愛不愛我，因為我怕會受到傷害，如今，他主動向我告白，我……我知道我已經不能再隱藏下去。

那枚戒指，那枚曾經因為嫉妒而拋棄的戒指，因為振華的鍥而不舍，輾轉又回到我手上，我知道我這一世也忘不了這枚戒指，封鎖記憶的大門，也因這枚戒指而重新開啟。

「怎麼樣？記起什麼了嗎？」敏莉繼續笑笑地說。

塵封已久的記憶，一下子全湧出來，芷琳閉起雙眼，安眠藥的效力令她昏昏欲睡，但她知道這一刻不能睡，她要努力回想更重要的事情。

我……汪芷琳……那一晚，千禧年派對那晚，想跟素素坦白，我希望她是第一個知道我跟振華交往的人，我很重視跟她的友誼，我很渴望跟她成為好朋友，素素對我的重要性，不亞於振華，所以我很想親自跟她說清楚。

然而，素素的反應比我想像中激動，當我告訴她之後，她一直往後退，退至窗邊，我怕她不小心跌下去，但我更怕她因想不開而跳下去，我想把她拉住，然而當我舉高雙手時，她卻好像被什麼東西扯下去！

芷琳猛然睜開雙眼，那個可怕情景把睡意驅散了，雖然她看不見是什麼東西，但她肯定，那東西就像一隻隱形的怪物，纏著素素，把她扯下去！

她望住敏莉，敏莉笑了，笑聲很響亮。

「所以說，妳最後還是想起來了。」她搖搖頭，坐在沙發上，翹起雙腿。

芷琳嘗試坐直身子，但四肢無力的她，只能勉強擺出半躺姿勢。

「妳到底是誰？我以前……見過妳嗎？」

芷琳已經記起很多過去的事，但對於眼前的敏莉，好像有點印象，卻又說不上在哪裡見過，是那種見過但不相熟的人嗎？但聽她的口氣，好像跟自己很熟……還有振華及素素，她對我們三人可謂非常了解。

「我啊，跟妳可算是同病相憐。」敏莉說，「我們都是被捨棄者。」

被捨棄者？芷琳完全不明白她在說什麼。

「或者，我簡單一點說吧。」

敏莉仍然保持笑容，但芷琳愈來愈覺得，她的笑容很討厭。

「很久以前，有位老人家，他為了打破自己家族的詛咒，於是想出一個很瘋狂的計畫。」

「他把三個別人家的孩子領養，希望這三個孩子，能夠代替自己的一對子女，為破除詛咒而去送死。」

「老人家的想法是，先把詛咒的血液傳給三個孩子，然後傳承其中一個，再透過控制某樣法器，把那個孩子及法器一併消滅，這樣，所有詛咒都會隨之消失。」

「很複雜的操作，對嗎？我也這麼認為，可是，這位老人家卻一直深信不疑，堅定地等待時機，希望有朝一日，他的女兒能夠成功把法器六面還原，然後，將傳承人殺死。」

老人家？女兒？法器？六面還原？該不會是……

「妳猜得沒錯，那位老人家，正是祝萬川，女兒當然是祝素素，至於法器，就是那枚六面貼滿人像的金屬方塊，或者應該稱呼它做……小明。」

那個東西……素素經常拿在手裡的東西……就是小明？

芷琳試圖爬起身。

「妳意思是，老爺為了拯救振華及素素，所以……要殺死三個無辜的人？」

「哼！虧妳還叫他做老爺！」敏莉擺出一副厭惡表情，繼續說，「本來，殺死一個就夠了，但祝萬川性格一向多疑，他覺得，若要騙過命運，找一男一女來代替一對子女，這樣做會比較周全，於是，他首先找來一男一女來做捨棄者，那個男的，叫姜天佑，女的，叫汪芷琳。」

「我……跟姜天佑……都是捨棄者？」芷琳問，「那麼妳是……」

敏莉突然站起來，收斂笑容，滿臉恨意地盯住芷琳。

「知道我為什麼會成為第三個捨棄者？」敏莉雙眼充滿怒火，「全因為妳！振華及素素喜歡妳，祝萬川漸漸有點不捨得妳，於是再找另一個女的，就是我，他找我來代替妳！妳說，我是否有千萬個理由去恨妳！」

敏莉……是這樣嗎……

「我恨妳，我恨祝萬川，因為你們這些瘋子，我幾歲大便住在祝家，隨時會不明不白死去，但我不笨，至少沒有妳跟姜天佑一樣呆頭呆腦，我很快就弄清楚自己身處一個什麼樣的環境，很快就查出祝家所有祕密，而且，很快就知道如何反咬祝家一口。」

「收手吧……不要再錯下去……敏莉……」

「妳搞錯了，我不是叫敏莉。」敏莉冷冷地回答，她的眼神令人心寒，「為了逃避祝萬川的追尋，我換了很多名字，何敏莉只是其中一個。」

「我原本的名字，叫祝天憫。」

我不是祝家兒子。

從一出世開始，我就不是祝家兒子。

怪不得父親及母親每次看著我時，總會報以一個奇怪目光，我現在終於明白，那個奇怪目光，其實是在對我說：「以後，就拜託你了。」

父親早知會血脈盡斷，寧願將家業傳給一個外人，一個養子，這樣的胸襟在那個年代殊不多見，這也是伊藤所說，這個古老詛咒最致命的破綻，因為它沒有考慮到，人類的思想，會隨著時代不斷進步。

不過，對我這位七十歲老頭而言，這件事已經不再重要，紹蘭早我一步離去，素素因我而死，剩下的振華，恐怕，也劫數難逃。

但我不能就此認輸，我祝萬川絕不會就此倒下來，在我生命結束前最後的日子裡，我一定要為家裡的人，燃燒我最後餘光，扭轉局面。

首先，我將家業傳給恩澤。他生意手腕靈活，家族觀念也強，有他在，我不擔心會分家，而最重要的，他不是詛咒血脈的人，振華本來也很能幹，但身負詛咒，我怕他會英年早逝，家業不可兒戲，我只能選擇恩澤。

第二件事，我要救回「她」。這是紹蘭臨終前的遺願，也是我對「她」的補償，我來到病床前，把法器放在「她」床邊，對小明說，假如你仍然認我是主人，就保佑「她」早日清醒過來，假如你不能令「她」清醒過來，就回來取我這條老命。

第三件事，我要把害死素素的凶手殺死。那個凶手，叫祝天憫。

收養他們三人時，為了欺騙小明緣故，我要他們三人，除了同樣流著詛咒的血液外，連姓氏也要改姓祝，只有這樣才像是我的孩子，才能騙過小明。

三個人中，以天憫最為深藏不露，我可以放過其餘兩人，但對她，我太仁慈了，應該一早察覺出來，她想報仇，但我更懷疑她在打小明主意，我太大意了，看她那副冷冰冰的表情，望著你時背脊也感到那股寒意，她一早計畫好對付我們祝家！

我肯定，素素是被她殺死的，但不是親手殺，我不知道她如何做到，但似乎她可以隨心所欲地控制小明，素素死後不久，她便失去聯絡，脫離我的監視範圍，我遍尋不獲，這令我更肯定她是得到小明的庇護。

為什麼會這樣？小明的力量可以跟人分享嗎？她也是小明的主人嗎？倘若繼續找不到她，我如何能替素素報仇？

時間一年一年過去，寫下這本日記時，我已經八十多歲，恐怕不能再撐過幾年，但天憫仍然是我的心腹大患，這十多年來，她是故意躲起來不被我發現，她是要等我躺進棺木後，以勝利者姿態重新來到祝家，用小明的力量把祝家摧毀，這就是她的如意算盤，她想用時間熬死我！

看來我有生之年也不會找到她，但我肯定，我死後她一定會再出現，她會換掉姓名，以另一個人的姿態，出現在祝家成員面前，甚至乎，她會跟其中一位祝家成員搭上關係，可能是朋友，也可能是夫婦，然後若無其事地，重回祝家大宅，嘲笑我這個老頭。

我不會任由她傷害我的子孫，在我臨死之前，我要做最後一件事。

祝萬川的日記　二〇一〇年代

老人：「她還沒醒過來？」
男人：「……」
老人：「芷琳她，雖然不是祝家的人，但卻為祝家付出了很多。」
男人：「……」
老人：「放心，她會慢慢好轉的。」
男人：「你這樣說是想自己好過一點吧？不是因為你，芷琳她怎會獨自返回大宅？怎會被人從後襲擊？不要再裝模作樣了。」
老人：「我沒在裝什麼，也沒打算推卸責任，我只顧送你往機場，忽略了她，讓人有機可乘，她的昏迷，我也很心痛，但請相信父親，她一定會醒過來，一定會平安無事。」
男人：「你憑什麼這樣說？」
老人：「就憑我是祝萬川。」
男人：「父親，告訴我，素素生前最愛玩的魔方，為什麼會在芷琳手上？她後腦穿了個洞，倒在地上昏迷不醒，但雙手卻仍死抓魔方不放，那東西到底有多重要？」
老人：「芷琳她，是全心全意守護素素生前最愛的東西，她實在太忠於我們祝家了，也幸虧有她，東西沒有落入壞人手裡。」
男人：「父親！為什麼到現在你還不肯說出真相，到底你隱瞞了多少祕密？」
老人：「有些事，等父親來處理……」
男人：「父親！祝家是否有什麼不可告人的祕密？」
老人：「……你現在要做的事，就是好好照顧芷琳……」
男人：「我一定會繼續查下去，為了素素，為了芷琳，我一定要找到凶手！」

老人：「……等芷琳醒過來，我打算安排你們兩人的婚事。」

男人：「父親……你說什麼？」

老人：「這幾個月來，你母親及素素的離世，我已經很傷心，不想再看見更多的悲劇，你不是很喜歡芷琳嗎？我知道她也很喜歡你，只要她醒過來，我馬上幫你們籌備婚事，我們祝家，欠她太多了。」

男人：「……」

老人：「你看看你，手上還拿著送她的那枚廉價戒指，是從她手指上脫下來嗎？下次結婚時，一定要送更名貴的，要不然太失禮了。」

男人：「……」

老人：「怎麼樣？不滿意我這個安排嗎？」

男人：「我想……如果她醒來後，忘記了以前的事，就讓她永遠忘記吧。」

老人：「你……為什麼這樣說？」

男人：「醫生不是說過，她即使醒來，也有一半機會忘記以前的事嗎？我在想，假如她真的把我……把祝家忘記了，對她而言，或者是一件好事，就讓她做回自己，或者，比起留在我們祝家，會更幸福。」

老人：「你捨得嗎？」

男人：「……」

老人：「既然不捨得，為何要這樣做？」

男人：「我擔心的，是芷琳她永遠也醒不過來，我昨晚對天發誓，只要她能夠醒來，我願意用我的一切來交換，包括我的幸福，和我的生命。」

老人：「我不准你這樣說！」
男人：「只要她能夠醒過來，就算要我永遠不再見她，我也不會有怨言。」
老人：「她，會醒過來的，相信父親。」

祝萬川的回憶片段　悲愴的誓言

四十四

怪物向秀妍衝過去，但速度不快，秀妍本能地閃開，但閃的方向不對，她應該向門口方向躲避，順便逃出房間，但她慌忙間向梳妝台方向閃躲，距離門口更遠了，不妙的是，怪物就站在她與門口之間。

素素死後的執念，不知道什麼原因，竟然跟小明結合了！變成眼前這隻倒立的怪物，上半身是執念甚深的素素，下半身卻是一隻擁有利爪的……噁心怪物，這隻怪物……不……素素，它是素素！秀妍相信素素的意識還在，只是突然被外來的訊號干擾，而這個訊號，就是素素所說，那個想控制小明的「她」！

按此推斷，那個「她」應該就在附近，是誰？是昕涵？不對，昕涵跟自己一起來，但素素是和自己交談了很長時間後，才說「她來了」，所以那個人應該剛剛來到，換句話說……

現時大宅內除了自己跟昕涵，還有另一個人。

素素她本來好好的，變成怪物好像不是自願，就像有什麼東西束縛著她非變不可，小明……若果眼前這個東西就是小明的話，那個「她」應該是想控制小明，替「她」做一些事情。

怪物再一次衝過來，今次速度快了不少，秀妍跳起踩在梳妝台上，避過怪物攻擊，這時候，她發現一直放在梳妝台上那枚人臉魔方。

秀妍靈機一觸，一手拿起魔方，同時間向前跑到近窗口位置，然後轉身面向怪物。

「素素，妳不是很愛玩這個嗎？」秀妍舉起魔方，「來，我拋過來看妳能否接住？」

秀妍目的是想引怪物離開門口，好讓她逃出去，她向距離門口最遠的位置，把魔方拋過去。

接下來發生的事，秀妍簡直看呆了，只見怪物神速地側身跳起，用一隻爪子把魔方接住，當它的身軀幾乎碰到牆壁時，突然用另一隻爪子按住牆壁，整個身體馬上憑空停在空氣中，靜止不動，然後爪子拍了一下牆壁，整隻怪物剛剛好跳回房間的正中央位置，擋住秀妍逃走的路線。

這隻倒立的怪物，雙腳現在應該是素素一雙纖幼的手臂吧？為什麼會跑得那麼靈活？它那雙黑色的爪子，好像有黏液似的，可以貼在牆上一動不動，彈跳力也驚人，這傢伙到底什麼來頭？

怪物站在房間正中央，爪子拿著那枚魔方，卻突然變得乖順起來，它沒有再向秀妍衝過去，反而不停上下打量著魔方，秀妍好奇它到底想做什麼？

只見怪物向前拋出魔方，魔方滾了兩下，停下來，怪物忽然只用一隻腳……即使被白色睡裙遮蓋，也看得出它縮起一隻腳……不對，是一隻手，向前跳了兩下，然後彎身用爪子把魔方拿起，轉身，往回跳了兩下。

之後它再把魔方向前拋出，今次拋得遠一點，同樣用一隻腳，向前跳了三下，最後一下雙腳落地，然後，再次彎身用爪子把魔方拿起，轉身往回跳，每次跳的時候，都發出沉重的腳步聲。

這腳步聲！就是在走廊上聽見的腳步聲！

秀妍驚訝地看著這個詭異情景，這隻怪物……不會是在玩跳飛機吧？用魔方代替石子，時而單腳跳時而雙腳跳，秀妍萬萬想不到，在它噁心的外表下，原來是那麼……童真？

正當秀妍被眼前這幅畫面嚇傻時，門口突然傳來急跑聲，接著她聽見昕涵的叫聲。

「秀妍，妳沒事……」

雖然昕涵已經很快用手掩口，但怪物聽到門口傳來人聲，明顯鼓譟起來，它先是看了門口一眼，然後高高躍起，用兩隻爪子抓著天花板，開始在上面爬行。

秀妍看到全身毛髮直豎，雞皮疙瘩，這簡直就是恐怖片的情景！只見怪物沿天花板向窗口方向爬過去，然後突然縱身跳出窗外，在大宅外牆繼續爬行。

「秀妍，妳沒事吧？」昕涵驚魂甫定，走過去問秀妍。

秀妍心想今次慘了，被昕涵看見不應該看見的東西，或者將來再向她解釋吧，目前有更重要的事要做……

秀妍走過去怪物剛才跳飛機的位置，拾起留在地上的人臉魔方，指著那個不知名女子的相片。

「昕涵，妳認不認得，這個女人是誰？」

昕涵緊張地接過魔方，從頭到尾把六張人臉看了一遍，然後像仇人一樣，盯住那個女人。

「即使樣貌比現在年輕很多，我一眼就認得出來，她就是勾引爹哋的狐狸精！」

四十五

「妳知道被困在大宅裡，那份等死的感覺，是多麼的難受嗎？」

敏莉憤怒的眼神盯住芷琳。

「妳好命，本來是捨棄者，居然博得他們同情，還成為人家的媳婦！就因為妳，我才會出現在這裡，才會成為妳的替身，我們三個人中，我將會是第一個被捨棄的人，只要，祝素素她能夠將方塊還原。」

敏莉這時開始笑起來，芷琳強行撐起身體，對她說。

「敏莉，對不起，我不知道……」

「住口，我還未說完！」敏莉向芷琳咆哮，「當我知道那枚金屬方塊，可以用來控制小明後，幾次把它偷來放在手掌上，我感應到小明他很喜歡我，很想我做他的新主人！」

「我開始扭動金屬方塊，嘗試把它還原，我也不知道是如何做到的，或者，求生的本能刺激起我的感官能力，我不停地扭，終於有一天，我成功把方塊還原。」

「祝萬川千算萬算，也算不到我這個捨棄者，會比他女兒快一步把方塊還原，由那一天開始，我知道，復仇的時間到了。」

「我或者不能直接對付祝萬川，但我可以利用小明，反過來對付他身邊的人，令他親眼見到自己想救的人死去，這樣更有意思，更好玩，對不對？哈哈哈哈……」

芷琳覺得敏莉開始有點歇斯底里，她說得愈來愈激動。

「知道我第一次成功把方塊還原後，心裡想要什麼？我要小明永遠追隨我，保護我，聽我差遣。」

敏莉在芷琳前面蹲下來，在她耳邊輕聲地說。

「然後，我吩咐小明幫我幹掉素素，在窗口扯了她下去。」

芷琳大吃一驚。

「敏莉！妳瘋了嗎？為什麼要這樣做？」

「因為，素素對我是最大威脅。」敏莉冷冷地說，「假如有一天她成功把方塊還原，我不知道小明還會不會服從我。」

敏莉站起身，走近茶几，再倒一杯紅酒。

「妳知道嗎，芷琳？」她拿起那杯紅酒，「妳的失憶是我做成的，是我從後把妳後腦打穿一個洞！」

芷琳突然覺得後腦隱隱作痛，十七歲那年……記起了！

素素死後幾天，那時候……振華回來了……他很悲憤……他要查出誰殺死素素……我很同情他……我愛他……所以決定幫他。

我們一起尋找那枚人臉魔方，想把它扭回原型，因為我們相信，那六張人臉相片，是素素故意留下的線索，我們想知道那六張人臉是誰！

可是，那一晚，當我們找到那枚魔方時，卻被老爺發現了，振華不小心把魔方掉在他腳下，他勃然大怒，把我趕出大宅，親自押送振華往機場，打算當晚就逼他回英國去，我知道那時候，只有我能幫到振華。

被趕走後不到半小時，我再次偷偷潛回大宅，老爺一向以為我膽小怯懦，絕對料不到我夠膽回頭再去偷魔方，我到了老爺書房，找到那枚魔方，就在這個時候，後腦被人打了一下，然後就失去知覺。

「妳啊，真命大，這麼一下重擊也死不去，躺在醫院昏迷大半年，還可以醒過來。」

敏莉拿著酒杯，再次蹲在芷琳面前。

「若果不是妳當晚死抓著魔方不放，我一早已經把它帶走，正正式式成為小明的主人！就因為妳，累我成為第三個捨棄者，就因為妳，累我離開祝萬川之前，仍不能完全控制小明，妳說，妳該不該死！」

敏莉再次強灌芷琳喝下滲入安眠藥的紅酒，今次芷琳已經無力把敏莉推開，幾乎整杯喝光。

「乖，這樣，妳很快就可以見妳親愛的老公了。」

芷琳咳了兩聲，用她自己也不敢相信的怨恨眼神，死盯著敏莉。

「振華是妳殺的……妳就是那個幕後主謀……妳先指使姜天佑把他殺了，然後，向姓姜的暗示往街外方向逃跑，跟著安排那輛小貨車，把他也殺了滅口……」

敏莉搖搖頭。

「只說對一半，振華知道得太多，他必須死，可是，天佑的死不關我事，我也不知道那輛小貨車從哪裡冒出來？」

芷琳沒有理她，自顧自繼續說。

「姜天佑……之所以認不出真的素素……是因為……他很早就認識妳……而妳……一開始就騙他……妳就是祝素素。」

敏莉嗤笑一聲。

「想不到妳吃了那麼多安眠藥，頭腦居然比正常的時候還靈活。」敏莉笑笑地說。

對！芷琳心想，我現在的頭腦很靈活，亦很清醒，我還知道，我正身處大宅地下客廳。

我也知道，昕涵跟秀妍正在二樓某處。

看來敏莉並不知道她們在這裡，否則一定不會把我帶過來故布疑陣。

如果我拼盡全力，弄出很大的聲響，或者可以引起昕涵及秀妍的注意，令她們過來客廳看看發生什麼事。

敏莉只是一個女人，若果昕涵及秀妍聯手，應該還可以應付，我本來不想她們冒險，但現在的處境，這是唯一的方法。

不過要首先引開敏莉的注意。

「敏莉，妳對三哥的感情，是真的嗎？」

敏莉可能也料不到芷琳會這樣問，她呆了片刻，然後回復鎮靜。

「康蔭，是我復仇計畫的一部分，我要他跟兄姊反目成仇，祝萬川最重視家族團結，我偏要他的子女狗咬狗骨。」

「敏莉，這又何苦？妳本來已經離開祝家……隱姓埋名，過著新生活……為什麼還要回來……做這些無意義的事？」

「無意義？我覺得很有意義。」敏莉顯得非常憤慨，「一個小女孩，被逼離開自己的父母，寄人籬下，隨時隨地會死去，為的只是一個老頭子的個人慾望，難道妳認為，我應該原諒他嗎？只有復仇，才是我的生存價值。」

芷琳悄悄移近茶几位置，她的目標是那瓶紅酒。

「敏莉，為什麼妳……會知道這麼多祝家祕密？以妳當時的年紀……不可能知道這麼多？」

這時敏莉眼神突然變得溫和，變得傷感，之前的殺氣完全消失。

「是她告訴我的。」敏莉別過臉去，沒有正視芷琳，「紹蘭媽媽，我是這樣稱呼她的，她是這個家待我最好的一個。」

敏莉說話時開始哽咽，她……在哭嗎？

「紹蘭媽媽她，知道我會成為第一個被捨棄的人，但又不敢反抗祝萬川，所以告訴我，希望我自己能想辦法。」

敏莉邊說邊啜泣，她真的在哭。

「祝素素死後，我聽見她進了醫院，當時我心情很難受，過幾日便傳來她過身的消息，我……我……很過意不去……」

是機會了！芷琳拼盡全身之力，衝過去茶几，舉起紅酒瓶，打算向門口方向拋過去，可是，當她一舉起手，就被敏莉捉住。

「太慢了，看妳衝過來時左搖右擺，妳以為妳還有力氣把酒瓶摔破嗎？」

芷琳想掙扎，被敏莉狠狠抓住頭髮，但這時候門卻突然打開。

「停手！」昕涵衝入大廳，跟敏莉對峙，秀妍跟在後面。

「不要過來！」敏莉以芷琳做人質，擋在自己前面。

她們終於來了，是聽到客廳傳來爭吵聲嗎？

「放開芷琳姐！」昕涵瞪大雙眼。

「想我放開她，可以。」敏莉對昕涵說，「把妳手上那個東西，交給我。」

芷琳往昕涵雙手望過去，她正拿著那枚人臉魔方。

四十六

雨點啪啦啪啦打在車頭擋風玻璃，文軒基本上看不清楚前方的路，但他依然踩著油門高速前進，因為他一定要在最短時間內，趕去大宅。

事前跟秀妍約定好，到達大宅半小時後，無論是否見到素素，一定要給自己撥個電話，可是已經過了一小時，她仍然沒有來電，自己打過去又打不通，那邊似乎出了一些意想不到的狀況。

坦白說，秀妍外表雖然弱質纖纖，但個性其實頗機靈大膽，一般突發事件應該難不倒她，更何況她對這些死人執念已經看慣看熟，正常來說，她一個人也可以應付得來。

只是，文軒擔心的，不是鬼，是人。

「家彥，假如這個祝家守護神真的存在，你認為，有多少人會想得到他？」

「那可大件事了，」家彥搖搖頭，「假如這東西的能力，真的如姜天佑所言，可以替你掃除一切障礙，除了三巨頭，我相信很多非祝家的人，也會想得到手。」

「換言之，」文軒冷靜分析，「如果有人得悉祝家有這樣一個守護神，他可能會認為，既然可以守護祝家，為什麼不能守護自己？難道只有祝家才配有一個守護神嗎？」

「徐先生的意思是，」家彥很快就猜到文軒在暗示什麼，「有人想將小明據為己有？」

「振華他不是說過，有兩個人一直陰謀陷害祝家嗎？」文軒繼續說，「其中一個是姜天佑，我們之前也分析過，他童年時肯定來過祝家，並且認識你外公，他知道小明是什麼，但並不是你外公告訴他的，假如有另一個人跟他是同謀，那麼按常理推測……」

「另一個人，一定也來過祝家，認識外公，知道姜天佑不知道的事情，並對他說出小明的事！」
家彥聰敏地回應，「那個人，跟姓姜的一樣，因為某個原因，曾經在大宅待過一段時間。」
「對！所以一切事件的開端，還是祝老先生。」
文軒把車子停在一旁，家彥望出窗外，大宅在大雨滂沱的晚上，顯得份外淒涼孤獨。
「到了！我們趕快進去。」

四十七

「這個東西，不能給妳。」昕涵緊緊握著手上的魔方。

秀妍站在她身後，望住前面這個女人，就是她！回憶中那位冷冰冰的少女，雖然年紀大了，臉頰比以前豐滿了，化妝也濃了點，但是眼神一點也沒變。

芷琳看起來全身軟弱無力，好像快要倒下來似的，她發生什麼事了？秀妍想跑過去扶著她，但被敏莉喝止。

「站住！」敏莉先喝止秀妍，然後對昕涵說，「妳現在不給我也沒所謂，反正等會兒也是屬於我的。」

「妳，接近爹哋，接近祝家，」昕涵眼神堅定地說，「目的就是想報仇？」

「若果妳知道，當年妳爺爺如何對待我們，妳也一樣會這樣做。」

「不會，我不會這樣做，芷琳姐也不會。」昕涵搖搖頭，「姜天佑……我不敢說，但不是所有人跟妳一樣，有這種歪曲的價值觀。」

「算了吧，我跟妳本來就談不攏。」敏莉嘴角上翹，冷冷地笑，「只是想不到上次叫天佑挾持妳，妳不但不懂學乖，現在還敢用這種態度對我，沒法子，我唯有這麼做了，別怪我！」

敏莉說完，轉頭面向秀妍。

「小妹妹，對不起，但妳知道得太多了，我也沒辦法。」

芷琳這時伸手抓著敏莉肩膊，辛苦地吐出一句。

「放過她們……敏莉……是我的錯……妳對付我一個就夠了……不要為難她們……」

芷琳姐真的很不妥，連說句話都軟弱無力，是被下毒了嗎？秀妍看看茶几上的紅酒瓶及酒杯，她有可能被哄騙喝下毒酒，這個女人一心想置她於死地，如今，還包括我和昕涵。

她……來了……想控制小明……小明要趕快躲起來。

素素所指的她，一定是這個女人，何敏莉，她處心積慮地要得到魔方，因為只有這樣，才能完完全全控制小明，素素她已被小明侵蝕半個身體，所以控制小明，也等於控制素素，素素不想受到控制，所以才叫小明要趕快躲起來。

雖然秀妍仍不明白，為什麼素素死後的執念，會跟小明混為一體，但目前不是想這個的時候，當務之急，先要救芷琳姐。

「這位……何姐姐？還是稱呼妳做……殺人姐姐？」秀妍知道對付敏莉，絕不能畏懼退縮，「妳說妳的目的是為了報仇，我看不是這樣吧？」

敏莉、昕涵、芷琳三人對秀妍突然開腔感到相當詫異，因為這裡四個人中，她絕對是局外人，應該是最不了解事件真相的一個。

可是，她們全都不知道，秀妍「看見」的東西，比她們三個加起來還要多。

「要報仇，可以有其他方法，但處心積慮，費盡心思，即使過了十八年，也要回來奪取魔方，目的就不是報仇這麼簡單。」

「我沒猜錯的話，妳真正想要的，是小明的力量，妳想取代祝家，成為小明的新主人！」

敏莉哈哈大笑起來。

「小妹妹，原來妳是他們請來調查我的偵探，不錯，調查得還相當仔細。」

敏莉把芷琳推開，芷琳軟弱無力地跌坐在沙發上。

「小妹妹，我回答妳，是，又如何？」敏莉雙手按著額頭兩側，「小明能夠幫我達成一切心願，幫我掃除一切障礙，這是任何人也想得到的寶物，我要成為小明的新主人，這又有何不可？」

「妳搞錯了！」昕涵突然插嘴，「妳對小明的了解，只知其一，不知其二，小明他……」

「會反噬，對嗎？」敏莉自信地說，「小明只會對付有負於他的人，我這十八年來一直被他守護，我視他如親人一樣，他也幫我解決了不少問題，從未出過意外，妳以為，他會反過來對付主人嗎？」

「妳，從來都不是小明主人。」昕涵把魔方放在手掌上，輕輕抬高，「妳已經身陷險境，妳知道嗎？」

奇怪！昕涵在說什麼？她是想唬嚇敏莉嗎？

「不要唬嚇我，小妹子，我不吃這套的。」

敏莉雙手繼續按著額頭兩側，她這個動作……想做什麼？

室內氣流突然變得不尋常，好像有什麼東西在移動，一股壓迫感由天花板往下滲透出來，秀妍不用抬頭，也知道天花板上是什麼東西。

她的感覺，跟剛才在二樓素素房間時一樣。

那隻怪物，就在天花板上爬行！若說敏莉剛才的動作代表什麼，秀妍肯定，就是召喚小明，把心中的障礙物清除掉！

怪物在天花板上徘徊，像在選擇它的獵物，到底會是昕涵、芷琳、還是我？

秀妍戴著手套的雙手，開始嘗試感應怪物在哪個位置，怪物有半個是素素，她應該可以感應到素素那份執念。

一個圈……二個圈……三個圈……它不停轉圈，眼睛盯住某個目標，然後……

是我！怪物從我的頭頂直撲過來，秀妍馬上跳起側身避過，怪物落地時四肢著地，之後慢慢呈倒立姿態站起來，上半身繼續被白色睡裙覆蓋，露出來的，仍然是光滑的肚子，與及那雙黑色的爪。

昕涵被突然從天花板跌下來的怪物，嚇得尖叫一聲，怪物回頭望了她一眼，然後視線停留在軟攤沙發上的芷琳。

危險！芷琳姐！

秀妍趕快跑過去想拉起芷琳，但她力氣不夠，抱不動已經半昏迷的芷琳，正當她回頭想確認怪物的位置時，怪物的爪子已經伸到芷琳的頭上。

它想把芷琳姐的頭扯下來？不可以！

秀妍雙手本能地向前伸，想把怪物的爪子推開，就在那一剎那，就在怪物把芷琳的頭顱扯下來的百分之一秒時間，怪物被一股巨大的力量彈開，整個身軀反彈至對面牆壁上。

秀妍望住自己剛剛伸出去的一雙手，一雙戴上手套的手。

我……剛才做了什麼？

四十八

怪物似乎並未因剛才的衝擊而停下來，它爬上天花板，繼續俯視著秀妍及芷琳，秀妍用盡力氣把芷琳扶起，突然發覺她輕了不少。

「我來幫妳。」

原來是昕涵扶著芷琳另一邊手臂，兩人合力把她抬起，往門口方向走去。

「很好……很好……」敏莉近乎瘋狂地笑起來，「看來小明正在幫我清除障礙物了。」

怪物跳下來，再次向秀妍衝過去，秀妍把芷琳的手勾著自己頸項，伸出雙手，試圖重施故技，但怪物跑到接近秀妍時，突然跳起跨過她們三人，在昕涵旁邊降落，然後……

對準芷琳伸出爪子……

＊＊＊

當昕涵跑過來幫忙扶起芷琳時，她只看見那隻怪物黏在天花板上，一動不動，它是準備偷襲我們嗎？

「芷琳姐，芷琳姐，妳醒醒啊！」

芷琳姐完全不省人事，是被打針了嗎？不對，是枱面上的紅酒，安眠藥？一定是！狐狸精想製造自殺的假象！

要馬上把芷琳姐送去醫院，昕涵跟秀妍合力把她抬至門口，但就在這時，怪物突然從天而降，全速朝秀妍方向跑過去，秀妍用頸項借力撐住芷琳，雙手伸向怪物。

對了！剛才她好像也是做這個姿勢，怪物馬上被彈飛！是我眼花嗎？是真的嗎？秀妍她，到底是什麼人？

然而，怪物今次學精了，在秀妍舉起雙手前，馬上跳起跨過她們，降落在昕涵旁邊，然後……對準芷琳伸出爪子！

奇怪！怪物為什麼不攻擊我？明明我比芷琳姐更接近它，難道是因為，狐狸精要先殺她嗎？

沒有時間去想了，現在唯一能救芷琳姐的方法，就是用我的身軀去擋……

昕涵踏前一步，用身軀擋在芷琳前面，她聽到秀妍大叫自己的名字……

不對，除了秀妍，還聽到另一把聲音……

「素素……」

是小叔叔的聲音！

爪子在眼前十公分停下來，昕涵朝聲音方向望過去。

站在怪物身後的，是祝振華！

＊＊＊

今次慘了！不單止素素，連振華也被具現化！

秀妍看看四周，這裡，是振華去世的地方，他在這裡出現不算意外，但是，自己今晚來到大宅時，明明感受不到振華留在這裡的執念，為什麼這時候他卻突然出現？

秀妍握著芷琳的手，想把已經跪坐在地上的她，重新扶起來，這時她看見芷琳手上那枚戒指。那枚振華送她的廉價戒指。

秀妍總算明白，為什麼在大宅內未有發現振華的執念，因為他的執念，殘留在這枚戒指裡面，而這枚戒指，剛才正好被秀妍的手握住。

振華他，一直留在芷琳身邊，他不要被困在這棟空無一人的大宅裡，他要的，是守護在自己最愛的人身邊。

「素素……」

振華向怪物說，聲音冰冷空虛，但怪物好像有所動搖。

這是他們兩兄妹，十八年來第一次碰面。

怪物身子抽搐了一下，向振華走近一步。

「素素……不要……傷害芷琳……」

怪物再抽搐了一下，然後突然高高躍起，跟上次一樣一百八十度翻轉，但今次是兩隻爪子落地，白色睡裙徐徐飄下，遮蓋了醜陋的肚子。

美麗的素素再一次出現，但眼神已經不再空洞落寞，她現時的眼神，充滿祈盼，充滿思念。

「哥……哥……」

她走過去，緊緊地抱著振華，振華也把她摟得緊緊的，這也是秀妍頭一次，看見兩個死人的執念互相擁抱。

「你們……你們是誰？」敏莉瘋瘋癲癲地指住他們兩個，「振華明明死了，從哪裡跑出來？還有……素素？妳真是素素嗎？發生什麼事……是小明的力量把你們召喚出來嗎？哈哈哈……」

她突然跑到昕涵前面，趁昕涵也看得目瞪口呆時，把魔方搶過來。

「不管是人是鬼，擋我路者，通通收拾掉。」

敏莉馬上瘋狂扭動方塊。

「不！」昕涵衝過去，試圖搶回方塊。

素素身子再次抽搐，是因為敏莉扭動方塊嗎？這樣下去她可能又要變回那隻怪物，秀妍心想，我該如何做？

振華眼神由溫和變為憤怒，秀妍從未見過在生時的振華，露出這麼憤恨的表情，他轉身好像想對付敏莉，但素素拉著他的手，搖搖頭。

素素轉頭看住我，露出一絲希望的微笑，然後，用手指了指自己的肚皮，再用手指了指……我的一雙手。

＊＊＊

魔方，不能落入她的手裡！

昕涵整個人撲向敏莉，用身體的重量壓住她，兩人雙雙倒地，但魔方仍然在敏莉手上，她用背擋住昕涵，雙手繼續瘋狂扭動，昕涵始終觸摸不到魔方。

「趕快還給我，」昕涵一邊糾纏一邊說，「不要再扭，妳會沒命的。」

「妳還想唬嚇我，小妹子，」敏莉雙手沒有停下來，「小明很快就會把你們從窗口拋出去！」

「他已經出現了，妳再扭也沒有用。」

「別騙我，小明是神，哪會這麼容易顯靈？」

「剛才那隻怪物，就是小明詛咒下衍生的東西，」昕涵的手指尖，終於碰到敏莉手上的魔方。

「小明不是神，他是詛咒，會把妳害死的詛咒。」
「什麼怪物？」敏莉用盡力氣，推開壓在她身上的昕涵，站起身來，「啊！我明白了，妳跟那個小妹妹，剛才在那邊慌慌張張地左閃右躲，就是因為怪物？」
昕涵呆了，她說什麼？難道……
她看不見那隻怪物？
「原來小明的形態，是一隻怪物？」敏莉退後兩步，靠近門口位置。
「嘿嘿……嘿嘿……哈哈哈哈哈，我明白了，我終於明白了！原來被害者臨死前是可以看見小明，不錯，我很喜歡這個設定，素素死時一定很驚訝，到底從哪裡跑出一隻怪物來，把自己扯下樓！令被害者臨死前也充滿恐懼，有意思！哈哈哈……」
她看不見那隻怪物……她看不見那隻怪物……這下糟糕了……
「快！快把魔方還我！」昕涵從地上站起身，對敏莉說，「遲些就來不及了。」
「妳用來用去也是這招，還有沒有新意？」
「妳搞錯了，事情不是妳所想的那樣。」昕涵踏前一步，「妳從來都不是小明的主人，這已經足夠造成反噬。」
「哈哈哈哈……真好笑，」敏莉自傲地舉起手上的魔方，「十八年……已經十八年了，若說小明不把我當作主人，我一早就沒命了，何需等到今日？」
「這是因為……」昕涵憂鬱的眼神，充滿無奈悲傷，「這十八年來，魔方不在妳身邊。」
昕涵再向前踏出一步。
「妳不應該回來的，妳不應該回來搶奪魔方，妳今次回來，不單得不到小明庇護，反而自取滅亡。」

客廳門突然打開，昕涵看見兩個男人焦急地闖進來，帶頭一個是表哥，後面一個是徐先生。

也就在這時候，站在門口旁的敏莉，乘兩人剛進來未有防備，馬上閃身從兩人間隙中逃出去，兩個男人冷不防突然有人從身後溜走，未有及時制止。

「小涵！發生什麼事。」家彥大叫。

沒有時間解釋了，昕涵一定要取回魔方，她回頭望望秀妍，發覺小叔叔及姑姐已經消失不見，只有芷琳還睡在秀妍膝蓋上。

「秀妍，好好照顧芷琳姐。」說完昕涵便跑出去。

「小涵！」

「追她吧，家彥。」文軒坐在秀妍旁邊，「我跟秀妍會照顧芷琳。」

＊＊＊

我的一雙手……

素素滿懷希望的眼神……

她想我幫她，把小明從她體內驅走？

秀妍不敢置信地搖搖頭，我哪有能力將她體內的東西驅走？素素是否搞錯了？我怎會……

等等！剛才我不是伸出雙手，就把怪物整個彈飛嗎？

素素她，是否剛才被我一擊，感覺到肚內那個東西有機會被推出來，所以想我再試一次？

但我，為什麼突然擁有這個能力？我以前根本沒有……

是姐姐！我記起了，這個能力，是屬於姐姐的！她以前用這個能力救過我！

姐姐……是妳把這個能力……留給我嗎？

素素的身子連續兩下抽搐，我再望望昕涵那邊，她跟敏莉滾在地上，似乎仍未拿到魔方。

不能再讓素素變成怪物！我只好試試！

「素素，我明白妳的意思，妳是想我用剛才的力量，把妳體內的這隻怪物推出來，對嗎？」

素素笑了一下。

「但……這個力量，我也是第一次用，我不知道自己能否控制得好，如果力量過猛，我怕會傷到妳……」

素素先望振華一眼，再回頭望秀妍，一邊笑一邊搖頭。

「不要緊，妳來吧。」秀妍心想，素素妳是這個意思嗎？

秀妍左手一直握著芷琳戴者戒指的手，因為她怕一放手，振華就會消失，但秀妍心想，他的執念既然來自那枚戒指，如果秀妍把戒指握在手裡，會否也有同樣效果？

秀妍把戒指除下，握在右手裡，她看看振華，沒有消失，站在原地對著她微笑。

她舉起左手，對準素素的肚子，細心回想剛才是如何使出那股力量……她剛才是一心想著把這個骯髒東西推開……好！我現在就要把這隻怪物，從素素體內推出去！看我的！

衝擊力令素素後退三步，然而怪物似乎沒有被逼出來，素素一臉失望地望著自己肚子，然後望向秀妍。

單手力量不夠嗎？秀妍把戒指戴在手指上，雙手舉起，再來一次，怪物！快離開素素身體！

今次素素整個被彈至牆壁，跪在地上，振華擔心地看著她，只見她緩緩地站起來，看看自己的肚子，然後再一次望向秀妍。

素素她，在哭麼？她雙眼流出來的是眼淚麼？死人的執念，也會因為失望而流淚嗎？

她的身子開始不停抽搐，幾次好像想跳起來作倒立狀，但她用雙手捧著腹部，彎下腰，蹲在地上，儘量把自己身體壓住。

素素她，正在反抗體內的變化！

秀妍再望向昕涵，她已經站起來跟敏莉對峙，但敏莉仍手握魔方，站在門口旁邊。

不能再拖了！秀妍決定冒險一博，對不起，姐夫！

秀妍脫下手套，把戒指戴在左手食指上，衝過去素素身邊，雙掌同時打在素素肚子上。

「你這怪物快給我出來！」

一切都在電光火石間發生，當秀妍雙掌打向素素時，她沒有如上兩次一樣被彈開，相反，秀妍見到一團黑色的影子，從她的肚子裡彈飛出來，沿著牆壁往上爬，到達天花板後開始四處散開，最後漸漸消失。

秀妍視線回到地面，素素不見了，振華也不見了，只有芷琳一個人半昏睡倒在地上，秀妍趕過去把她的頭抬高，用自己的膝蓋墊住。

這時門口突然進來兩個男人，是姐夫及家彥！秀妍正想提醒他們幫手捉住敏莉時，卻被她機警地逃出去。

「秀妍，好好照顧芷琳姐。」

昕涵拋下一句就追出去，文軒跑過來坐在秀妍身旁，並叫家彥緊追昕涵。

「秀妍，到底發生什麼事？」

「姐夫，快報警，芷琳姐快不行了！」秀妍焦急地說，「還有那個女人，她就是幕後主謀，不能讓她逃走！」

「她逃不了！」

秀妍身邊突然傳來一把女聲，聲音空洞但很悅耳，她回頭一望。

素素就跪坐在自己旁邊，幽幽地說。

「那個女人……死定了！」

＊＊＊

外面下著傾盆大雨，昕涵追著敏莉來到大宅後花園，兩人都已全身濕透。

敏莉本想發動停在前院的車子離開，但意外地車子沒有任何反應，這時昕涵趕到，她慌忙間逃入後花園，但那裡是死胡同。

「不要再跑了。」昕涵對敏莉說，「警察很快就會趕來，妳過去的身分將會被揭穿，妳逃不了。」

「那又如何？」敏莉笑說，「警方可以檢控我什麼罪名？殺人罪？我殺了誰？素素是跌死，天佑是被車撞死，而振華是天佑殺的，妳以為警方會相信小明的故事？哈哈哈……」

「警方會查出妳跟姜天佑的關係，」昕涵激動地說，「妳是主謀的身分，足夠妳坐一輩子牢！」

「哈哈哈……妳以為我是傻瓜嗎？」敏莉繼續笑，「我每次見天佑，時間地點都是由我決定，次次都是祕密進行，絕對不會留下環境證據，天佑他……很聽話，警方查不出什麼來。」

「芷琳姐……如果芷琳姐死了，妳就是殺人犯！」

「啊！對對對……如果她死了，或者，我會被控謀殺，但是……」敏莉露出一抹奸險笑容，「妳想芷琳死嗎？」

昕涵啞然。

「為了要將我繩之於法，難道妳就想芷琳死嗎？」敏莉說，「但如果她不死，我就不會犯謀殺罪，是否很矛盾？」

「殺人不遂也是嚴重罪行。」昕涵咬牙切齒，「芷琳姐不會有事，妳也不可能脫罪！」

「妳不要忘記，我手上這個是什麼？」

敏莉舉起魔方，魔方上的照片，因為大雨沖刷而開始脫落，露出光滑的金屬外殼。

這個就是它本來面目？

「小明他，會保佑我一切逢凶化吉，莫說殺人不遂，就算真的殺人，我也會安然無恙。」

昕涵踏前一步，伸出左手。

「為了妳，為了祝家，把小明還給我。」

敏莉裝作沒聽見，她把魔方扭了最後一下，然後向昕涵展示。

「妳不會看得出來，小妹子。」敏莉陰陰地笑，「只有我才有這個本事，將魔方六面還原，妳輸了！」

昕涵不為所動，她再向前踏出一步。

「妳，犯了一個很嚴重的錯誤。」昕涵眼神堅定地說，「六面還原，不代表是小明主人。」

昕涵停下來，沒有再向前走，雨點打在她的臉上，視線開始有點模糊，她垂下左手，幽幽地說。

「妳……看不見那隻怪物……才是重點。」

一陣強風在昕涵身邊刮起，草地上突然浮現出很多黑色的影子，一個、兩個、三個……太多了，昕涵自己也數不清到底有多少。

只見全部黑影圍住敏莉盤旋，不對，是纏住敏莉，好像螞蟻圍攻目標物一樣，敏莉雪白的肌膚瞬間染黑，美麗的臉蛋，白皙的手臂，性感的大腿，通通長出一塊一塊，黑黑的，像魚鱗一樣的東西，敏莉的身體，正被黑影吞噬。

「幹什麼？發生什麼事？這些是什麼東西？我的皮膚！好恐怖……咳……咳……我呼吸不來，咳……咳……救命……救命……小妹子……昕涵……救我……」

敏莉痛苦地跪在地上，魔方從她手上掉落，滾到昕涵前面。

然而，更壞的情況，才剛剛開始……

纏住敏莉的黑影，突然用力把她向下拉，拉得她一屁股坐在地上，但黑影並未停手，再一次用力把她拉下去，敏莉上半身率先被扯入泥土，除了頭部，全部被埋在泥土之下，下半身屁股被淹沒，僅剩一雙長腿露出在泥地外。

這個姿勢……倒立姿勢……姑姐是被強行倒轉身體，從二樓跌落這個後花園死去。

昕涵回頭望望二樓姑姐房間窗戶，再望望眼前深陷泥土中的敏莉，黑影……怪物……小明……這就是你慣用的伎倆嗎？

「對不起……昕涵……對不起……求求妳……救我……」

黑影繼續把她拖下去，敏莉半張臉已經被泥土掩蓋，原本露出泥地外的一雙長腿，也只剩下膝蓋以下半截小腿。

昕涵掩著嘴，流著淚，這個女人……她有一萬個理由把她千刀萬剮，可是……

昕涵迅速拾起地上魔方，開始瘋狂扭動，要救敏莉，只有……

然而，一切已經太遲，敏莉的身體再一次被扯入泥土，她的上半身已經全部陷入，下半身只剩下其中一隻腳的腳踝，不甘心地露出泥土外。

「不！」

昕涵放棄手上魔方，跑上前想把那隻腳拉住，但當她一走近，腳已經消失在她眼前。

敏莉整個人，完全被大地吞噬。
昕涵跪坐在地上，久久不懂反應過來，直至家彥走過來扶起她，她才開始放聲嚎哭。

四十九

芷琳睜開眼睛，我在哪裡？

剛才……咦！其他人呢！

芷琳勉強把身體撐起，發現自己睡在大宅客廳的沙發上，外面好像下著大雨，雨聲淅瀝淅瀝在響，大廳很黑，眼睛需要點時間適應，她坐起來，開始回想剛才所發生的事情。

先是敏莉，跟自己說了一大堆以前的事，然後昕涵及秀妍衝進來，敏莉好像想對付她們，然後……然後就不記得了。

但現在客廳空無一人，她們去哪裡了？難道我剛才是做夢嗎？

安眠藥……混入紅酒裡面的安眠藥，芷琳看看茶几上的空酒瓶，還在！即是說自己不是做夢，她們三人，剛才還在這裡！

芷琳想站起身找尋她們，但一站起來馬上頭暈腳軟，她唯有坐回沙發上。

藥力還未消散？奇怪了！明明自己喝了很多，按理說應該……醒不來了，但現在除了頭有點暈外，沒有明顯不適，為什麼會這樣？

眼睛開始適應黑暗環境，芷琳四處張望，這裡跟剛才差不多，除了……

她身旁不遠處，跪坐著一個男人。

芷琳雖然嚇了一跳，但她沒有尖叫出來，因為這個人，她非常熟悉。

振華！這幾天她朝思暮想，只求再見他一面的振華，現在就坐在自己的眼前！

芷琳不敢相信自己雙眼，眼前的振華，正對住自己微笑！他這個笑容，芷琳一點也不陌生，是他！是振華！是自己最愛的丈夫！

「振華！你是來接我走嗎？」芷琳說時一點也沒有失望，反而充滿期待，「想不到我還是死了。」

振華由閉嘴微笑變成開口大笑，芷琳心想，我的說話有這麼好笑嗎？

「但這樣更好，我也死了，振華你就不會寂寞。」芷琳忍住淚水，伸出手，「帶我走吧，振華。」

她想拖住振華的手，可是，當她把手伸過去時，發覺前面根本一個人也沒有。

振華，就像水中的倒影，一碰就消失了。

芷琳馬上把手縮回來，振華再一次出現在她眼前。

「芷琳……我來……見妳的……最後一面。」

振華的聲音空洞但清晰，仿似從很遠很遠的地方傳來，但芷琳卻一字一句聽得很清楚。

「不要，不要拋下我不管，你帶我走……振華……我很想你……我很掛念你。」

芷琳捨不得振華，整個人撲過去想把他擁入懷中，但當發覺他再次消失不見時，芷琳急忙退回沙發上。

此刻，她終於明白，自己並沒有死去，而振華他，也沒有可能再回來。

振華重新出現，今次，他收斂笑容，一臉認真的跟芷琳說。

「我愛妳……從很久以前開始……當妳第一次來到這裡時……我已經深深被妳吸引……」

芷琳掩著嘴巴，兩行眼淚開始如泉水般湧出來。

「我跟妳一起……很開心……我的童年……是最好的……沒有妳在身邊……我很失落……」

不單止淚水，連鼻水也源源不絕流出，不行！不能讓振華看見我這個醜態，她馬上用袖口拭去鼻水，再不行，用手指也要把它抹走！

「妳受傷……昏迷不醒……我很害怕……怕妳一睡不醒……我決定……放棄自己的生命……也要妳……醒過來……」

「我記得！以前的事我全部記起了！」芷琳哭著回應，「我們要調查素素的死因，卻被老爺發現，之後我一個人偷偷潛回大宅，想偷走那枚魔方，卻被敏莉從後偷襲！」

「妳受傷……我有責任……父親也有……我們很難過……我對天發誓……只要妳能醒過來……我願意……承受家族的詛咒……」

「不！我不許你這樣說！我不許你發誓！你不可以這樣自私！」芷琳激動地說，「你用你的生命來換取我的幸福，那麼你的幸福，又用什麼來換取？」

「妳醒來了……我很高興……可是……妳忘記了……所有事情……包括我……但我仍然開心……妳沒事了……我要……履行承諾……」

「為什麼？為什麼你不來找我？為什麼我醒過來之後，你不馬上來找我，把過去所有事情通通告訴我，由十七歲到三十歲，這麼長的時間，為什麼……你一次也沒有來見我？」

「若果是……痛苦的回憶……不知道……豈不是更好？」

芷琳驚醒，這句說話，振華以前也對她說過。

原來他當時已經知道，自己過去的事……

「我……不找妳……是想妳過新生活……而我自己……四十歲前……可能沒命……我不想妳……再傷心……」

「但你，最終還是來了。」

芷琳望住振華，雖然他臉色蒼白，眼神空洞，然而，她看得出，在這張沒有生命力的臉孔裡，藏著一份最真摯的感情。

「那一天，我們一起被困在電梯內，不是巧合。」芷琳強忍淚水，「是你刻意安排的偶遇，那些冰淇淋棒，是你一早準備的。」

振華沒有出聲。

「草莓味冰淇淋棒，是你買來討我歡心的。」芷琳繼續說，「你記得我小時候喜歡吃，然而，你喜歡的卻是芒果味！」

「妳……全記起了……十多年來……我一直有留意妳……我見妳不開心……妳沒有得到幸福……我……再也壓抑不住……自己的感情……」

「這十多年來，你，一直守在我身邊？」芷琳雙眼通紅，望住振華，「由我醒來那一刻開始，你就一直守護我，直至，你決定重新追求我為止？」

振華點頭。

「那枚戒指，我們的定情信物，」芷琳淚水不停地流，「你之所以藏在冰淇淋盒子角落，而不是正中央，這是因為……你想作兩手準備，最壞情況，萬一你在會議中遭遇不測，我也能夠記起過去的事！。」

「冰淇淋是會議前幾日買的，你把戒指藏在角落，因為你知道，我習慣從中間位置開始吃，不會一下子發現戒指。」

「假如你在會議平安沒事，你便馬上回家，把戒指挖出重新藏起來，不被我發現，因為，你本來就不想我記起以前的事，你相信，只要你還在，你可以繼續保護我，我的幸福就得到保證。」

「可是，假如你真的遭遇不測，戒指早晚會被我發現，因為我吃完中間部分，便會吃角落部分，戒指會喚醒我過去的記憶，因為你相信，你不在我身邊時，我便一定要記起以前的事，因為，只有記起以前的事，我才有能力保護自己。」

「只不過，你低估了我對你的思念，我第一口就吃右上角，所以這麼快就發現戒指，也幸好發現了，否則，我有可能被敏莉暗算也懵然不知！」

芷琳伸出手，沿著振華的臉型輪廓，在空氣中上下移動，就好像撫摸他臉頰一樣。

「振華，你之所以這麼緊張要查出害死素素的真凶，不單止為了素素，」芷琳深情地望住振華，「也是為了我！因為你知道，當日害死素素的人，也是偷襲我的人，如果我記不起以前的事，而你又不在我身邊，我將會身陷險境而不自知。」

「芷琳……」

「振華，你為什麼這麼傻？什麼事都要自己一個人去承受？」

「哥……」

一把很熟悉的聲音……一把已經很久沒聽見過的聲音……

芷琳望向振華身後，果然是素素！她……還是以前的模樣，很年輕，很可愛，永遠的十七歲。

「哥……要走了……」

素素對振華說完，轉頭望向芷琳。

「芷琳……原諒……我……」

「素素……不……是我對不起妳，當晚如果我能及時拉住妳，妳便不會跌下去，是我要……請求妳的原諒才對！」

素素搖搖頭。

「妳要是……拉住我……連妳也……扯下去……」

「芷琳……堅強地活下去……不要……輕易放棄……」振華說。
芷琳整張臉全濕了，已經分不出是淚水還是鼻水。
「振華，不要走！」
「昕涵……家彥……以後會守護妳……還有……文軒……秀妍……他們……很可靠……」
芷琳已經哭成淚人，她知道，最悲傷的時刻終於來臨。
她要跟振華，永遠永遠告別。
「振華，我愛你，我一生一世也不會忘記你。」
「芷琳……我愛妳……保重……」
振華拖著素素的手，兩人的身體慢慢消失，這時素素轉頭，望向門口方向。
「特別的人……再見……」
芷琳沒有聽到素素這句說話，她只顧望住漸漸消失的振華，內心像被刀割般痛苦，根本沒留意站在門外的兩個人。
秀妍及文軒躲在門外，不讓芷琳發現，秀妍沒有戴上手套的手，握著那枚定情戒指。
「再見了……素素……振華……」秀妍心裡面想，一滴眼淚沿著臉頰流落下巴，最後滴在手上。
「秀妍，妳支持得住嗎？」文軒關心地問。
「有點累，但能夠讓芷琳姐見祝先生最後一面，我這點辛苦算什麼？」
外面傳來警車鳴笛聲，秀妍眨了一下眼睛。
「一切，都結束了。」

五十

事件發生至今一星期，祝家上下仍然忙於接受警方的盤問，不過跟上次謀殺案不同，今次警方是以失蹤案來處理。

因為敏莉被扯入泥土後，不知所終。

當然昕涵並沒有如實告訴警方，敏莉是被不知名物體扯入泥土後消失，她只說追至後花園，便失去敏莉蹤影，我完全明白她這樣說的原因，正如我，也沒有向警方透露見到振華及素素的事。

警方最初也懷疑祝家是否殺人埋屍，但挖遍整個後花園，竟然沒發現任何人體殘骸，不單止後花園，就算翻遍整個祝家大宅，也找不到敏莉曾經存在過的跡象，昕涵事後也曾派人再翻開後花園泥土看看，但真的沒有任何發現。

敏莉她，被小明吞噬了。

一星期後，我們五個人，昕涵、家彥、芷琳、文軒及我，再次聚首，互相分享各自獲得的情報，大約總結了整件事的來龍去脈，當然，我沒有告訴他們關於振華及素素的事，也對自己的能力隻字不提。

雖然整件事都只是我們推敲出來，沒有真憑實據支持，但我們五個人都相信，我現在要說的故事，已經非常接近真相。

事件的起端，要從昕涵爺爺說起。

很久以前，祝家被施下詛咒，就是那個活不過四十歲的詛咒，昕涵爺爺，即是祝萬川，為了解咒，決定嘗試一個偏門兼邪門的方法——利用另一個詛咒去破這個詛咒，這另一個詛咒，就是小明。

小明到底是何方神聖，到現在我們仍然一知半解，他似乎是一位有靈性的守護神，又好像是毀滅一切的破壞神，但有兩點可以肯定，第一，小明威力強大，足可吞噬其他詛咒，第二，小明被收藏在那個金屬正方體內，而那個金屬正方體，好像是可以用來控制他的力量。

破咒的方法，本來是要捨棄一位家族成員的生命，但老爺爺卻不這麼認為，他想出一個邪惡又瘋狂的方法。

他決定收養一對子女，代替振華及素素，成為捨棄品，他為這對子女輸入詛咒的血液，名字也改姓祝，目的就是想騙過命運，希望小明錯認他們是祝家孩子，而這兩個人，就是姜天佑及汪芷琳。老爺爺認為，假如捨棄其中一個能救回振華及素素固然好，若果不行，那怕捨棄一雙，他也要保住自己的親生骨肉。

老實說，我對老爺爺的想法不敢苟同，倘若這麼容易就能隨便找個代替品，那麼這個詛咒還有什麼可怕？而且，我不認為小明會這麼容易被騙倒，可是，我了解老爺爺的心情，明白他為什麼要這樣做，為了最愛的妻子及一對子女，即使只有萬分之一的可能，他也甘願冒險一試。

天佑及芷琳年紀很小就進入祝家，這也正好解釋了，為什麼天佑會對大宅及家裡的人這麼熟悉，與及……為何當我看見芷琳姐的回憶時，會見到年輕時的振華及素素。

我相信，老爺爺在收養他們前，一定做了很多保密工夫，在時間的掌控上也非常精準，天佑及芷琳應該是在不同時間段，先後被藏在大宅東翼房間，所以兩人完全沒有碰過面，另外由於只有一條路通往東翼，加上之前曾經下令嚴禁其他人隨意進入，所以在保安上也容易掌控，結果祕密撫養兩個孩子的事，沒有被其他家人發現。

本來，老爺爺應該是想速戰速決，趁兩個孩子年紀還小時，儘快把他們捨棄掉，從而達到破咒的目的，可是，他一直找不到能夠破解金屬方塊的人，結果，孩子愈長愈大，破咒儀式卻一直未能執行，他當時的心情一定很焦慮。

而就在這時，事情亦起了微妙的變化。

芷琳姐她，漸漸得到老爺爺的憐惜，到底是基於什麼具體原因？不知道，只能說，人與人之間感情變化很微妙，往往會在不知不覺間形成。過了不久，老爺爺開始容許她跟住在同屋的振華及素素玩耍，振華及素素也很喜歡她，就這樣，芷琳姐已經不可能成為被捨棄的人，她已經是祝家的一份子。

因此，有必要再找另一名捨棄者，何敏莉，或者應該稱呼她做祝天憫。跟天佑芷琳不同，她進入祝家時，年紀比較大，據芷琳姐事後推斷，自己進入祝家時，應該還在襁褓之年，天佑來時應該跟振華一樣是三歲，但何敏莉，來這裡時至少有七八歲。

一位七八歲小妹妹，突然離開自己的家，來到一個陌生的環境，面對一張張陌生的臉孔，她的抗拒感及猜疑感，一定比起天佑及芷琳來得強烈，老爺爺似乎也不喜歡她，一旦找到破解方塊的人，她將會第一個被捨棄掉。

敏莉小時候似乎一直被困在東翼二樓房間，很少出外，即使長大了，不能再在大宅待下去，老爺爺也會經常安排她回來，住進以前的房間，因為，她要隨時候命被捨棄掉。

我到現在還清楚記得，在回憶中，當芷琳姐把戒指拋出去那一剎那，瞥見二樓敏莉正透過玻璃窗冷冷俯視的眼神，十多歲的她，目光已經如此冷酷無情，是因為早已察覺出自己的悲慘命運嗎？我有時會覺得，敏莉其實跟老爺爺很相像，都屬於同一類人——無情自私的人。

到底敏莉何時發現老爺爺的陰謀？我們五人都沒有結論，但我猜她剛來到時就開始懷疑了，十多年來暗中調查，最後從老爺爺夫人的口中，知道整件事的真相，她執意報仇，這點我能理解，但想將小明據為己有，卻已超出報仇的原意，她想一箭雙鵰。

敏莉她，其實不應該回來，正如芷琳姐所言，既然已經擺脫老爺爺的控制，過著新的生活，何苦過了十八年，回來自尋死路？

我只能說，敏莉她，似乎不認為小明是詛咒，她覺得小明是祝福，她以為……她真心以為，小明是屬於她的，她一直深信只要把方塊六面還原，小明就會認定她的主人身分，既然身為主人，回來取回屬於主人的東西——那枚金屬方塊，也是理所當然的事。

我之前一直想不通一點，假如當年敏莉還原方塊後，許下願望是殺掉素素，這個願望在十八年前已經達成了，按道理小明不應該繼續保佑她，但為何十八年來，小明會繼續聽她的指示？難道正如她本人所說，她才是小明的主人？

這個謎團，一直沒有答案，直至當晚遇見那隻怪物，我才明白發生什麼事。

怪物的出現，可說是超乎所有人的預期，包括策劃一切的老爺爺，包括矢志報仇的敏莉，包括拚命追查的振華，包括無辜喪命的素素，與及……包括執行命令的小明自己。

可以這樣說，素素下半身那隻怪物，是意外的產物！本身不在任何人的計畫之內！它本來就不應該出現，然而，它的出現，打亂了所有邏輯線的順序，也令整個事件複雜化。

沒有人預料得到，當年素素被小明扯下樓身亡時，在斷氣前一剎那，或者因為未能完成父親的心願，或者因為對哥哥的思念，又或者因為不甘心死後芷琳勢必取代自己在哥哥心目中的地位，素素對哥哥那份畸型的愛，化作強大的怨念，竟然把小明部分的力量，困在自己身體內！小明沒法逃脫，開始侵蝕她的身體，並漸漸具現化，形成上半身是素素執念，下半身是小明執念的畸胎！

當小明要執行任務時，素素亡魂就會不由自主變成小明，當任務完成後，便會還原為素素，就這樣過了十八年，小明的部分力量一直被困在素素亡魂體內，也意味著金屬方塊裡面的他，力量並不完整，在認清誰是主人的態度上，他似乎將敏莉跟老爺爺同時認作為主人，這是前所未有的事，敏莉十八年來相安無事，是因為怪物的意外產生，令小明的力量不完整之故。

這十八年間，素素一直飽受小明困擾，身不由己，她的痛苦沒法向人透露，事實上也沒有一個正常人能幫到她，直至，被我這個特別的人看見，用我雙手把小明驅趕出來，她才重獲自由。

然而，也正因為小明從素素身體逃出來了，力量回復完整，於是，毫不留情地對何敏莉這個捨棄者……加以吞噬。

「她逃不了！」

當晚素素突然跪坐在我旁邊，確實嚇了我一跳，但看見她臉上再沒有痛苦的表情，我心裡也感到欣慰。

「那個女人……死定了！」

「為什麼這麼肯定，素素？」我好奇一問。

「不記得嗎？我已經……還原方塊……執行……心中目標……把捨棄者……殺死。」

啊！對了，素素在變成怪物前，已經把方塊還原，並且，許下心願。

「那麼，妳心目中的目標是……」

「那個女人……祝天惘……」

十八年前遇害的素素，在十八年後成功向真兇復仇，或者，這就是命運。

隨著祝天惘被小明吞噬，老爺爺的瘋狂計畫，最終還是成功了，可是，他的妻子，他的一對子女，還是救不回來。

已經沒有什麼可以補充，祝家的人繼續他們的生活，我跟姐夫也回到我們的正常生活，只是，有一件事令我有點擔心。

那一晚，當怪物衝向芷琳姐時，我情急下用雙手把它彈飛去牆壁，這情景好像被昕涵看見了，她她會認為跟我有關嗎？會懷疑我嗎？而之後當振華及素素被具現化時，昕涵也在場，她應該看見了，她會認為跟我有關嗎？

昕涵事後沒有問我這些問題，就好像從來沒發生過一樣，這令我有點擔心，是她故意扮作不知情？還是，真的沒看見呢？

五十一

教堂的大門徐徐關上，夜闌人靜，這個時間不會再有其他人來拜訪，家彥穿著一套整齊的黑色西裝，慢慢地走向主禮台，抬頭望向掛在牆壁上的十字架，閉上眼，默默為振華叔叔祈禱。

明日是振華叔叔出殯的日子，跟外公一樣，喪禮在這間教堂舉行，家彥將擔任司儀，負責主持整個送葬儀式，他今晚到來，除了是為明日作最後採排外，也想靜靜地，私下為振華叔叔送別。

當然，除了家彥，還有她。

琴音像鐘聲一樣敲起前奏，送葬的主旋律緩緩奏起，悲痛地，哀傷地，送葬大隊一步一步地向前行，琴音沉鬱悲壯，卻又婉若動人，撼動心靈，聽者無不落淚。

家彥走到一架大三角鋼琴前面。

「蕭邦的送葬進行曲，」他微笑著對演奏者說，「想不到妳終於彈琴了，小涵。」

昕涵今晚穿了全黑絲質長裙，腳上的高跟鞋踩住鋼琴下的強音踏板，令送葬的主旋律聲音擴大，響遍整間教堂。

「我要為小叔叔，送上最後的道別。」昕涵閉上眼，手指繼續在琴鍵上彈奏，「就跟爺爺一樣。」

家彥也閉上眼，盡情享受這一刻美妙的時光。

「我真的，很久沒聽過妳的琴音。」家彥笑說，「以為妳已經生疏了，想不到仍然彈得這麼棒！」

「你不是說我是琴鍵上的小妖精嗎？」昕涵繼續彈奏，「小妖精的天分可高呢，那有這麼容易生疏！」

兩人對望一眼，一起笑了出來，家彥心想，看來小涵已經走出一個月前的陰影。親眼看見一個活人硬生生被大地吞噬，莫講是小涵，換作是我，相信也會被嚇壞。

然而，小涵很堅強。

「秀妍她，還沒有男朋友，」昕涵瞇起眼睛說，「放心追吧。」

「為什麼突然提起這個……」家彥耳根一熱，心想，要趕快轉換話題。

「妳父親，他還好吧？」家彥問，「何敏莉的事，他仍在傷心嗎？」

「傷心？」昕涵譏諷地答，「你太不了解爹哋了，頭兩日還會裝個模樣，但現在的他，已經開始尋覓下一個目標了，那個狐狸精，你以為爹哋真的會把她放在心上？」

「那麼，妳打算回家嗎？反正她已經不在了。」

「不，一個人住慣了，或者，偶然回去探探爹哋，彈彈琴，還是可以的。」

這時昕涵突然對家彥笑了一下，雙手換了姿勢，曲風隨之轉變，一段優雅略帶傷感的圓舞曲緩緩奏起。

「咦！這首……不是剛才那首送葬進行曲……」

「人生的旋轉木馬，」昕涵邊彈邊說，「霍爾移動城堡的曲子，是我專誠為叉型叉帥的霍爾大法師彈奏的。」

家彥斜倚在三角鋼琴上，聽著昕涵天籟般的琴音，俊男美女，在教堂莊嚴又神聖的背景襯托下，構成一幅絕美的圖畫。

「妳，真是琴鍵上的小妖精，到底有什麼曲目可以難倒妳？」

昕涵微笑，閉上雙眼，陶醉在屬於自己的天地中。

我最後要做的事，就是見伊藤。

我坐在輪椅上，回到我們初次見面的地方，我知道，他一定會來。

我故意選擇深夜時分在這裡等他，因為每次他在我面前出現，總是碰巧四周無人，這不會是巧合，我知道，勾魂使者總是趁你獨自一人時登門拜訪，而他，在我二十三歲那年，早已盯上我。

我不怕他，也不恨他，要發生的事已經發生，埋怨不會改變什麼，而我的生命即將走到盡頭，我必須在離開這個世界之前，完成最後一件事。

伊藤來了！在寂靜無人的街道上，他皮鞋發出的腳步聲，顯得格外響亮。

一如所料，他的衣著打扮，是這個年代最流行的西裝服飾，但他的容貌，卻跟我二十三歲初次見他時，沒有任何分別。

「祝先生，」他向我鞠躬，「你似乎很有信心，我一定會來。」

「你……一定會來，」我冷冷地說，「我的命運因你而開始，你一定想親眼見證它的結束。」

「祝先生，說實話，我對你真是由衷地佩服，你那個邪惡又陰毒的計畫，我個人非常欣賞及喜歡，你為了家人，不惜代價向命運作頑強抵抗，對於你這份不屈的信念，即使到了現在風燭殘年，還想作最後一擊，實在令我……為之動容。」

他再次向我鞠躬。

「那個女人，是不是已經成為小明的新主人？」

伊藤狡猾地笑了笑，露出一副猙獰的惡相。

「不是，小明的主人仍然是你，只是，中途出了點意外，才讓那個愚昧的女人有機可乘。」

「出了什麼意外？」

「你的女兒，執念比想像中要大。」

「如果我現在改變主意，不將小明傳承後捨棄掉，反而要他繼續保佑祝家，同時把那個女人殺掉，有何辦法？」

「啊？祝先生不想拯救家人了嗎？」

「我最愛的紹蘭死了，能夠還原法器的素素也死了，詛咒血脈現在只餘下振華一人，或者這就是報應，是我的狂妄自私招來的報應，我怕我繼續堅持計畫，振華會比我更快離開這個世界。」

我停頓一下，望望伊藤，他剛才那副猙獰惡相已經消失不見，反而流露出一絲憐憫目光，他是在同情我嗎？

「那三個人，我可以放過芷琳及天佑，但那個女人，那個殺人凶手，我絕不饒她，她一定要死！」

「但我已經時日無多，在我臨死之前，一定要找個方法把她除掉，伊藤先生，這是我最後的心願，到底我該如何做？」

伊藤繼續用憐憫的目光望住我，我記得這個眼神，就是他當年提到還有第三個解決方法，但欲言又止時，所流露出來的表情。

「還記得我跟你說過，有第三個方法嗎？」

「這個方法救不了你的家人，但若果單純想對付敵人，這是最強的方法。」伊藤突然變得嚴肅起來，認真地說。

「第三個方法的名字，叫犧牲，自我犧牲。」

「這個方法，會將舊主人一生的福氣，傳承給新主人，而新主人的不幸，則會被舊主人所吸收，舊主人將因此而送命，換來是，新主人無限的運氣及庇佑，換言之，就是令小明的詛咒力降低，祝福力增強。」

「利用這方法，舊主人年紀愈大，發揮效果愈強，因為愈活得久，一生累積的福氣及吸收不幸的空間也愈多，你只要願意犧牲自己，將自己一生的幸福傳授於下一個傳承人，同時把傳承人所有不幸往自己身上攬，你的傳承人，將有能力完全接收小明的力量，成為真主人，再沒有人能夠傷害他。」

「好，這個方法很好！」我激動地回答，「我已經活不久了，就算要我死後落地獄也沒所謂，告訴我，我要怎樣做？」

「你只需要，把你一生的事蹟，包括如何遇到小明這件事，仔細地寫下來，愈詳細愈好，然後交給你所選擇的傳承人，當傳承人讀畢後，就會成為小明的新主人，你的傳承者，將能夠發揮出小明最大的威力，保護更多身邊的人，但同時減少對他們的傷害。」

「你……為什麼願意告訴我這個方法？」

「我不是說過嗎？我是由衷地佩服你，在這八十六年的歲月中，你已嘗過不少苦頭，在你生命結束前一刻，就讓我將你這一生的苦難，轉化為幸福，傳承給你的後代，這是我能夠為你做的，最後一件事。」

他第三次向我鞠躬。

「假如我照你的說話去做，我怎麼肯定，小明會願意接受我所傳承的人？他不是會選擇嗎？」

伊藤走近我身邊，在輪椅前面蹲下來。

「你如果用這個犧牲自己，成全他人的方法，小明一定會接受你所傳承的人，而那位傳承人，將會得到無限祝福，變得……有能力看見小明！」

這是他對我說的最後一句話。

小明是什麼樣子，我沒見過，因為我是被詛咒者，但當有一天，妳看見身邊出現一些古怪的東西時，請不要驚慌，因為妳已獲得小明的祝福，成為他真正的主人。

看到這裡，妳應該明白，我把這本日記留給妳的真正用意，因為我已經把祝家最寶貴的東西，傳承給妳。

我祝萬川，會將我這一生的痛苦及悲傷帶入地獄，把幸福及快樂留在世上傳承給妳，妳將是這個世界上最幸福的人，因為，小明會幫助妳掃除一切障礙，保護妳免受一切苦難，祝福妳獲得一切榮譽。

當妳讀完這本日記後，我希望妳以最心愛的東西起誓，幫我完成三件事：

第一，馬上把這本日記銷毀，絕不能讓其他人看見。

第二，回祝家大宅，在我的書房裡，把那個貼滿人臉的魔方收起來，它以後就屬於妳。

第三，查出祝天憫藏在哪裡，然後，把她殺掉。

我知道最後一件事，對妳來說很困難，但那個存心復仇的女人一日不除，祝家任何一個成員都會有危險，妳要運用小明的能力，去保護家裡每一個成員，以後守護這個家的重任，就拜託妳了。

我深信我不會看錯人，從小到大，妳在各方面都表現得很出色，美麗、聰明、乖巧、機靈，最重要是，妳很愛這個家，妳一定不會辜負我的期望，小涵。

我的乖孫女，妳是我們家族最優秀、最懂事的一個。
爺爺會永遠永遠守護妳。

祝萬川的日記　最後一頁

五十二

初春的晨曦，空氣中仍瀰漫著點點濕氣，柔和的陽光穿過雲層照在小山坡上，偶然間吹起陣陣微風，感覺還是有點涼快。

昕涵再次重臨這個隱蔽又寧靜的小角落，一個月前，她同樣站在這裡。

「爺爺……我回來了。」

上次來的時候，她把爺爺的日記燒掉，涼風將腳下的灰燼吹得四散，就像下雪一樣，降下只屬於昕涵自己的飄雪……

今次，她燒了那張寫滿潦草字跡，發黃的紙張，同樣張開雙手，抬高頭，閉上雙眼，享受著微風把她一把秀麗的長髮吹起，但今天四處飄落的雪花，沒有上一次多，取而代之，是溫暖的陽光。

「爺爺……我以最心愛的彈琴起誓，你吩咐我做的三件事，已經全部完成，現在，我終於可以重新彈琴。」

風聲呼呼作響，彷彿伴隨著鋼琴的琴音，再次演奏起來，昕涵從手袋裡把金屬魔方拿出來，放在手掌上，單手舉起，然後閉上眼，靜靜地站著。

風向突然改變，本來向昕涵臉頰直撲的微風，變成圍繞在她身邊不停旋轉，就好像在她周圍形成保護罩以的，風從下而上，把昕涵的長裙及秀髮吹得像波浪一樣嫵媚動人，活像童話世界中的小公主。

妳已經成為小明的新主人，小涵。

爺爺的聲音夾雜在風聲中，好像在對她說話。

「所以……姜天佑傷不到我，反而因此丟掉性命，對嗎？」

她繼續閉上眼，靜心聆聽風聲。

「活不過四十歲這個詛咒，隨著那個女人被吞噬，應該已經消滅，對嗎？」

昕涵擔心的是芷琳姐，她跟那個女人一樣，身上流著詛咒的血，但既然女人已被小明消滅，按道理，這個可惡的詛咒也應該一併消失。

放心，那個詛咒已經不復存在，妳做得很好，小涵。

她再一次聽到爺爺的聲音。

「爺爺……可是……」

昕涵垂下手，淚水開始沾滿她的眼眶。

「我救不到小叔叔……」

她用手背輕輕抹了一滴眼淚。

「如果我能夠趕在會議之前，把這個魔方拿到手……」

振華命若如此，也只能怪他福薄，小涵妳不必自責。

「爺爺，為什麼你在日記中，沒有提起那隻怪物的事？」

就因為那隻怪物……它把魔方拿去了……令自己當晚未能成功偷走魔方。

昕涵讀畢爺爺的日記後，已經知道所有關於小明的事，但唯獨不知道有這隻怪物存在，打亂了原先的部署。

難道這隻怪物的出現，純粹是意外？本身不在爺爺你的計畫之內？

那隻怪物……是姑姐來的，對嗎？小明他，不知道什麼原因，跟姑姐混成一體，上半身是姑姐，下半身是小明，每次姑姐倒立玩跳飛機，小明就會現身。

而且，有一點令昕涵更加肯定怪物就是姑姐，因為那隻怪物……姑姐……從沒有對她展開攻擊！

小明不會傷主人，姑姐不會害姪女，所以當怪物跳到她身邊，寧願隔著她攻擊芷琳姐，也不敢傷害昕涵本人。

風聲繼續呼呼作響，昕涵很想再聽見爺爺的回答，可是，爺爺今次沒有作聲。

後來，不知道什麼原因，昕涵見到小叔叔及姑姐，是小明的力量令他們顯靈嗎？她不肯定，她當時忙於對付那個女人——何敏莉，沒時間看清楚，當她再轉過頭來時，他們已經消失了。

何敏莉……完全料不到她就是祝天憫，若非秀妍拿著那枚六面還原的人臉魔方問自己，昕涵如何猜也猜不到，這個祝家的敵人，遠在天邊，近在眼前。

想到這裡，昕涵雙眼淚水開始湧出，她蹲下來，手一鬆，魔方從手裡掉落，在前面滾了兩下停下來。

昕涵有一萬個理由憎恨這個女人，她殺死姑姐，害死小叔叔，搶走爹哋，逼走媽咪，還想將祝家的守護神據為己有，她簡直想把整個祝家毀了……

……可是，當昕涵發覺她原來看不見那隻怪物，卻還在沾沾自喜時，突然間，開始同情起眼前這個女人來，她不知道自己不是真正主人，她不知道自己正身陷險境，昕涵想幫她，叫她把魔方還給自己，可惜她毫不領情。

妳，犯了一個很嚴重的錯誤，六面還原，不代表是小明主人，妳看不見那隻怪物，才是重點。

昕涵記得，當時她是這樣對敏莉說，因為……昕涵能夠看見那隻怪物，她當時已經知道，自己才是小明的真正主人！

在真主人面前，假冒的主人只會死得更慘，當敏莉被扯入泥土時，昕涵本來打算袖手旁觀，因為這個女人罪有應得，可是……當昕涵見到她那副絕望的表情……當昕涵聽見她向自己發出悲慟的哀求……

「爺爺，我做不到。」昕涵雙手按在地上，忍不住哭起來，「我……不忍心……我本來應該很恨她的……但我真的做不到……我想救她！」

妳是如此的善良，是爺爺難為妳了。

風聲再一次夾雜著爺爺的聲音。

不是妳的錯，是爺爺的錯，不要怪責自己。

昕涵抬起頭，她彷彿感覺到，爺爺正撫摸她的頭。

所有事情已經過去，從今以後，妳要好好運用小明的力量，保護家裡的人。

我的乖孫女，妳是我們家族最優秀、最懂事的一個，爺爺沒有看錯人。

「爺爺……」

昕涵拭去臉上的淚水，站起身，正想把地上那枚魔方拾起時，魔方卻自動跳回她的手上。

「以後，你要保護祝家，保護我。」昕涵輕輕把魔方舉起，「還有，沒有我的指示，不得隨便害人，知道嗎？」

腳下的風再一次捲起，仿似回答了昕涵，她滿意地點點頭，把魔方帶回車上，發動車子離開小山坡。

回程路上，昕涵想起另一件事，雖然她知道，這件事跟她及祝家完全無關，但每次想起，總感到有點好奇。

那一晚，怪物突襲她們那一晚，她見到秀妍舉起雙手，把怪物彈飛的那一幕情景，這股驚人力量，她是如何得來的？

還不止，當晚能夠看見怪物的人，除了自己，秀妍肯定也見到了，她為什麼能夠看見？難道她跟自己一樣，得到像小明這類守護神庇佑，因此能夠見到這些東西？

秀妍她，到底是一個怎樣的人？

釀冒險27　PG2095

六臉魔方

作　　者　金　亮
責任編輯　洪仕翰
圖文排版　周妤靜
封面設計　楊廣榕

出版策劃　釀出版
製作發行　秀威資訊科技股份有限公司
114 台北市內湖區瑞光路76巷65號1樓
電話：+886-2-2796-3638　傳真：+886-2-2796-1377
服務信箱：service@showwe.com.tw
http://www.showwe.com.tw
郵政劃撥　19563868　戶名：秀威資訊科技股份有限公司
展售門市　國家書店【松江門市】
104 台北市中山區松江路209號1樓
電話：+886-2-2518-0207　傳真：+886-2-2518-0778
網路訂購　秀威網路書店：https://store.showwe.tw
國家網路書店：https://www.govbooks.com.tw
法律顧問　毛國樑　律師
總 經 銷　聯合發行股份有限公司
231新北市新店區寶橋路235巷6弄6號4F
電話：+886-2-2917-8022　傳真：+886-2-2915-6275

出版日期　2018年10月　BOD一版
定　　價　400元

國家圖書館出版品預行編目

六臉魔方 / 金亮著. -- 一版. -- 臺北市 : 釀出
版, 2018.10
面 ;　公分. -- (釀冒險 ; 27)
BOD版
ISBN 978-986-445-276-7(平裝)

857.7　　107014630

讀者回函卡

感謝您購買本書，為提升服務品質，請填妥以下資料，將讀者回函卡直接寄回或傳真本公司，收到您的寶貴意見後，我們會收藏記錄及檢討，謝謝！

如您需要了解本公司最新出版書目、購書優惠或企劃活動，歡迎您上網查詢或下載相關資料：http:// www.showwe.com.tw

您購買的書名：____________________

出生日期：_______年_______月_______日

學歷：□高中（含）以下　□大專　□研究所（含）以上

職業：□製造業　□金融業　□資訊業　□軍警　□傳播業　□自由業

□服務業　□公務員　□教職　□學生　□家管　□其它_____

購書地點：□網路書店　□實體書店　□書展　□郵購　□贈閱　□其他

您從何得知本書的消息？

□網路書店　□實體書店　□網路搜尋　□電子報　□書訊　□雜誌

□傳播媒體　□親友推薦　□網站推薦　□部落格　□其他__________

您對本書的評價：（請填代號　1.非常滿意　2.滿意　3.尚可　4.再改進）

封面設計____　版面編排____　內容____　文／譯筆____　價格____

讀完書後您覺得：

□很有收穫　□有收穫　□收穫不多　□沒收穫

對我們的建議：____________________

____

____

____

請貼
郵票

11466
台北市內湖區瑞光路 76 巷 65 號 1 樓
秀威資訊科技股份有限公司 收
BOD 數位出版事業部

（請沿線對折寄回，謝謝！）

姓　　名：＿＿＿＿＿＿＿＿　年齡：＿＿＿＿　性別：□女　□男

郵遞區號：□□□□□

地　　址：＿＿＿＿＿＿＿＿＿＿＿＿＿＿＿＿＿＿＿＿

聯絡電話：(日)＿＿＿＿＿＿＿＿　(夜)＿＿＿＿＿＿＿＿

E-mail：＿＿＿＿＿＿＿＿＿＿＿＿＿＿＿＿＿＿＿＿